7⁰⁰
JHG
15¹⁹
1ʳ(geu

Pascal Quignard

Les escaliers de Chambord

Gallimard

Pascal Quignard est né en 1948 à Verneuil, dans l'Eure (France). Il vit à Paris. Il a publié, notamment, *Le salon du Wurtemberg*, les *Petits Traités*, *Albucius* et *Tous les matins du monde*.

CHAPITRE PREMIER

Naer het leven.
Jan Van Eyck

Edouard passa chez sa mère et lui laissa un mot. Il monta la grande avenue Meir. Un petit pluviotement lumineux ne cessait de tomber du ciel. Il pénétra dans la gare magnifique d'Anvers, arriva à Paris, arriva à Rome. C'était mai. L'air était léger et doux. Il mangea, vit Renata dans la boutique de la via del Corso, téléphona à Pierre à Paris, loua une voiture, arriva à Florence à une heure du matin.

Il marcha à tâtons, montait les marches précautionneusement. Il passa par la terrasse, sentit l'odeur de vieux jasmin écrasé, humide et de rouille froide, eut tout à coup faim, ouvrit la porte avec la clé que Francesca lui avait donnée. Il marcha doucement, se dévêtit dans le noir. Il s'agenouilla près du lit, déborda le drap. Il lui parlait tout bas.

— Pousse-toi. C'est moi. Je t'aime.

Il souleva ses cheveux, l'embrassa dans la nuque, embrassa le creux de son dos. Il retrouvait l'odeur tiède

9

de ce corps qu'il aimait et le souvenir du soleil, le sel
tiède.

— Qui c'est ?

— C'est Ward.

— Duardo ? Tu as mangé ?

— Dors ! Dors, Francesca !

Il se glissa contre elle, blottit ses cuisses et ses jambes
contre la chaleur de son corps. Elle eut un soubresaut.
Et elle-même se rencogna contre son corps. Au fond du
lit le pied de Francesca dérapa pour regagner le sol de
son rêve — pour rattraper les formes étranges qui le
peuplaient, pour rejoindre le silence qui les baignait, la
lumière, les couleurs luisantes, le plaisir qui les ani-
maient.

Puis Edouard entrouvrit ses lèvres. Il les porta sur
l'épaule de la jeune femme, sur le haut de son bras. Il
noua ses doigts dans les cheveux de Francesca et il
s'endormit.

A cinq heures, il était levé. Il laissa Francesca dans
son sommeil. Il appela New York où il avait le dessein
d'acquérir une boutique. Il compta qu'il était onze
heures du soir là-bas. Il ne voulait plus des quarante
mètres carrés près de Houston Street ni des soixante-dix
dans Soho. Pas davantage il ne souhaitait une transaction avec Matteo Frire. Sa voix était mal posée et
trembla un peu dans la fin de la nuit. Il avait froid. Il
demanda si sa tante, Ottilia Furfooz, n'avait pas fait
signe. Ou plutôt si Ottilia Schradrer n'avait pas fait
signe. Il épela ces noms minutieusement. Là-bas, à New

York, il entendit qu'on bâillait, qu'on avait le désir de dormir tandis qu'on consultait des bouts de papier. Non, disait la voix. Ni une miss Ottilia, ni une miss Schradrer, ni une miss Furfooz n'avaient donné le plus petit signe de vie. Un brusque dépit se saisit de lui. Sa tante Ottilia habitait Syracuse, dans l'Etat de New York. Elle l'avait élevé lorsqu'il était tout enfant, à la fin des années quarante, durant six ans à Paris, place de l'Odéon. Il fut de nouveau pénétré de l'idée qu'elle ne l'aimait plus. Il en ressentit de la détresse. Il était en train d'éplucher une orange — et c'était doux cette sorte de feutre blanchâtre sous la peau rouge. Il entrebâilla la porte de la chambre. Il épia dans l'obscurité. Francesca dormait encore et semblait dormir profondément. Il finit l'orange assis dans un fauteuil de fonte blanche sur la terrasse, sous le soleil faible.

Il décida soudain de passer à l'atelier d'Antonella. Il se leva, gagna la petite voiture japonaise — une Honda — qu'il avait louée. Il traversa la banlieue est, avant Pontassieve, se gara près des deux pompes à essence toujours couvertes, le matin, de bâches rose et jaune pleines de rosée. Il pénétra dans une petite cour de vingt mètres carrés qui était située plus bas que le garage, derrière un entrepôt d'huiles et de vins. Antonella travaillait seule. Elle avait une trentaine d'années. C'était une très belle Milanaise blonde, très maigre, avec des gestes plus que lents. Elle avait quelque chose de douloureux, les yeux fixes, marron comme sont les marrons — c'est-à-dire grenat —, grave, détestant parler. Il l'embrassa sur les joues. Elle ne rendait jamais les baisers. Elle avait exactement les cheveux, les mèches blondes de la femme d'une beauté si rare

11

rencontrée plusieurs fois sur le quai Anatole-France —
une nouvelle fois, deux jours auparavant, rue de Solférino — alors qu'il sortait des bureaux de la Société.
Elle portait au majeur une grosse bague rouge — une
bague trop large à cabochon de rubis. Elle avait des
mains sublimes.

Edouard regarda les mains d'Antonella, leurs phalanges souillées de taches de peinture mal nettoyées ou
qui avaient persisté. Antonella avait les ongles noirs et
certains verts. Elle peignait des miniatures sur des
écailles, sur des coquetiers aussi, et sur des miroirs.
Elle était d'une précision sans égale. Elle peignait — à
la Corse près, aux Malouines près — des globes
terrestres sur des œufs à repriser en frêne ou en
charme. Elle avait accepté de travailler pour lui, trop
heureuse de restaurer dans le mystère de vieux objets
sans fonction et sans âge, et elle y mettait un goût
presque absolu. L'odeur était insupportable. Edouard
lui demanda comment allait sa petite fille. Antonella
ne répondit pas. Elle alla chercher dans une réserve
au fond de l'atelier les deux jouets mécaniques de
Fernand Martin — l'Institutrice de 1888 et l'Eminent
Avocat de 1905. Il regardait : on ne voyait pas la
main d'Antonella. Elle n'avait fait que repercer les
ressorts et les raccrocher à l'ergot de l'axe. Il songeait : « Elle a changé les roues dentées. » Il leva les
yeux : elle était repartie.

Elle revint lentement avec une merveilleuse poupée
de Léon Casimir Bru, datant de 1855, dont les mains
peu courantes, aux doigts très écartés, avaient été
brisées. Là aussi, le travail d'Antonella était d'une
délicatesse sans pareille. Cette poupée compterait

désormais parmi les plus belles qui étaient au monde : écarlate, un regard infini, une compassion qui n'était pas humaine.

— C'est magnifique, Antonella.

Elle leva les yeux vers Edouard Furfooz.

— Moi, cadeau, dit-elle.

— Oui.

Il sortit son portefeuille, le posa sur l'établi. Antonella travaillait sur deux gros établis de menuisier. L'odeur d'écaille froide — d'écaille cuite ou brûlée et froide — montait peu à peu à la tête et s'y insinuait douloureusement. Il compta des billets. Au-delà de l'attrait de l'argent — qu'Edouard Furfooz lui versait libéralement à proportion du secret et de l'exclusivité qu'il exigeait d'elle — Antonella semblait éprouver une excitation réelle à réaliser les travaux qu'il lui proposait. Elle ne parlait pas. A chaque venue d'Edouard elle lui offrait quelque chose.

Elle revint avec un paquet enveloppé dans une vieille page du *Messaggero* de Rome. Poussa un grognement. Le lui tendit lentement. Il lui sourit. Elle était soudain rouge, rouge comme du carmin de Pise — rouge comme le carmin de l'écorce de l'orange quelques heures plus tôt. Il prit plaisir à la regarder. Puis il prit plaisir à ouvrir cérémonieusement le paquet.

Peu à peu Edouard dégagea du papier journal un petit bonhomme en tôle peinte. Il gémit de joie. C'était un Ingap du début des années trente. Un Charlot au téléphone en tôle peinte jaune et bleu et à clé apparente. Edouard remonta le ressort à cran. Le bras bleu de Charlot tenant le combiné s'agita frénétiquement avec un petit grincement atroce. Edouard détestait les sons. Il haïssait jusqu'à l'idée de musique. Il grimaça.

— Toi, dit-elle.

— C'est moi ?

— Toi.

Il l'embrassa, lui tendit les lires.

Edouard, face à l'Arno, était assis sur une chaise de fer glacée. Il rongeait comme il pouvait un nougat mandorlato. Il but deux cafés. Edouard Furfooz, c'était finalement une personne dévote à l'égard de ses plaisirs. Il aimait les enfants, les fleurs coupées, le soleil, le nom amer des bières obscures, les vêtements chauds, les peintures sur bouton et les petites voitures. Il croyait qu'il demeurait une espèce de liaison entre les âmes des tout petits enfants qui hurlent et celles des hommes dont la crainte de la mort et le silence ont déjà commencé de figer les traits. Et ce pont exigu entre ces âges et ces nécessités si éloignés était l'objet de tous ses soins. C'était comme le déchet minuscule d'une passion qui avait été dévastatrice. Il avait l'impression que la préservation ou la restauration de ce pont miraculeux était le seul trésor de ce qu'on avait accoutumé d'appeler le destin.

Il avait les dents agacées de sucre et il était heureux. Cela faisait une demi-heure qu'il avait quitté Antonella. Ce jouet en fer-blanc coloré qu'elle lui avait offert le réjouissait. Il rejoignit la petite voiture japonaise de location. Il avait plus d'une heure devant lui qu'il lui

14

fallait perdre. Il conduisit lentement. La lumière du
soleil devenait si blanche et si vive qu'elle lui était
pénible aux yeux. On était en mai. Il se dit qu'il
achèterait des lunettes qui protégeraient ses yeux de
l'intensité des rayons du soleil. Il se reprocha sur-le-
champ de vouloir se protéger de la beauté du monde. Il
arriva trop tôt à Florence, où il devait rejoindre Matteo
Frire à son hôtel. Il retrouva l'Arno. Avant la Bibliothèque il tourna piazza Piave, se gara devant la boutique. Il
descendit les marches, franchit le seuil et à peine eut-il
franchi le seuil qu'il se retrouva dans le froid, ne vit plus
rien, regagna une espèce de nuit. Il s'accoutuma à
l'obscurité des deux grandes salles voûtées, à la beauté
des vitrines faiblement éclairées. Francesca n'était pas
là. Visiblement elle avait confié le magasin aux deux
vendeurs — à Laura, à Mario. Mario avait exactement
l'âge d'Edouard. Il avait quarante-six ans. Il paraissait
quinze ans de moins que lui. Edouard se demanda s'il
était aussi bon vendeur que Francesca le soutenait.

Edouard passa dans l'arrière-boutique. Il poussait
délicatement sur la table trois petites boîtes de bois à
peine déballées. Elles contenaient, reposant dans de
l'ouate, deux petites poupées votives égyptiennes, du
Moyen Empire, six centimètres de long, pathétiques à
force de douceur. Il y avait aussi une miniature sur jade
du Japon, datant de l'empereur Murakami. Il trouva la
place de poser son carnet, appela Pierre Moerentorf à
Paris vainement. Il appela la place du Grand-Sablon, à
Bruxelles : Frank était déjà à la boutique et il lui
répondit. Edouard lui dit qu'il avait arrêté sa décision.
Il irait durant l'hiver à New York. D'ici là il fallait
mettre la main sur un autre lieu. Il fallait monter cette

15

boutique à New York très rapidement. Ce serait la sixième. Sa famille enfin comprendrait. Ce serait — après Bruxelles, Paris, Rome, Florence et Londres — un véritable couronnement. Ce serait sa vengeance. Les rires, les petites « narquoiseries » des siens à Anvers se figeraient.

Il embrassa Laura. En quittant la boutique, un magnifique pantin en bois rouge et gris, représentant Pinocchio, arrêta son regard. Il rougit. La colère s'abattit sur lui. Il hurla :

— Qui a écrit cela ? Otez-moi cela ! Vous n'avez pas le droit !

Edouard montrait du doigt, en bordure de la vitrine, une petite fiche noire sur laquelle était noté, en italien et en anglais, en lettres d'or :

Pinocchio.
Milieu du XIXᵉ siècle.

Il bafouillait. Il glapit qu'au milieu du XIXᵉ siècle il n'y avait pas encore un Pinocchio sur terre. Que c'était se moquer du client. Que c'était « carotter » le client.

Sa voix s'enchevêtrait. Il était ridicule. Mario assurait avec un énorme courage que c'était Francesca seule qui rédigeait les cartons de vitrine. Laura, quant à elle, se désintéressait tout à fait de cet accès de colère plus ou moins rituel. Elle jouait avec un petit peigne en matière plastique noire dans ses cheveux. Elle s'accroupit et épia son reflet sur le verre d'une vitrine qui contenait des jouets de galériens du XVIIᵉ siècle anglais : des femmes rebondies, des trois-mâts sculptés au couteau dans des noisettes, de minuscules cathédrales hautes d'un centi- mètre en bois de buis ou en hêtre qui voisinaient avec de minuscules attelages jurassiens sur fond de paysages de Bavière ou de Wurtemberg. Laura se releva, défit de nouveau le petit peigne qui se confondait à ses cheveux luisants et noirs. Elle avait vingt ans. Elle était très belle. Elle portait une jupe de lin vert d'eau qui, dans le contre-jour de la boutique, paraissait comme une jupe de fée — une jupe de fougère vaguement transparente. Il aimait les êtres de songe, les fantômes, les fées. Edouard ressentit de la honte. Sa voix chevrotait encore. Ses bras et son cœur tremblaient. Il sortit.

— Que vais-je mettre ?

Francesca était debout devant son armoire. Elle était nue. Elle brossait ses cheveux. Elle s'était éveillée dans la chaleur d'un rayon de soleil qui était lentement venu jusqu'à son visage. Elle avait cherché à le chasser avec ses doigts. C'était la sensation de la chaleur sur ses joues qui l'avait réveillée. Elle s'était dressée, avait vu qu'E-douard n'était plus là. Résonnaient encore au fond de son oreille quelques lambeaux de voix durant la nuit. C'était la voix grave, sourde d'Edouard, toujours plus ou moins voilée, et que le désir ou l'émotion enrouaient si souvent. Elle se dit qu'elle aimait la gravité de cette voix exactement comme on pouvait aimer la gravité d'une faute trop manifeste pour pouvoir être tue, et parce que sa sensibilité le mettait sans cesse à nu et l'exposait. Comme elle aimait le sérieux d'enfant de cet homme. Comme elle éprouvait du plaisir à ne pas épargner l'argent dont il disposait. En revanche elle trouvait peu de profit à sa maigreur. Elle était sans cesse

17

irritée de l'impossibilité où il était de rester en place plus de deux ou trois heures dans le même lieu. Elle méprisait la manie qu'il avait de s'entourer d'une multitude de petits objets plus minuscules les uns que les autres. Elle se dit que peut-être il n'aimait pas les femmes, que peut-être il n'aimait pas les êtres vivants. Il n'aimait que les petits objets mécaniques. Il n'aimait que les trains, les avions, les voitures. Elle sortit un tailleur noir. Elle ne savait comment lui plaire. Bien sûr, elle avait trop dormi. Ils ne s'étaient pas aimés. Il n'avait pas dîné. Elle s'y prenait absurdement.

Un ravissant portier de quinze ans se dirigea vers Edouard. Il était couvert de galons et couleur de citrouille. Il approcha de la petite Honda et ouvrit la portière. Il prit les clés. Edouard monta les marches et pénétra dans l'hôtel, donna son nom à la réception et alla directement dans le jardin. Il s'assit au soleil de midi, commanda un verre de café froid, sentit que le froid du café, que la lassitude allaient le gagner.

Il rêva d'une couverture en laine de castor qui aurait été épaisse de deux centimètres. Il lui semblait qu'il la touchait : il émiettait entre ses doigts un peu de pain.

Il attendait Matteo Frire. Deux jours plus tôt il avait reçu à Paris le bouquet traditionnel : un œillet rouge, onze petites fleurs de pieds-d'alouette, neuf tulipes blanches. Ils correspondaient avec des fleurs. Ce langage — pourtant antique — aboutissait, à la consternation des fleuristes, à des bouquets qui leur semblaient ahurissants. Sans rien perdre des significations du langage traditionnel, ces bouquets parlaient selon trois codes très condensés : monétaire, hôtelier et horaire. Chaque tulipe signifiait cinq mille dollars (l'unité à partir de cent mille dollars était le glaive des glaïeuls ou bien l'épi des tubéreuses). Neuf tulipes, cela voulait dire que la transaction se situerait aux alentours de quarante-cinq mille dollars (à peu près deux cent soixante-dix mille francs, cela approchait une demi-fleur de tubéreuse) et que le dessous-de-table tournerait autour de cinq mille quatre cents dollars. Les onze petits pieds-d'alouette indiquaient l'heure. L'unique œillet rouge — vieux signe de ralliement qui datait des Révolutionnaires de la France de la fin du XVIIIe siècle — disait par calembour le nom de l'hôtel La France.

C'était un étrange milieu, aussi raffiné qu'impitoyable, que ce milieu de collectionneurs d'objets appartenant à l'enfance. La haine, l'envie, la guerre étaient comme partout — un peu avivées peut-être par cette remémoration plus avouée et plus assidue des premières années de la vie. Tout particulièrement les guerres entre collectionneurs de poupées et ceux de petites voitures. Les dénonciations fiscales, les vols, les internements psychiatriques, tout était bon pour mettre la main sur ces petits empires. Parmi les clients les plus malaisés qu'Edouard Furfooz eût connus, il y avait Louis La Haie, un collectionneur de passe-boules en bois 1900. Que tout l'univers ouvrît la bouche et la laissât béer : telle était la passion de Louis La Haie. Il avait fait abattre les cloisons de son appartement — au début de l'avenue de Breteuil, à deux mètres de la place Vauban. Dans une petite galerie des glaces de cent cinquante mètres carrés, tout à fait semblables à des armures médiévales, il y avait cent dix, peut-être cent vingt admirables idoles bouche ouverte ou gueule ouverte dans lesquelles on devait lancer la boule. Jeanne d'Arc rose et blanc bouche ouverte à côté d'un hippopotame gris gueule ouverte. Napoléon Bonaparte bouche ouverte à côté d'un immense poisson vert gueule ouverte. Jésus de Nazareth bouche ouverte et plus jaune que rose à côté d'une immense libellule bleue gueule ouverte — ou bouche ou bec ou mufle. Il y a des choses qui sont difficiles à dire. On soupçonnait Louis La Haie d'avoir tué un homme d'affaires panaméen et un jésuite. Sa femme, au lendemain de son divorce, s'était suicidée dans des circonstances qui, par extraordinaire, avaient paru normales. Récemment, l'âge et la surdité venant — il fallait hurler à son oreille pour qu'il répondît — il s'était entiché de cornets acoustiques en cuivre fabriqués de la main même de Maelzel — l'ignoble inventeur du métronome, ami de Beethoven, et qui aurait certes mérité d'être transformé lui-même en passe-boules. Edouard avait la crainte que les collections de La Haie ne s'étendissent à la plupart des orifices du corps humain. Par mesure de précaution, il venait de faire entrer au Siège, rue de Solférino, un lot de ces singuliers étuis articulés en étain du XIXe siècle qui étaient censés empêcher toute pollution masculine nocturne.

Edouard s'était levé et faisait signe au garçon. Frire n'arrivait pas. Il demanda qu'on lui apportât un téléphone. Il joignit Paris. Pierre Moerentorf venait d'arriver. Après que la secrétaire eut passé la ligne il entendit la voix nasillée, aiguë et pleine d'onction de Pierre : il sortait de chez le médecin (il faisait une assez grave allergie aux ponts de Paris, qu'il soignait au

Rohypnol et, par pure précaution homéopathique, à l'aide d'une mystérieuse poudre de brochet au beurre blanc). Ils préparèrent quelques raids vikings dans l'océan des jouets. Ils commanditèrent pour une vente de Sotheby's Londres. C'était le refrain de leur vie. Telle était chaque jour la ritournelle lancinante :

— Vendez, Pierre.

— Monsieur, il s'agit d'un jockey 1880 vêtu de soie rouge et noir, la tête en porcelaine. Le kart est en fer. Le cheval, comme tous les chevaux de la terre, est en peau de porc.

— Vous le signalez à Frank. Il va de soi que vous êtes vraiment désopilant. Vous dites à Frank d'acheter. Cessez de m'appeler Monsieur.

— Une poupée de Köppelsdorf 1890 d'Armand Marseille, les avant-bras en biscuit, le corps en bois, les jambes en coton comme...

— ... comme aucune femme de la terre. Laissez tomber. Vous êtes... Adieu !

Edouard raccrocha brutalement : un minuscule Japonais était en train de courir vers lui. Il lui prit les bras. Ils s'embrassèrent. Matteo Frire était japonais — du moins, né d'un père italien originaire de Raguse et d'une mère minuscule et ravissante appartenant à la bourgeoisie de Niihama, à l'ouest de la grande île de Shikoku, son apparence était toute nippone. Frire était plus que son rival. Expert comme il l'était lui-même et revendeur, il couvrait non seulement toute l'Asie mais aussi les Amériques Sud et Nord. Edouard Furfooz ne régnait que sur la vieille Europe. Dans les grottes souterraines de Drouot, dans la salle ocre de Sotheby's, dans la salle rouge de Christie's, ils se défiaient. On ne connaissait qu'une faiblesse à Matteo Frire : il collectionnait les contrepoids de ceinture. Il fallait entendre Matteo Frire prononcer les mots japonais de « netsuke katabori » ou de « manju » avec l'accent de la Sicile. Il s'agissait de petits monstres ou de minuscules personnages de légende hauts de trois à neuf centimètres, sculptés avec une ingéniosité infinie dans des racines, des coquillages ou de l'ivoire. C'est par ce biais qu'Edouard Furfooz entreprenait d'apaiser la rivalité. Matteo Frire en usait de même à l'égard de Furfooz. Les passions d'Edouard étaient, par-delà les bières au goût amer et aux noms étranges, un peu plus avides et nombreuses : les petites voitures en fer-blanc du XIXe siècle et les peintures anciennes sur les boutons ou sur les couvercles de montres ou sur le dos des tabatières. C'étaient leurs pots-de-vin. Ces pots-de-vin avoisinaient vingt pour cent de la somme indiquée par les bouquets de fleurs.

Ils déjeunèrent. Au grand regret d'Edouard, Matteo Frire exigea un emplacement dans le jardin qui fût à l'ombre. Ils prirent du chevreau et des fèves au sucre. Redoublant les regrets d'Edouard, Matteo Frire voulut commander une bouteille de vin du Latium. Ils s'entendirent sur une vente de contrepoids de Totomada et fixèrent un plafond de deux millions de francs sur une vente de Londres. Edouard sortit de sa poche un contrepoids érotique de Rantei, une femme pudique d'une valeur de trente-six mille francs lourds — ce qui pour un sujet aussi fascinant était presque donné mais il est vrai que son usure était extrême — et un merveilleux scribe rêveur qui ne valait que dix-huit mille. Trente-six et dix-huit, cela faisait bien vingt pour cent de neuf tulipes. Frire sortit de sa poche une petite tabatière de deux centimètres carrés et la tendit à Edouard en plissant les yeux. Le regard d'Edouard s'illumina. C'était une Aube de Bruges — l'aube du 17 mai 1302 dans Bruges. On décelait l'eau encore couverte de buée et de brume, dix Klauwaerts avec sur la poitrine les griffes du lion héraldique des comtes de Flandre, massacrant, hilares, l'armée d'occupation française. Au loin, à gauche, Jacques de Châtillon s'enfuyait à la hâte.

Edouard Furfooz était courbé en deux, il geignit de bonheur. Il contemplait, couchée dans sa paume, la minuscule tabatière du XVIIᵉ siècle liégeois. Il conclut une nouvelle entente avec Matteo Frire. Le petit Japonais, faisant mille gestes avec ses mains, rappelait à Edouard Furfooz les circonstances de leur première rencontre, Hoogstraat, à Anvers, lors de l'inondation de 1977. Encore qu'Edouard se méfiât : Frire n'évoquait jamais la naissance de leur amitié, autrefois, sur les quais qui longent l'Escaut, qu'il n'eût à l'esprit quelque dessein plus furtif et plein de dangers imminents. Matteo Frire évoquait l'impression à la fois désastreuse et grandiose que lui avait faite le grand hôtel particulier des parents d'Edouard — qui était du faux 1590, du 1590 qui datait de 1880 — de la Korte Gasthuisstraat, la salle à manger aux quatorze chaises rouges, les neuf enfants réunis, la mère lointaine, majestueuse, très belle, affable, et surtout le bruit des planchers de bois craquant brusquement au-dessus des têtes et qui faisait sauter le cœur. Edouard Furfooz écoutait à peine. On vint prévenir Matteo Frire qu'on l'attendait à la réception. Ce dernier se leva, s'excusa en se cassant en deux cinq à six fois. Edouard se leva et lui tendit la main.

— Vous ne trouvez pas qu'il fait froid ?

23

Mais Matteo le quittait avec de grands gestes des bras, de grandes embrassades sud-américaines suivies de brusques secouements de la tête d'avant en arrière. Il s'éloigna parmi les pins en rejoignant l'hôtel.

Edouard Furfooz avait froid. Il songea à ces manteaux-pèlerines de laine tissée, bleu sombre, ou vert très sombre comme en portaient les anciens Vikings en Islande, en Groenland, en Vinland. Il effaça en frottant ses yeux avec sa main les courbettes excessives de Matteo — qui pénétrait dans l'ombre de l'hôtel. Il eut le regret soudain des tope-là empuantis de bière au miel, bruyants d'épées et de haches, des anciens Scandinaves pour conclure un marché, exécutés devant tous avec vigueur, et sanctionnés par la mort si l'engagement n'en était pas tenu. Matteo Frire n'était jamais tout à fait fiable. Edouard reprit en grimaçant un peu de vin du Latium, commanda aussitôt un nouveau café. Il regardait la tabatière offerte, la porta à son nez, respira doucement les siècles. Il la posa sur la table, au milieu des miettes, à la place de la tasse d'espresso que le garçon venait d'ôter.

Comme tous les jours de sa vie, toutes les deux heures à peu près, il avait froid, il s'ennuyait. Edouard Furfooz avait beau occuper, suroccuper ses journées, sans cesse il n'avait rien à faire. Il avait beau se déplacer, sans cesse, jour après jour, il n'abordait nulle part. Où était-il ? Où était le margraviat d'Anvers et où était le grand-duché de Toscane et les laines anciennes des Flandres qu'on laissait tremper jadis dans l'Arno ? Il songea à

Francesca qu'il fallait rejoindre pour quatre heures. Tout en regardant sa Bruges pillée parmi les miettes, il se disait absurdement : « Florence, chef-lieu du département français de l'Arno ! » et il accumulait les débris du pain autour de la miniature à l'instar d'un minuscule rempart. Les Français avaient pillé Florence comme les Français avaient pillé Anvers. Des pillards, ou plutôt des êtres qui triaient et mettaient en rang d'oignons des vieux trésors, tels étaient les collectionneurs. C'étaient des pirates élimés qui soustrayaient des choses à l'usage. C'étaient tout à coup des clés sans portes, des jupes sans corps, des épées sans cadavres, des montres arrêtées. C'étaient des monnaies qui n'achetaient plus rien dans l'univers. C'étaient des jouets sans enfants.

Il poussa du doigt la petite Aube de Bruges à l'odeur incertaine et éventra l'indestructible rempart des miettes. Et il songeait que plus ces objets pillés et transférés de site en site avaient été gâtés par le passage du temps, moins on les restaurait. Et c'était comme son cœur. Et moins ils avaient d'usage, plus leur valeur marchande s'accroissait. Tout cela était frappé au coin de la démence. Il passait sa vie à entourer de bandelettes d'ouate ou de tarlatane des divinités qui avaient perdu le sens. Et moins on percevait leur sens, plus on les exhibait. On les mettait dans des vitrines. On blindait ces vitrines. C'était le butin du passé. C'étaient les trésors du temps. Tout à coup le clairon sonnait. L'ennemi avait l'honneur de la première salve. Les champs de bataille avaient nom Christie's, Drouot, Sotheby's. Mais il y avait des fronts plus secrets, des guerres plus cruelles, des seconds marchés derrière les premiers, et presque des troisièmes marchés remplis de chausse-trapes et peuplés de voix étouffées et de masques polis. C'étaient autant d'empires qui voulaient conserver l'anonymat, le silence, le prestige princier ou divin, la nuit sacrée qui jadis les avait entourés. Les gouvernements razziaient, préemptaient. Les dictateurs militaires ou religieux cadenassaient dans les flancs des montagnes ou dans les sous-sols des plus hauts buildings. Il y avait aussi des diplomates, des éminences grises, aussi rusées qu'elles pouvaient être grises, qui négociaient dans l'ombre, qui manipulaient le cours des combats et qui s'enrichissaient des miettes de ces détritus du temps ou de ces séquelles des rêves des morts. Edouard Furfooz était l'un d'eux. Il était un capitaine de corvette qui couvrait le nord de l'Europe pour tout ce que des petites mains d'enfants devenus des cadavres avaient tenu.

Il voyait des mains. Des mains couvertes de joyaux. Des mains tremblantes. Les mains souillées d'Antonella lui tendant l'Ingap enveloppé dans le *Messaggero*. Sa sœur Amanda lui avait rapporté qu'il disait, à trois ou quatre ans, qu'il voulait être diamantaire. Anvers, Antwerpen, cela voulait dire la main tranchée du géant par la main de Brabo — « antwerpen » était la main du dieu Tyr jetée sanglante dans l'Escaut ornée des plus beaux diamants des cours de l'ancien monde. Deux jours plus tôt il avait aperçu quai Anatole-France une main merveilleuse et à un doigt de cette main un cabochon de rubis, couleur unique et flamboyante au-dessus d'un tailleur de soie sable. Il rêva à la Pelikaanstraat. Il brisait opiniâtrement les miettes dans ses doigts. Il en faisait une espèce de sable blanc. Il s'imaginait diamantaire, l'œil collé scrutant les pierres

26

au microscope dans les bureaux modernistes de la Schupstraat. Et, sous la lentille, il examinait un cabochon de rubis.

Il examinait la table, l'Aube de Bruges parmi les gravats du rempart retombé au-delà du rêve ou de la mort, à côté du pédoncule de cerise. Il était dans une petite boutique en bois dans le village de Eyck. Il trempait un pinceau à deux poils dans un godet de vermillon ou d'or. Il rehaussait un retable, un livre d'heures, une Vanité sublime. Par exemple une Vanité de vingt centimètres carrés avec une tasse de café, un crâne de mort, un pédoncule de cerise — et une main tranchée étreignant un pull-over vraiment chaud, extrêmement chaud, angora, aussi doux que la fourrure d'un chat ou que le ventre d'un enfant.

Il frissonna. Il se leva. Il tira la table vers un rayon de soleil. Il n'y avait pas de ville plus sinistre que Eyck-sur-Meuse. Il ne se sentait d'aucune ville, d'aucun continent, d'aucun lieu — n'était la mer et le vent et la peur.

Pas plus parisien que londonien, que romain, que new-yorkais, qu'anversois. L'Etat belge n'existait que depuis 1830. A quelques miettes de temps près, l'Etat belge n'existait pas. Les villes n'étaient nulle part, étaient des petits bouchons de liège, flottant dans l'immensité du vide, des mains du dieu Tyr jetées dans l'océan, dans un temps très ancien et très froid, à l'aube du paléolithique. Alors, la mer du Nord engloutissait encore les Flandres. Alors, les glaciers scandinaves recouvraient la Belgique septentrionale. Avec la tournure d'esprit propre à tout collectionneur d'antiques, il lui semblait qu'il s'en souvenait.

Mais c'est en quoi aussi il se sentait le plus proche du

27

pays dont il était originaire. Patricien brutal et muet dans ses vêtements vert et noir, fils d'hanséates arrogants qui prétendaient remonter au temps des Salviati et des Fugger — encore que ses grands-parents paternels fussent apparentés à une lignée de filateurs gantois les poumons obstrués par le ploc puis peu à peu par le cigare — Edouard Furfooz ne pouvait s'imaginer sur un autre point du globe sinon sur cette main archaïque, cette Antwerpen sanglante jetée dans la mer froide. Quelques hommes erraient, se nourrissaient d'hyènes, de mammouths et d'ours. Ils écorchaient avec des os, sur le cuir des bêtes vivantes et hurlantes la laine — cette laine qui avait été à l'origine de la fortune des Furfooz. Ils s'abritaient dans des grottes enfumées semblables à celles qu'il avait visitées souvent, enfant, avec ses trois frères et ses cinq sœurs, le dimanche, l'automne, dans la région de Namur. Jadis, il avait été un de ces hommes. Il y avait vécu lui-même, dans l'humidité gluante et froide. C'était sa propre main qu'il mettrait à couper pour peu qu'il eût à donner le gage de la netteté de sa mémoire. Il connaissait avec autant d'érudition que celle qu'il déployait devant les couvercles de tabatière les parois des grottes brun et bleu de la Meuse et vertes de la Lesse. Les Van Eyck du mésolithique faisaient leurs premières miniatures sur du silex. Ils sculptaient des idoles de femmes sur l'ivoire des mammouths. Ils gravaient des petites jonquilles sur les bois des rennes morts. Après, ç'avait été la fin. Des brachycéphales bruns ou blonds étaient venus de Rhénanie et avaient édifié des bourgs palustres : c'était l'extrême décadence. Edouard ne portait aucune admiration aux menhirs de Velaine-sur-Sambre. C'était trop grand.

28

Le nom même qu'il portait rappelait le souvenir de ces grottes fluviales où les chasseurs — ou ceux qui pêchaient dans la Lesse — sculptaient des netsuke d'ivoire et des hameçons de corne. Furfooz est le nom d'un escarpement rocheux au pied duquel coule la Lesse. C'est au haut de Furfooz, dans un refuge fortifié — semblable à celui d'Eprave au-dessus de la Lomme — que venaient se réfugier les derniers Belgo-Romains sous le commandement de Decimus Avitius, sous l'empereur Julien, lors des premiers raids des bandes franques.

Le garçon apportait la tasse d'espresso qu'il avait commandée et Edouard Furfooz se leva. Il alla chercher son manteau de laine verte, se pelotonna dedans, se rassit. Il frotta longuement son visage et ses yeux. Il effaçait un mauvais songe. « Finalement, se dit-il, j'ai mené à bien deux excellentes négociations avec Matteo et je n'en retire que de l'embarras et de la maussaderie ! » Il but. Le liquide noir, odorant et âpre, était tiède. Il aplatit la poudre de pain sur la nappe. Pourquoi s'ennuyait-il tellement dans les salles de restaurant ou dans les salons de sa famille ou dans les chambres à coucher des femmes qu'il aimait ? C'était une solitude sans nom à l'intérieur de sa tête, dans le volume même de son corps. Du vide appelant du vide. Toujours cherchant quelque chose d'égaré, ailleurs, autre part, dans un autre monde, dans un temps plus ancien. Toujours appelé dans cette autre part du monde. Avec toujours en lui — jusqu'à la stupeur — comme un nom propre sur le bout de la langue, quelque chose d'extrêmement important qu'il avait oublié, qu'il recherchait sans cesse, sans répit, où que ce fût, dans tous les lieux qui fussent au monde et dont la carence était en lui comme la culpabilité de chaque instant. Antonella avait raison. Il n'était qu'un petit Charlot au bras fébrile accroché à un combiné de téléphone — à la main agrippée à une tabatière. Il regarda sa main : elle tenait à son bras.

Le verre d'eau traversé de soleil, les deux cerises presque noires, le noyau recraché et qui était posé sur le bord de la nappe, le pédoncule qui vacillait à l'extrémité de la table, il glissa sa main maigre, blanche dans la lumière — sa main qui tenait à son bras, sa main crispée sur l'Aube de Bruges — et tout devint plus coloré, plus adouci, dans la clarté plus riche et plus consistante du début d'après-midi. Edouard Furfooz contempla cette lumière qui anticipait l'été. Dans cette lumière, cette table défaite était vraiment une nature morte des bords de Meuse ou de Hollande. Il ramassa, enfoui dans sa poche l'Aube, mit son mouchoir sur l'aurore.

Elle avait pris un bain. Ses cheveux étaient humides encore et elle choisit une robe bleu électrique. Francesca avait l'air bizarre, dur. Elle ôta le cintre. Elle passa la robe, se contempla avec une haine intense, défit les agrafes. Elle laissa glisser la robe bleue à terre.

Puis elle élut un ensemble étrange, vert épinard, en mailles lurex, le passa, se contempla deux secondes en marquant le désir irrésistible de mordre — soit le reflet, soit le miroir — et le rejeta. Elle enfila un jean. Par un brusque coup d'œil en arrière, traîtreusement, elle chercha à surprendre le reflet de son dos dans le miroir.

Bien qu'elle fût seule, d'une voix méchante, cinglante, elle siffla entre ses dents qu'elle n'aimait pas ses fesses. Elle avait le visage décomposé. Elle avait l'air d'une femme que la présence de son corps exaspère.

Elle se remit nue. N'enfila une robe de chambre en flanelle noire que pour la rejeter aussitôt avec angoisse. Elle aurait aimé qu'Edouard fût là. Il lui aurait dit comment il lui plairait qu'elle fût habillée.

Elle s'assit nue sur le lit, le menton dans ses genoux. Les larmes naissaient doucement aux bords des yeux. Il faisait trop chaud. La neige, voilà ce qu'elle aurait aimé. Un chalet sous la neige, marcher dans la neige jusqu'au chalet, pénétrer dans le chalet, s'approcher de l'âtre et des flammes jaillissantes, faire mijoter un bœuf « miroton » avec un fond de sauce au cognac — tel était le destin qu'elle aurait dû avoir. Puis, en regardant la neige tomber, traduire méthodiquement un roman anglais, ou un roman indien écrit en anglais. Enfiler des grosses chaussettes de laine sur lesquelles enfiler des bottes en caoutchouc, revenir de promenade ou des pistes trempée, glacée, ôter ses bottes en caoutchouc devant l'âtre, ôter ses chaussettes devant l'âtre, les voir fumer au-dessus du feu, voilà ce qu'elle aurait aimé vivre. Il faisait trop chaud. Elle aurait vraiment aimé qu'il fît froid. Elle aurait souhaité acheter un passe-montagne jaune. Acheter d'un coup dix paires de gants de laine de toutes les couleurs. Des gants de laine extensibles. Pourquoi ne lui avait-on jamais offert un livre de cuisine ?

La fin du jour était si chaude. Le gravier crissa. Au travers des persiennes elle le vit qui avançait sur la terrasse. Il y eut un brusque silence qui vint visiter tout à coup la maison. Elle imaginait qu'il devait, dans l'obscurité de la maison, frotter ses yeux, recouvrer une vue impuissante, ôter ce manteau ridicule qu'il portait sans cesse, alors qu'il faisait si chaud, discerner faiblement les objets, les portes et les murs. C'était tellement sa faute. Il venait si peu. Il aimait si peu. La porte de la chambre s'ouvrit. Dans la pénombre elle le vit la regarder. Il venait de percevoir le corps nu, les jambes repliées, sur le lit. Il s'approcha d'elle et, sans qu'il la vît tout à fait, s'agenouilla, posa son visage sur ses cuisses. Ils chuchotèrent.

CHAPITRE II

Ils étaient allés à Florence, à la boutique, après qu'ils s'étaient disputés sur l'âge de Pinocchio. Francesca et Edouard se donnaient la main. Elle trouvait cela hardi. Elle se souvenait de leur dispute sur Pinocchio avec allégresse. Elle aimait beaucoup l'excitation, la hargne des scènes de ménage où, au terme des hurlements, on s'effondre dans les larmes, on ruisselle, on hoquette, on échange les mouchoirs, on se pelotonne l'un contre l'autre, on renifle peu à peu en mesure, puis on s'enlace, puis on se caresse l'aine avec une espèce d'humilité plus humaine — plus humaine que la coquetterie ou les grands airs très zoologiques du désir —, de honte partagée, de paix faite, tiède, peu à peu prometteuse d'une volupté venant lentement s'effilocher dans le sommeil.

— Parle-moi !

Il se tourna vers elle et lui sourit des yeux en pressant

33

légèrement les paupières, se pencha vers elle pour l'embrasser sur la joue, et continua à marcher en se taisant. Comme cet homme muet, frileux, dégingandé, maigrichon, absent pouvait agacer! Ils coupèrent par le marché couvert. Le lieu était obscur et sale. C'était une fraîcheur tout à coup délectable. Les étals vides évoquaient là les poissons, là les apparences des légumes, là les fantômes des fromages, sans qu'on vît autre chose que l'ombre mouillée et brune.

— Tu ne trouves pas que cela sent l'urine?

— C'est la première odeur humaine, dit-il.

— Je t'en supplie...

— Un nourrisson haut comme un double décimètre naufrage entre deux jambes.

Francesca haussa les épaules. Quelques secondes plus tard elle se tourna vers lui avec agressivité: est-ce qu'il existait aussi des « collectionneurs de nourrissons? » — « Oui », répondit-il. « Comment les appelle-t-on? » demanda Francesca. Edouard répondit : « Les mères de famille. » Il ajouta : « Par exemple Godelieve Furfooz, ma mère, était une grande collectionneuse de nourrissons. Elle nous regardait quelquefois avec beaucoup de plaisir, les jours de fête. Nous étions neuf... Il y avait neuf jonquilles, dès les premières jonquilles, sur la table où mangeaient les enfants... » Ils sortaient du marché, ils clignaient les yeux. Edouard s'arrêta. Il tendit la main. Il dit :

— Regarde. J'aime. J'admire.

Loin devant eux, au centre de la place un homme de la taille d'une mouche, tout bleu, s'agrippait à l'échafaudage qui entourait la flèche de l'église. Il montait silencieusement dans la lumière finissante. Le soleil luisait sur le petit pantalon bleu.

— Je ne sais pas pourquoi j'admire. Tu as vu ce petit être bleu qui monte dans le ciel?

Francesca clignait les yeux, sortit de son sac ses lunettes de soleil.

— Comment me vont mes lunettes? demanda-t-elle en se tournant vers lui.

Ils arrivèrent à la gare.

Il dormait mal. Il passa un chandail en laine d'agneau noir, enfila un pantalon. Il sortit. La maison de Francesca, sur le flanc de la colline, sur la route de Sienne, plus loin qu'Impruneta, était relativement isolée. L'air était tiède et doux. Il erra, puis il eut du mal à retrouver son chemin. Six ou huit mois plus tôt, quand ils s'étaient aimés pour la première fois, ils avaient du plaisir à rentrer à pied, tard, au point de ne plus percevoir le chemin dans les buissons et dans les pierres encore rouges de la colline. Ils tombaient l'un sur l'autre. Ils s'aimaient où que ce fût. Alors Francesca ne s'inquiétait pas de l'état ni de l'apparence de ses vêtements. Il fut pris d'un frisson. Le pull-over en laine d'agneau acheté à Bruxelles ne suffisait pas. Il le toucha. Il était doux mais lâche. Edouard Furfooz n'avait, de toute sa vie, jamais enfilé un chandail en laine synthétique, en cellulose, en polyamide, en chlorofibre, en acrylique. Edouard Furfooz était un fanatique de la laine naturelle, de la laine animale, de la laine ancestrale. Il vit au loin tout à coup la terrasse. Il avait eu le

35

tort de la laisser allumée. En s'approchant, près du chêne-liège, il perçut une petite cigale de deux centimètres, brillante, brune ou plutôt dorée, qui était venue ou muer ou mourir. Il s'agenouilla. Il ne songeait à rien. Ce fut un accès de stupeur vide. Quelque chose le hélait et il ne savait quoi. Il était sujet à ces crises subites dont il n'aurait su en aucun cas se dire le secret à lui-même. Parfois il lui semblait qu'il venait de perdre à l'instant un objet cher, sans qu'il sût quel il pouvait être — mais il savait qu'il ne le reverrait jamais, qu'il ne saurait jamais ce que c'était. D'autres fois il lui semblait qu'un être minuscule appelait au loin en pleurant, en hurlant de douleur ou de faim ou d'épouvante, et qu'il fallait aller le secourir au plus vite mais il ne savait où. Il se redressa. Il se dirigea vers la maison. D'autres fois encore il lui semblait que ses mains étaient incroyablement vides, qu'il n'avait rien vécu, qu'il était loin d'avoir passé la limite où le bonheur commence, qu'il n'avait même pas commencé de goûter aux plaisirs éternels de la bouche, du sexe, de l'esprit, des doigts, des sons et des yeux. Qu'il n'avait pas fait un pas vers la beauté de la terre. Alors il fallait partir vers l'ouest. Il fallait préparer le drakkar. Il fallait ressortir et fourbir les épées et les haches. Il fallait arrimer sur l'épaule à l'aide de la broche d'or les deux pans du grand manteau de laine et de mer... Il poussa la porte de la maison et retrouva brusquement l'odeur pénible de cigarette blonde.

Tandis qu'il repoussait et refermait la porte, Edouard eut à l'esprit l'image de sa mère, accompagnée de l'odeur des Player's bleues qu'elle aimait à fumer. Quand il était revenu de Paris à Anvers, à l'âge de dix ans, pour entrer en classe de sixième, en pénétrant dans le grand hôtel particulier de la Korte Gasthuisstraat, c'est cette odeur de cigarette qui l'avait saisi, sur laquelle toute sa haine — telle une odeur émissaire, une odeur de bouc dans une chambrée de caserne — s'était rassemblée. Au point que chaque fois qu'il rentrait dans le grand hôtel particulier de sa mère ce parfum de miel épais, ces bouffées erratiques de miel épais, presque poisseux dans l'air, qui écœuraient, le faisaient suffoquer. Il n'avait jamais compris qu'à l'âge de cinq ans, après la Libération de Paris, ses parents se fussent séparés de lui, l'eussent privé de la compagnie de ses frères et de ses sœurs, l'eussent envoyé chez tante Ottilia, place de l'Odéon, et qu'ils l'eussent inscrit rue Michelet pour ses petites classes, afin qu'il apprît le français avant l'entrée en sixième. Il se refusait même tout souvenir qui portât sur ces ultimes et odieuses années vécues à Paris.

— Dis-moi. Comment je m'habille? Leonella vient dîner.

— Comme tu veux.

Elle l'avait surpris. Il était en train de rêvasser au soleil, dans une chaise longue, le nez dans une écharpe de laine succulente, près du chêne, près de la cigale morte, tandis qu'il songeait à Paris, à la femme blonde si belle et qui se tenait si droite rencontrée quai Anatole-France. En l'interrompant, Francesca lui avait fait prendre conscience de la nature de ses rêvasseries. Il haït ces songes qui importunaient sa tête. Il se leva.

Francesca était couverte de sueur. Elle revenait du tennis. Elle était encore en chemise-polo et en jupette blanche. Ses socquettes blanches et ses mollets étaient couverts de poussière de brique rouge. Elle mettait toute son énergie à couper le sommet des buis avant l'arrivée de Leonella, à l'aide de grosses cisailles jaune et noir. Il s'avança derrière elle. Il la saisit par les épaules. Elle se retourna. Il saisit ses bras, l'attira vers lui, la pressa contre lui. Il la garda pressée contre lui. Il sentait les cisailles d'acier si froides entre leurs ventres, qui séparaient leurs deux ventres. Comme elle tenait ses yeux fermés, il lui embrassait les paupières. Elle lui demanda de nouveau :

— Comment voudrais-tu que je sois habillée ce soir ? Leolla vient dîner.

Leolla — c'est-à-dire Leonella — était l'amie de cœur de Francesca. C'était une cantatrice si peu douée qu'elle avait fait médecine. Elle était devenue l'oto-rhino-laryngologiste de toutes les vedettes du spectacle plus ou moins connues qui résidaient à Bologne ou à Rome, où elle avait deux cabinets. Sa laideur l'avait rendue attachante, peut-être rassurante, et le succès s'était porté sur elle. Sa photographie figurait régulièrement dans les journaux ou dans les magazines, soit avec la légende « La célèbre phoniatre de la médecine douce », soit sous l'appellation plus flatteuse de la « déesse du débit respiratoire ». C'était une sorte de tonneau à vin contralto toujours en pyjama — s'il est permis de parler de la sorte. Elle toussait tout le temps et fumait à proportion qu'elle toussait, sans doute dans le dessein de se reposer de la toux. Elle aimait les femmes. Francesca répétait :

— Leolla vient dîner. Comment crois-tu, comment estimes-tu que je devrais me mettre ?

Edouard fuit vers le salon. Il put lire pendant une demi-heure la *Gazette de l'Hôtel Drouot* et les descriptifs mirifiques d'*International Preview*. Mais les deux mains humides de Francesca brusquement étaient posées sur ses yeux pour l'empêcher de lire. Elle disait :

— Tu comprends, ce qui est difficile, c'est que je ne veux pas avoir l'air d'une cruche.

Francesca ôta ses mains des paupières d'Edouard et lui fit face. Elle lui montra le pouce. Puis lui montra l'index :

— Primo, je ne veux pas passer inaperçue. Deuzio, il n'est pas question que je me fasse remarquer.

— C'est délicat.

— Ça fait *plouc* ? Tu ne trouves pas ? Dis-moi.

Elle portait une robe rose assez courte. Francesca lui montrait la robe, les plis de la robe, ses genoux, qu'elle avait ronds et gras. Elle avait l'air totalement désespérée, égarée.

— Tu comprends, dans le rose aujourd'hui, je ne sais pas pourquoi cela ne fait pas bien !

Elle se pencha vers lui, approcha ses lèvres de son oreille. Elle reprit, tout bas :

— Cela fait pute.

Il ne répondit pas. Il lui embrassa la joue. Il pensait : « Mets ton tour de cou en renard, enfile une paire de baskets et prends un parapluie. » Edouard parvint à contenir sa pensée.

Mais Francesca pleurait quand même. Il se leva. Il la caressait. Il buvait ses larmes. Il embrassait ses paupières que ses larmes salaient. Il apaisait comme il

39

pouvait les hoquets des sanglots. Edouard se disait :
« Cette femme est une mendiante ! » Il n'y avait pas
d'instant où elle ne tendît la main pour harceler et
obtenir un compliment. Comme elle mendiait le plaisir. Elle consacrait deux à trois heures par jour,
avant qu'elle sortît — à supposer qu'elle eût trouvé
l'étoffe qui permît de sortir — à contempler un dressing de soixante ou cent jupes et robes pendues et à
atermoyer jusqu'à la souffrance. Alors elle courait à
lui :

— Tu penses vraiment que le pull noir et le pantalon noir, cela ne fait pas trop triste ?

Elle essayait autre chose, assemblait, désassemblait,
faisait machine arrière, se pétrifiait. Elle s'affaissait
tout à coup. Se recroquevillait par terre.

— Tu es bien sûr que la robe aux petits carreaux
bleus, cela ne fait pas « vieille fille » ?

Elle touchait sans se lasser les étoffes. Ou plutôt
Francesca ne touchait pas les étoffes : elle les tenait
du bout des doigts durant des heures comme un
enfant tient un coin de drap ou d'oreiller pour
s'endormir. Elle s'échinait devant le miroir, se tournait, se mettait de biais, posait dans des poses difficiles, cambrées, plus exploratrices sinon plus gra-
cieuses. Elle donnait l'impression de rechercher la
peau d'animal ou de fée ou de mère qu'elle aurait
revêtue jadis et dont elle aurait le regret. Nue, elle
aimait l'être. Alors elle paraissait heureuse. Mais
comment se voiler ? Où retrouver les feuilles du
figuier de l'Eden ? Comment se maquiller ? Comment
être coiffée ? Quels bijoux ? Quelle ceinture ? Quels
pendants d'oreilles ? Il y avait un sas infernal entre

elle et le monde par lequel il lui fallait passer à nouveau chaque jour. Il arrivait qu'elle dît à Edouard avec un air de reproche très menaçant :

— Tu comprends, tu pourrais m'aider ! C'est maman qui m'habillait quand j'étais petite. Maman m'a habillée jusqu'à ce que j'aie dix-neuf ans. Elle mettait mes habits, chaque soir, sur le bout de mon lit.

— Je ne suis pas maman. Tu n'es pas petite.

Dans le même temps Edouard était extrêmement choqué qu'une mère ait pu un jour se soucier des vêtements de son enfant au point de les sortir de la commode le soir et de les déposer sur le bord de son lit. Sa propre mère — qui était une femme merveilleuse, qui était même l'être qu'Edouard Furfooz aimait le plus au monde à part les petites voitures — il ne l'avait jamais vue dans sa chambre, elle n'était même jamais montée ne serait-ce qu'à l'étage des enfants. Il n'était pas sûr, d'ailleurs, qu'elle sût qu'il y avait un étage pour les enfants. Elle avait eu neuf enfants. Il n'était même pas sûr qu'elle soupçonnât que les enfants survivaient à leur naissance.

Un verre de vin rosé à la main, un morceau de nougat mandorlato entre les doigts, il parlait au téléphone avec Pierre Moerentorf. Il appela Frank à Londres et la boutique de Bruxelles. Puis il rejoignit Leonella et Francesca, toutes deux assises par terre, classant des revues et des livres, dans un nuage blanchâtre de fumée de cigarettes blondes. Francesca se leva dans une joie indescriptible :

41

— Alors je ne suis pas magnifique ? lui demanda-t-elle. Reconnais que cela t'en *bouche un coin !*

Elle lui lança un coup de poing dans le ventre. Il se plia en deux et il convint que sa robe chasuble était une splendeur. Ils passèrent à table. C'étaient de pauvres pieds de porc, des bucatini rougeâtres pleins de poivrons. Le dîner fut lugubre — sinon un pinot Grigio ancien et doux. Leonella avait admirablement parlé de bel canto, de la « sprezzatura » dans la modulation du son, entre deux quintes de toux. La fumée envahissait la pièce.

Pris de migraine, Edouard se retira très tôt. Francesca en conçut de la fureur. A deux heures du matin, alors qu'elle arrivait dans la chambre et s'apprêtait à se coucher, elle le réveilla brutalement. Se plaignit de son égoïsme, de son indifférence, de ses absences, de ses voyages, du peu de déférence qu'il avait marqué à l'égard de Leolla qui était une vraie « star » de la médecine italienne. Il ne se rendait vraiment compte de rien.

Francesca était assise sur le lit. Les quatre portes de l'armoire-dressing étaient grandes ouvertes. Elle avait fait glisser sa robe chasuble. Elle contemplait à vide ce tombeau d'étoffes. Elle pleurait. Jamais il ne l'aidait. Jamais il n'avait un mot gentil. Brusquement Edouard éprouva de l'ennui. Il tira jusqu'à lui et posa sur ses épaules un chandail de laine morte bleue. Il plongea son visage dans la manche vide du chandail. Puis il regarda attentivement les mailles de la laine. Il les regarda comme un fidèle son dieu et de la même façon que s'il les observait sous la lentille d'un microscope : la laine, ce n'était qu'une suite d'écailles minuscules tondue sur des

animaux vivants, au printemps. On était au printemps.
En ne portant qu'une attention de plus en plus distraite
aux plaintes de Francesca, il enfouit de nouveau son nez
dans la manche vide du chandail anversois. Les tissus de
laine d'Anvers, durant des siècles, avaient toujours été
foulés dans les moulins qui longeaient l'Arno. Il dormait
debout. Il se fit la remarque que ce n'étaient pas les
femmes qui prêtaient un instant la tiédeur de leurs seins,
que ce n'était pas l'âne, que ce n'était pas le bœuf qui
réchauffaient les êtres, fussent-ils lovés dans les man-
geoires. Depuis le néolithique, il n'y avait que le mouton
qui réchauffât l'homme. L'homme pouvait être défini :
un animal qui s'entoure de poils de mouton. Il parvenait
difficilement à se tenir hors du sommeil, à suivre ce que
disait Francesca. Au bout d'une heure trente de récrimi-
nations, de plaintes circulaires, il se leva, l'embrassa sur
les cheveux, se dirigea vers la porte pour aller chercher
une bouteille d'eau. Francesca lui dit :

— Tu t'en vas ?

Elle avait un air effrayé. Il eut brusquement l'irrésistible envie de la prendre au mot.

— Tu le souhaites ?

Le regard et le ton de la voix de Francesca peu à peu
s'affolèrent.

— Je sais. Je sais : tu t'enfuis.

— Tu vois, moi, je préfère dire : il faut que je me
sauve.

Il s'approcha d'elle, lui prit les joues dans ses mains.
Il la regarda dans les yeux. Il dit tout bas :

— Pardonne-moi. Je me sauve pour les siècles des
siècles.

Elle lui sourit avec un air totalement égaré et doux. Et

43

ce fut son tour de le regarder s'habiller. Elle ne disait rien. Il pensait, en passant ses vêtements : « C'est juin. C'est le premier jour de juin. » Il enfila enfin le pull de laine morte bleue. Il approcha les lèvres de son front pour l'embrasser une dernière fois. Elle refusa son front. Il partit. Tandis que Francesca, l'œil embué de larmes, cherchait devant elle, dans le dressing ouvert, le fantôme d'un corps où se blottir, d'un corps qui ne se sauve pas, d'un corps dont elle aurait pu, vraiment, tout à fait s'habiller — tandis que les sanglots et les cris montaient enfin en elle et qu'elle tombait à genoux, qu'elle étreignait, à genoux dans le dressing, les robes comme des reliques de saints protecteurs — il roulait dans la fin de la nuit.

Il s'amusa à rouler, passa Sienne. Il n'y avait personne sur les routes. Il descendit seul vers Rosia, rejoignit la mer à Grosseto — ou plutôt à Orbetello. Très vite le soleil vint éclairer les collines rouges — puis un vert aigre dans le petit jour et d'une beauté singulière de blé tout jeune, de rares arbres touffus et roses. Il s'arrêta à Tarquinia, sur la piazza Cavour, où il but un café. Il songea qu'il aurait dû s'arrêter à Sienne et demander l'hospitalité à Don Gio Guiso et à son faune. Il côtoyait la mer, les dunes brunes, l'eau noire immense. Il ressentait toujours de la peur devant l'étendue et l'odeur de la mer et cette peur l'attirait. Il s'arrêta un instant après Civitavecchia. Il y avait une vieille vigne plantée presque dans le sable, un dépotoir abandonné sur la grève grise, pleine de détritus plus décolorés que colorés. Il manqua marcher sur une petite barrette d'enfant bleue, en plastique, représentant une grenouille. Il resta interdit. Il se retourna brusquement ayant la fugace impression qu'on l'avait suivi. D'ailleurs sans cesse il avait l'impression confuse que quelqu'un le recherchait. Il avait toujours envie de hâter le pas, d'aller ailleurs, de semer ce suiveur imaginaire. Il n'y avait personne. Il s'agenouilla. Comme cette petite barrette d'enfant le bouleversait, il approcha sa main, sans qu'il la saisît. Cette petite grenouille stylisée et plastifiée avait certains des traits d'une cigale morte. Il la prit entre ses doigts, la nettoya avec l'index, la couvant des yeux, et la mit dans sa poche avec une subite excitation. Il sentit qu'une espèce de secret absolu était à deux pas de lui. C'était exactement ce sentiment qu'on éprouve au jeu de cache-tampon : « Tu brûles ! Tu brûles ! » Il n'y avait qu'à lui qu'arrivait tant de joie. Les dépôts d'ordures, les détritus enchantés, les trèfles à quatre feuilles et les femmes dont on s'éloigne — hautes alors très vite dans le souvenir comme des trèfles à trois feuilles, à deux feuilles, à une feuille, à un quart de feuille, à un quart de feuille chiffonnée et jetée. Toutes ces choses, se disait-il, ce sont les objets de ce monde. Les jouets, ce ne sont pas les objets de ce monde. Il y a eu un autre monde qui a précédé cette lumière où nous baignons. Aussi il y aura toujours un autre monde, à deux doigts de nous-mêmes, qui erre dans ce monde. Il était très excité. Il se répétait avec conviction : il y a deux sortes d'objets dans le monde. Les objets d'ici-bas et les objets d'au-delà. Les objets qui appartiennent à l'usage et les objets qui appartiennent au sans-usage. D'un côté le marché de ce qui s'échange, de ce qui parle et de ce qui périt, de l'autre l'enceinte plus silencieuse de l'idole. Jusqu'à ce jour, dès qu'il prélevait un objet dans le monde et qu'il l'enfouissait dans sa poche, il avait toujours eu l'impression de transformer un objet d'ici-bas en un objet d'au-delà — en petite femme de Rantei, en Aube de Bruges, fût-ce en tulipes. Mais là, pour la première fois de sa vie, dans cette vigne dépotoir de Civitavecchia, il éprouvait une excitation qu'il ne s'expliquait pas, une espèce de joie honteuse, de honte passionnante : cette barrette en forme de grenouille même pas verte n'était rien du tout, n'était même pas belle, ne valait rien, ne valait même pas un pétale ou un pistil de fleur. Le désir impulsif de la prendre, la jubilation qu'il avait ressentie à la découvrir, à l'isoler par le regard parmi les déchets, parmi les plumes de mouettes, les bidons d'huile, les excréments, les ceps et les pelures de fruits, à se pencher sur elle et à s'en saisir lui étaient incompréhensibles. La petite barrette bleue d'enfant, ce n'était pas un objet de collection. C'était le premier objet de ce monde qui était incompréhensible aux yeux d'Edouard Furfooz.

« Ce n'est pas la barrette elle-même », se disait-il. Il pensait : « C'est peut-être, au-delà de la barrette, une natte invisible. »

Ses yeux brillaient. Il s'approcha du tronc d'un olivier. Puis il reprit la route. Peu à peu la route s'éloigna de la mer. La campagne se couvrait d'or. Il passa des bosquets d'orangers. Il vit de vieilles fermes. Enfin ce fut le Tibre. Il trouva à déjeuner à quelques kilomètres de Fiumicino — il était neuf heures du matin — près de l'aéroport, en contemplant les eaux mêlées du Tibre et de la mer. Il s'endormit sur une chaise longue après qu'il eut bu deux petites tasses de café intense. Il laissa la voiture japonaise dans l'aéroport. Il prit l'avion.

CHAPITRE III

Que de choses partout ! Que de choses inoubliables !

Kenkô

Il survola le Berry, la Beauce, arriva à Paris, se rendit sur-le-champ au Siège rue de Solférino, à l'angle du quai Anatole-France, monta au sixième étage. Pierre Moerentorf était déjà là. Il était près de midi. Ce qu'ils nommaient « le Siège », c'était une petite plaque de cuivre :

EDWARD FURFOOZ
jouets
expert

On poussait cette porte. C'étaient six pièces, le comptable, deux secrétaires. L'appartement surplombait la Seine, les Tuileries. C'était une première journée de juin extraordinairement lumineuse. Le soleil surabondait dans les pièces, par les baies vitrées qui donnaient sur les marronniers des Tuileries, sur les toits étincelants du palais du Louvre. Edouard n'aimait pas grand-chose sur terre plus vivement que le soleil. C'était

47

si rare jadis, si précieux, la lumière sur Anvers, ou bien sur la petite colline à l'est de Berchem. Un rayon de soleil constituait pour lui l'image même du trésor et la source de tout éclat. Et le trésor était multiplié, se reflétait sur les étagères chromées et vitrées qui tapissaient les murs. Ces six pièces donnant sur le quai, sur l'hôtel de Salm et sur l'ancienne gare d'Orsay regorgeaient d'authentiques trésors. Cet entassement était d'une variété et d'un mauvais goût qui n'étaient pas imaginables. Comme le soleil quittait définitivement l'est, s'élevait au-dessus de l'immeuble, précipitamment Edouard se leva et alla se mettre sous cette ultime pluie de couleurs miraculées et de chaleur.

Edouard Furfooz était debout dans une pose tout à fait instable, dans le bureau de Pierre Moerentorf, penché en avant dans un rayon de soleil. Il contemplait en contrebas les petits arbres, gros comme l'ongle, les petites péniches longues comme les doigts, la matière perlée, grenue de la lumière, les écailles de la lumière sur l'eau verte du fleuve. Il se disait : « Paris est plus beau que Rome et, je ne sais pourquoi, dès que je traduis le nom de Firenze en celui de Florence, le nom de la ville de Florence est le plus beau du monde ! » Pierre Moerentorf était en train d'apporter précautionneusement un petit piano à queue de douze notes, haut de dix-huit centimètres, chef-d'œuvre de compagnonnage, en bois laqué gris, fin XVIIIe siècle, à décor pompéien, au fond jaune orné de rosaces. La merveille reposait sur six pieds fuselés décorés de bagues. Il la posa doucement sur son bureau et appela Edouard.

— Monsieur, dit-il.

Il arracha Edouard à la vive clarté du soleil qui se

dérobait et lui montra le piano. Edouard acquiesça, tournant un instant la tête, ne dit pas un mot. La haine que la musique inspirait à Edouard Furfooz embrassait tous les instruments de la musique comme les flûtes traversières, comme les robinets qui gouttent, comme les violes, comme les poids lourds. Pierre s'était assis, perdu quant à lui dans une admiration véritable. Pierre Moerentorf était un être gras, un quintal, très haut, tondu jusqu'aux sourcils, homosexuel, secret jusqu'à l'énigme, très religieux encore que beaucoup plus boud-dhiste que guerroyant ou sanglant, peu cultivé — ce qui s'expliquait par une éducation exclusivement anglaise —, très sédentaire, très puritain, extrêmement obsé-quieux, extrêmement sensible et grand spécialiste de ces arts de l'ancien Japon qui mettent de l'ascèse et de l'extase dans l'arrangement des petits arbres et des fleurs coupées.

— Monsieur, il serait souhaitable que vous rappeliez Dhahran. Le deuxième stock vient d'arriver d'Inde.

— Oui.

Pierre ajouta aussitôt, beaucoup plus bas, de sa curieuse voix tout à la fois nasillée et onctueuse :

— Monsieur, on a enterré Monsieur Vincent Terre.

— Pourquoi ? Terre est mort ?

— Monsieur ferait bien de nous désabonner à ces abominables grands quotidiens du matin et de l'après-midi pour se mettre enfin à suivre l'actualité. Il se trouve que nos meilleurs amis, les collectionneurs de poupées Jumeau et Petit-Dumontier, ont redéterré la hache de guerre contre nos meilleurs amis, les collectionneurs de poupées Schmitt et Thuillier.

— Sur quel prétexte ?

49

— Monsieur Terre s'était mis dans la tête de reven-dre toutes ses Jumeau contre une collection de celluloïds Petitcollin. Madame son épouse a fait intervenir aussitôt un psychiatre. Monsieur Terre a été hospitalisé. Ou bien il dort pour quinze jours ou bien il dort pour trois cents ans.

— Vous ne trouvez pas qu'il fait froid?

— Non, Monsieur.

— A mon avis, il fait un froid polaire.

Ils s'étaient mis au travail. Les secrétaires avaient déversé sur le bureau du colosse chauve appelé Pierre Moerentorf les comptes, les revues dépouillées, les ventes, les offres d'achat, les paperolles des télex, les listes d'échanges défiscalisés, les factures des fleuristes, le courrier, les bulletins privés... Ils chuchotaient comme des comploteurs :

— Une collection de trente-huit bateaux-jouets Napoléon III?

— Non.

— Des voiliers Gesland?

— Non.

— Des Maltête?

— Non. Vous devriez jeter un œil sur les ventes des six derniers mois. Plus de voiliers. Plus de soldats de plomb. Plus de trains électriques.

— Un énorme cuirassé à vapeur de Radiguet?

— Non.

— Des petits navires en fer-blanc à roulettes, aux couleurs non restaurées, écaillées, très vives encore, fin des années 1880-1890.

— Oui. J'achète. Je les prends tous. Vous les prenez tous. Tu les prends tous. Tutoyez-moi.

— Non, Monsieur.

— Ne dites plus Monsieur.

— Je dirai Monsieur. Parce que cela me fait extrêmement plaisir de dire Monsieur.

Ces dialogues pour ainsi dire invariables duraient
depuis quatre ans — depuis que Pierre Moerentorf
travaillait pour Edouard Furfooz. Ils s'étaient rencon-
trés à Londres. Pierre ne voulait pas bouger. Il avait
fallu affréter une ambulance privée et engager deux
infirmières, l'endormir le temps du voyage, avec son
accord. Il s'était réveillé à Paris. Plus question qu'il
bougeât. Cette immobilité définitive avait été précisée
dans la lettre d'engagement qu'Edouard Furfooz avait
mis treize mois à mettre au point. Prise sous la dictée de
Pierre Moerentorf, une des sept clauses précisait — et ce
n'était pas la plus incroyable : « Monsieur Pierre Moerentorf, étant profondément un végétal, n'entend plus se
mouvoir. » Pierre Moerentorf s'occupait de tout centra-
liser, surveiller minutieusement la comptabilité, suivre
jour après jour les échanges douaniers, adresser les
bouquets de tulipes et d'œillets blancs ou rouges,
maîtriser l'unique ordinateur relié aux différentes boutiques — bref tout ce qui pouvait convenir à un sédentaire. Il n'était pas complètement fou : il estimait qu'il
n'était pas vraiment une plante. Il suggérait qu'il était
une plante un peu inférieure à une plante parce qu'il
était doté d'un système nerveux. « Du moins en partie,
concédait-il à regret, et à mon avis ce n'est pas la
meilleure. » Il avait confié à Edouard qu'il ne quitterait
Paris que pour la mort. Sur ce point il était formel : il n'y
avait pas de lieu qui fût plus beau que celui qui
s'étendait sous les yeux, où qu'on vécût, pour peu qu'on

vécût. Désormais il se trouvait que c'était la Seine, le pont Royal au loin, la passerelle, le jardin des Tuileries — qui était aussi le lieu de ses plaisirs. Il n'aimait que les jeunes garçons très rarement, et d'une seule nuit. Une nuit qui était violente et humiliée. Une nuit que Buddha Amida lui permettait parce que cette étreinte était stérile et que, par voie de conséquence directe, elle n'ajoutait pas même une petite larme au cycle des régénérations et des douleurs. Il ne supportait pas la vue du sang. Il préférait la sève pâle et translucide qui monte dans les sexes et les plantes. Il collectionnait les arbres miniatures. C'était même cette collection qui était à la source de l'amitié qui avait associé Edouard Furfooz et Pierre Moerentorf. A Londres, Edouard Furfooz avait été conquis à la vue des transplants de minuscules bonsaïs mis en terre, hauts de deux à trois centimètres — et qui laissaient d'ailleurs Pierre Moerentorf indifférent de la même façon que certains pères de famille ne se prennent d'intérêt pour les êtres qu'ils ont aidé à concevoir que dans l'âge où ils possèdent à peu près correctement la parole et où le mal est fait. Pierre était la cheville ouvrière ou la poutre faîtière — une poutre de bonsaï — parisienne de l'entreprise. Edouard se chargeait des voyages.

— Regardez cette diapositive !

Pierre lui tendit une diapositive en couleur qu'Edouard leva dans la lumière. C'était un visage inouï de détresse, d'extase, presque angoissant d'extase. Une poupée de 1850, perruque en cheveux naturels, yeux de verre, tronc et membres en peau d'agneau découpée à l'emporte-pièce, bourrée de sciure et cousue.

— Mon Dieu! A n'importe quel prix. Mais...

Le téléphone sonna. Edouard décrocha le combiné. Pierre Moerentorf préparait le télex. Edouard se mit debout brusquement. C'était Anvers. C'était Jofie. Il rayonnait.

Jofie — on appelait ainsi dans la famille sa plus jeune sœur, Josefiene Furfooz — lui annonçait une nouvelle incroyable. Tante Otti revenait. Il balbutiait dans la joie. Jofie Furfooz le fit taire, lui dit que tante Otti lui demandait, à lui, Edouard, de la joindre au plus vite à Syracuse. A cet effet Josie lui fit noter et répéta à deux reprises le fameux numéro de téléphone que sa tante avait refusé de lui communiquer durant quinze ans.

Il n'y avait pas eu d'êtres qui eussent exercé plus d'ascendant sur lui. Ottilia Furfooz était la sœur aînée de son père. Elle l'avait élevé enfant, durant toutes ses petites classes, à Paris, au 4 place de l'Odéon, jusqu'à la fin des années cinquante. Au début des années soixante-dix, elle s'était remariée avec un musicologue, Schradrer, spécialiste de la musique de Monteverdi, alors que rien ne la rebutait davantage que le chant et ses épanchements. C'était sans doute à tante Otti qu'E-douard devait cette aversion pour l'univers sonore, encore qu'il eût la conviction que cette épouvante était en lui d'une nature plus ancienne et plus impérieuse. Elle avait alors vécu aux USA sans plus donner signe de vie que quelques cartes postales à Noël et aux anniversaires. Elle n'avait pas répondu quand il lui avait demandé son secours pour ouvrir une boutique à New York. Il n'avait jamais pu obtenir jusqu'à ce pauvre numéro que Josefiene venait de lui faire noter. Plus douloureusement encore, dans un télégramme cruel qu'elle lui avait adressé en 1976, alors qu'il était de passage à New York — dans le ciel blanc de New York à l'ultime étage d'un immeuble de la 66e Rue — elle lui signifiait sèchement qu'il n'était pas question qu'il la revît.

Il tremblait. Il avait la gorge serrée d'émotion. Il quitta le bureau de Pierre et alla dans son bureau. Il fit quelques mouvements de gymnastique. Il compta sur ses doigts qu'il était à peu près six heures du matin à Syracuse, Etat de New York. Comme tous les Furfooz, sa tante était debout dès le lever du soleil. Il appela. Il imagina la voix lointaine, vieillie.

Ce fut comme une bourrasque qui prend au dépourvu le promeneur, et le chapeau du promeneur. La voix de tante Otti était toute proche, à deux doigts de lui-même si vivante, si inentamée par l'espace, si immuable dans le temps — si autoritaire, si précipitée et basse et médusante. Elle était près de son oreille : comme lorsqu'il était enfant dans sa chambre — qui ne donnait pas sur la place et le théâtre de l'Odéon, mais sur la cour noirâtre et glapissante — et qu'elle lui chuchotait le bonsoir après qu'il s'était déshabillé et étendu tout seul sous le drap et les deux couvertures, la première usée et très douce en laine de chameau, l'autre en laine d'Ecosse jaune et bleu. Tante Otti était tout près, le timbre grave, le débit de sa parole plus hâtif que jamais. Ce qu'elle voulait : oublier cette « parenthèse » dans sa vie. N'y plus songer jamais, qu'il ne lui en parlât jamais. Elle quittait à jamais la porcherie des hommes, la hideur de Syracuse. Et ce qu'elle désirait en revanche était très simple : qu'il lui trouvât, en France, très précisément à Chambord, et plus précisément encore dans la réserve même du parc de Chambord, une petite maison semblable à la « campagne » de Mayer ou à la maison sur la colline à l'est de Berchem. Il fallait qu'elle fût dans le style de Napoléon III. « Je veux une baignoire-tub en cuivre. Je veux enfin un lit avec des nymphes qui font des mouvements de voiles. C'est très joli. Et puis c'est silencieux. Je veux une chaise longue en satin violet cloqué. » Qu'il lui trouvât précipitamment tout cela. Une nouvelle vie s'ouvrait devant elle. Les musicologues étaient des hyènes. Qu'il ne s'avisât pas de mentionner jamais devant elle ces sales et puants prédateurs, sales et puants même au sortir de leur bain. C'étaient des mammifères dégénérés, brinquebalants et ridicules, qui dégoulinaient d'eau, avec juste quelques restes de poils perdus entre les seins et au bout du menton. Tout le contraire des aigles au haut des montagnes, ou des grands balbuzards qui planent au-dessus des étangs. C'est ainsi que sa tante lui apprit qu'elle était devenue la vice-présidente mondiale de la Société des Falconiformes. « Plus d'homme ! Plus de tyran à Syracuse ! » murmura-t-elle de la façon si pressée et si menaçante qui était la sienne, à moitié bégayée, à moitié sèche, qui n'admettait pas la réplique. « Vois-tu, l'idée même d'homme glace ma moelle ! » Elle entendait vivre désormais entourée de gens honnêtes : les crécerelles par exemple, ou les bondrées. Il fallait qu'il y eût un petit jardin clos de murs. Elle verrait bien un saule pleureur où apaiser sans trop de médicaments les désirs antédiluviens. Elle voyait aussi des crocus jaunes, un banc.

— Edward, tu comprends...

Il eut tout à coup envie de pleurer. Elle avait prononcé son prénom à la flamande — c'est-à-dire quelque chose comme « Varte » — et il avait l'impression d'être retombé dans la taille miraculeuse et concentrée de l'enfance.

— Edward, tu me comprends, je veux une maison Napoléon III anglaise, véritablement anglaise à Chambord, au cœur même du parc. C'est possible. Je me suis renseignée. J'ai lu les annonces dans le Bulletin International de la Société des Falconiformes. Il y a trois maisons à vendre, à l'heure où je te parle, dans le village de la réserve. J'en ai assez de la musique et du malheur ! Je veux les seuls oiseaux qui ne chantent pas ! Je veux le bonheur. Je veux une porte fermée ! Je veux la règle du silence. Je veux dans la minute qui vient fonder Port-Royal !

En l'écoutant, l'émotion lui pinçant le cœur, Edouard avait l'impression qu'elle demandait carrément le ciel. Planer dans le ciel comme un ange. Elle voulait accéder au repaire. Elle voulait accéder à la réserve d'un monde divin haut perché comme le nid que font les aigles. Elle voulait un jardin oublié. Quelques chambres non pas pour eux tous, non pas pour les neuf enfants de son frère Wilfried, mais pour Jofie, pour lui et pour sa vieille et excellente amie Dorothy Dea. Elle voulait vivre comme un tigre c'est-à-dire comme un chat. Elle voulait vivre guettant ce qui vole avec un mouvement de lèvres. Quelques enfants de temps à autre jouant au ballon sur la pelouse, encore qu'ils criassent.

Il l'écoutait parler des crécerelles et des bondrées au-dessus de l'Atlantique. Il eut l'impression que sa voix elle-même, si rapide, si basse était comme un grand oiseau aussi ancien que sombre qui arrivait à toute vitesse jusqu'à lui au-dessus des vagues innombrables. Il était tout au bonheur de l'entendre — et de l'entendre toujours si saugrenue, si véhémente, si incessante, si exaltée. Il fallait tout faire « illico ». Elle serait là avant la fin du mois. Elle l'appellerait. Il faudrait que quelqu'un vînt la chercher à l'aéroport de Bruxelles, à cause des valises — à moins qu'elle ne s'arrêtât à Londres pour voir Aloysia et Dothy Dea, auquel cas elle viendrait par Zeebrugge. Elle le lui dirait. Elle l'embrassait.

Il eut la sensation qu'il ressentait le baiser sur ses joues. Il avait tendu les lèvres dans le vide. Elle avait raccroché sans qu'il eût parlé, ou à peine. Il avait l'oreille en sang. Son cœur battait. Trente-six ans, trente-huit ans avaient passé comme s'ils n'avaient pas été. C'était le temps où Ottilia Furfooz collectionnait les oiseaux empaillés et les chefs-d'œuvre de menuiserie. Ce trait-là aussi — la menuiserie, la fabrication des choses menues, des choses si minutieusement menuisées —, il le lui avait dérobé.

Il avait chaud tout à coup et il connut combien cette impression était exceptionnelle dans sa vie. Il ôta la veste sombre, ôta son chandail de laine de chèvre angora vert sombre. C'était enfin un jour torride, un jour à marquer d'une pierre blanche, un jour à se croire aimé.

Jusque-là il avait toujours cru que les plus belles inventions de l'humanité au cours de l'histoire consistaient dans la laine, dans les chaudières à mazout, les couvre-lits roses, le feu, les écharpes, l'édredon, la mort par crémation, les moufles, le fourneau brûlant des pipes de bruyère, l'amertume métamorphosée, dorée et enivrante des bières, la peau retournée des ours. C'était faux. Même dans les premiers jours de juin on pouvait pénétrer dans le cœur solaire qui était à ses yeux comme le giron de la nature. Il avait l'impression de suffoquer de chaleur ou de bonheur. Il avait l'impression de mûrir à toute allure. Dans son délire il crut qu'il était dans la main brûlante d'un être qui ne haïssait pas.

Puis il eut peur soudain. Il lui fallait mettre la main au plus vite sur une maison Napoléon III véritablement anglaise à Chambord. Il y avait peut-être quelque chose qui décourageait dans cette idée. Il ne saurait jamais trouver ce que sa tante demandait. De Chambord, du parc et du château, il n'avait pas grand souvenir, sinon une visite qu'il avait faite alors qu'il était demi-pensionnaire, dans la petite école de la rue Michelet, à cinq ou six ans. Il n'avait pas gardé la mémoire d'une forêt, ni d'une réserve, ni de faucons, ni de vautours. Il se remémorait seulement le grand escalier central, blanc, gigantesque s'élevant au centre du donjon. Il courait avec les autres enfants. Ils criaient de joie en montant. Ils avaient fait aussi, hélas, pour préparer cette visite, une dictée interminable sur ces escaliers interminables, où le petit Furfooz, empreint de néerlandais, avait obtenu — ainsi qu'il en allait toujours — une des notes les plus basses. La dictée s'intitulait « Les Degrés prodiges ». Il s'appliquait, lèvres pincées, il

58

écrivait le titre de la dictée, les doigts crispés sur le fer du porte-plume, il sentait l'odeur écœurante de craie, de sueur d'enfant, d'encre poisseuse, de miel aussi. La dictée décrivait avec beaucoup de pédantisme et de nombreux termes techniques à l'orthographe impossible les deux montées conçues jadis par Léonard de Vinci autour du vide central, vertigineux — entre les fenêtres découpées où ses condisciples, une petite fille et lui-même se penchaient en criant et se montraient du doigt — et qui superposaient leur révolution de telle sorte qu'on ne cessait de voir l'autre sans le rencontrer jamais. On était pourtant sans cesse face à face, excité, impatient. La petite condisciple de cinq ou six ans et lui-même criaient, hurlaient devant ce miracle : sans cesse on montait seul. Sans cesse on descendait seul. Sans cesse on était abandonné de celui qu'on avait sous les yeux.

Il rejoignit Pierre Moerentorf. Ils travaillèrent jusqu'à trois heures. Pierre ne déjeunait pas. Edouard sentait la faim, la voracité de la faim se creuser en lui — sentait presque ses joues peu à peu se creuser. Le téléphone ne cessait de grelotter. Pierre Moerentorf discutait patiemment avec un collectionneur spécialisé dans les miniatures de motos side-car et de scooters, qu'ils fussent en métal moulé ou en tôle emboutie. Edouard prit au téléphone un collectionneur de porcelaine chinoise du XVIIᵉ siècle. Il recrutait uniquement les scènes de brigands ou d'animaux au bord des lacs minuscules, sous la frondaison des arbres, aux arêtes et aux couleurs dures, brillantes, luisantes, comme chitinisées dans la pierre. Edouard se plaignit auprès de Moerentorf : comment pouvait-on déjà savoir qu'il était pour trois jours à Paris ?

Il refusa de prendre au téléphone Francesca qui appelait de Florence. On annonça Vove — un collectionneur de portraits miniatures de Charles-François Chéron, et tout particulièrement de scènes d'escarpolettes, de colin-maillard et de « Dernières résistances » imitées de celles que peignait Lavreince, et dont les prix pouvaient atteindre la tulipe. Une secrétaire le fit entrer dans le bureau d'Edouard. Il était trois heures vingt. Edouard venait de repasser dans le bureau de Pierre Moerentorf, mit un doigt sur ses lèvres et s'enfuit.

Il sortit, affamé, dans la lumière éblouissante. Il remonta la rue de Solférino. Il était infiniment heureux à l'idée de manger, à l'idée d'avoir retrouvé tante Otti, d'avoir conservé le privilège d'être préféré par elle à tous ses frères et à toutes ses sœurs — sauf Jofie, Jofie elle-même n'ayant jamais prétendu être aimée plus que Dothy Dea —, d'avoir baigné de nouveau dans la voix si indicible de sa tante, la voix de contralto où l'anglais, le néerlandais, le français se mêlaient sans qu'ils s'unissent jamais. Edouard avait tellement épousé la cause de celle qui l'avait élevé — de celle qui ne supportait pas les musicologues, les sons aigus, les coups au cœur qu'ils donnaient, les mariages, Syracuse et les hyènes. Jusqu'à son prénom était une souffrance sonore. Pourquoi s'était-elle entichée de ces oiseaux si solitaires et si uniques qui sans un cri survolent leur territoire, sans un cri fondent et sans un cri anéantissent tout ce qui est intrus ? Auprès d'elle, de nouveau, il n'était pas un intrus. Il se trouvait comme recomposé dans le son du mot « Varte ». Cette voix était une aile. Un être, quand il était très seul, pouvait nicher dans un monosyllabe. Lui aussi, se disait-il, il aimait le silence et, dans le silence, bien plus que le silence, l'absence de cri, une voix qui ne criait pas, un plancher qui ne craquait pas. De même que le sommeil épongeait l'eau du jour, revisitait les formes et les actes et en redigérait presque musculairement l'épreuve, que pouvait éponger le silence ? Il aimait les énigmes qui demeurent perpétuellement vaines. Il cherchait et il était heureux. Les sons ? Le langage ? L'appel au secours ? A l'angle de la rue de Lille il salua — en lui étreignant le bras et en lui disant qu'il n'avait pas le temps, convenant en hâte d'un rendez-vous le lendemain — Philippe Soffet, le cou entouré d'une écharpe bleue, vieilli, qui collectionnait les santons et les crèches anciennes. Ce fut sans doute alors qu'il la vit.

Ils se croisaient. Il la passa, tandis que son corps machinalement le poussait vers le restaurant chinois où il comptait déjeuner. Edouard Furfooz tout à coup s'arrêta. Quelque chose s'était déchiré. Il avait l'impression que l'apparence des choses, l'étoffe du monde, la laine invisible de l'air venaient de se déchirer. En lui la faim était brusquement assouvie. Brusquement il avait fait demi-tour.

Il courait vers elle. C'était une impression si étrange que celle qu'il avait ressentie. Surgie de nulle part, à dix pas de lui, venant vers lui — et il l'avait passée. Il revoyait tout. Une statuette de nacre, si mince, si belle et haute et raide, une sorte de mannequin, une veste de lin noir qui la faisait plus blonde encore. Il frémissait. Plus loin que la joie où l'avait mis le coup de téléphone à Ottilia Furfooz, plus loin que la faim qui l'avait tenaillé, plus loin que le bonheur qui l'avait envahi, plus loin que le désir qui l'habitait — il frémissait comme si l'origine du monde s'était saisie de lui.

CHAPITRE IV

*Le géant du roi Siuan était capable de briser la cuisse
d'une sauterelle de printemps. Un jour il parvint de
justesse à porter sur son dos les deux ailes d'une cigale
d'automne.*

Kong Yi

Il avait vu la lumière qui éclaire éternellement le
paradis. Il courait. La lumière du paradis, il connaissait
par cœur quelle était sa nature. C'était une couleur qui
était si dorée qu'elle était presque blanche, presque du
lait, du lait ensoleillé, moutonneux, mais point si vive
qu'elle éblouît, presque transparente et douce, faite de
cette matière de luminosité si particulière qui, comme
elle n'a pas de source, ne peut pas être éteinte. Le visage
de cette femme attrapait cette lumière. Au débouché de
la rue de Lille une Mercedes blanche longue et brillante
passa devant lui. C'était elle. Elle était au volant. Elle
respirait. Il vit les seins qui un instant s'enflaient,
avaient soulevé son chemisier et le bord de sa veste. La
voiture était passée silencieusement devant lui. Elle était
disparue.

Il regarda l'heure. Quinze heures trente. C'était à peu

63

près la même heure que les fois précédentes. Demain, il l'attendrait. Il n'avait plus faim. Il prit un café rue du Bac et, comme il passait devant chez Constant, il acheta des petits gâteaux fantaisie, de la taille d'un doigt d'enfant. Trois petits éclairs, une cerise dans sa nacelle. Il s'agissait plutôt de petits gâteaux de la taille d'un regard — de la taille de l'œil qui regarde.

— Il n'est plus question que je travaille pour vous.

— Il n'est pas question que vous manquiez à votre parole.

— Monsieur Frire exige l'exclusivité.

— Il ne peut pas l'exiger.

— Si.

— Si je double des prix ?

— Non. Je me suis engagée auprès de Monsieur Frire.

— Solange, pourquoi vous contraignez-vous à vous montrer si intraitable ? Ecoutez-moi, Solange. Je vous en prie. Je vous offre ce que vous voulez.

— Ce n'est pas une question d'argent. C'est une question d'engagement moral. C'est une question de droit pur !

Edouard était avenue des Champs-Elysées. Il était dix heures du matin. Edouard était passé chez Solange de Miremire — l'amie de cœur de la princesse de Reul, la championne toutes catégories du remaillage et du stoppage sur cachemire et sur laine.

Edouard était perplexe. Qu'avait pu raconter Frire ? Il regardait les centaines de petits échantillons de

cachemire et de laine qui entouraient Solange de
Miremire. Il se disait : « Ou il s'agit d'un mensonge.
Matteo n'a pas pu dire cela. Ou c'est la guerre ! » Il
hésitait. L'idée de guerre le fascinait. Il leva les yeux.
Il évita le regard de la marquise de Miremire. Il y avait
sur un mannequin d'enfant, près d'une vieille bergère
Henri IV, des coupons noirs, jaunes, rouges. Il songea
aux couleurs brabançonnes, au drapeau de Ducpétiaux.
Il fallait gagner du temps. Il eut l'idée soudain d'api-
toyer la marquise de Miremire.

— Ecoutez-moi, Solange. Réfléchissons ensemble.
Réfléchissons ensemble un petit quart d'heure. Maman
s'appelle Godelieve...

Ce n'était à vrai dire qu'à sa majorité qu'Edouard
Furfooz avait appris que sa mère portait le beau nom de
Godelieve. Chaque enfant l'appelait : « Ma mère ! » et
elle appelait chacun de ses neuf enfants, faute d'avoir
retenu leur prénom : « Mon enfant ! » C'est ainsi qu'E-
douard Furfooz expliqua à Solange de Miremire la
fiévreuse passion nationaliste de Godelieve Furfooz, sa
haine inexpiable à l'encontre de la Hollande et de la
France, les occupations hollandaises et françaises ayant
provoqué dans sa mémoire, inexplicablement, plus de
meurtrissures et de souvenirs d'humiliation que l'occupation allemande. Elle ne jurait que par la révolution de
1830. Son héros, c'était Ducpétiaux abaissant le drapeau hollandais, abaissant le drapeau français, courant
chez la veuve Abs, dévalisant la boutique de toutes les
étoffes noires, jaunes, rouges. Edouard eut alors l'idée de
génie de comparer la marquise de Miremire à Madame
Abs et, tandis qu'il improvisait avec éloquence sur les
beaux traits de caractère de la veuve Abs, de façon tout

intérieure il prit soudainement la décision de répondre coup par coup aux agressions de son ami japonais, Matteo Frire. Il en était à l'instant où il montrait sa mère, lors des émeutes de Léopoldville, définitivement lancée dans la politique et parcourant le pays aux cris de : « Walen buiten ! » (les Wallons à la porte !) dans un car Volkswagen jaune et rouge. C'était vers cette époque que son père s'était à peu près séparé d'elle, avait quitté la grande demeure prétentieuse en briques, faux 1500, avec bretèches et pignon crénelé de la Korte Gasthuis-straat. Edouard se souvenait de son père au volant d'une magnifique Frégate blanche couverte de chromes.

— D'accord.

La marquise de Miremire se leva, tira sur son jean qui faisait de vastes poches aux genoux. Elle s'approcha de la table et se saisit d'un cigare. Elle avait l'air d'un vieux marin chiquant de l'antique Anvers, en jersey bleu, sortant dans un nuage de fumée d'une maison de plaisir du Riet-Dyck. Elle plissait son front.

— Je ne vois pas exactement où vous voulez en venir. Mais peu importe. Je n'ai jamais caché mes opinions d'extrême droite. Cette entente avec Monsieur Frire ne me plaisait pas vraiment. Pour être franche, j'ai une totale aversion pour les Japonais italiens.

Elle se tut, s'approcha de la bergère, prit un des coupons de laine noire et s'installa confortablement, en tirant sur son cigare, dans la bergère Henri IV.

— Voyez-vous, par quelque bout que je l'envisage, l'engagement que j'ai pris avec Monsieur Frire a cessé de s'imposer à nous. J'accepterais très volontiers le prix double de celui que vous indiquiez à l'instant. Je vous promets une totale exclusivité.

Edouard s'approcha de la fenêtre, le sang aux joues. Il était furieux contre Matteo Frire, furieux contre la marquise. Il crut voir passer dans la contre-allée une jeune femme très blonde. Une espèce de remords le pinçait à la gorge. Il eut dans la bouche un désir impérieux et absurde de couque, de flamiche, de hochepot, de djotte. Il était lui-même surpris de la précision étonnante des goûts qui traversaient sa bouche, s'agglutinaient à sa salive, hélaient leur présence dans sa bouche. Il dit en hâte son accord à Solange de Miremire et exigea d'elle, au-delà de l'exclusivité, qu'elle le tînt au courant de la moindre démarche que Matteo Frire ferait. Il avait froid, il avait l'impression que l'univers était empli de fantômes, de saveurs errantes. Il regarda les arbres de l'avenue que le soleil commençait d'envelopper de lumière.

— Vous ne trouvez pas que la température s'abaisse ?

— Non, je...

Mais un craquement effrayant se produisit dans son dos. Edouard se retourna instantanément. C'était une pendule Louis XVI — une horreur ventrue rouge et or qu'il découvrit alors — dont le mécanisme se mettait en route. Onze heures se mirent à sonner avec un petit bruit atroce de ressort rouillé. Il salua la marquise. Il sortit.

Il mangea en hâte. Faute de djotte il prit trois croissants, et il commanda deux cafés à la place du hochepot. A une heure, il était au Siège, rue de Solférino, enveloppé dans un plaid de laine pailleuse

67

blanc et ocre. A deux heures trente — sans plaid — il était dans la rue, dans son costume sombre, presque noir. Il était frigorifié. Il l'attendit près d'une heure. Elle ne viendrait plus. Tout à coup, la jeune femme fut là, sans qu'il l'eût vue sortir d'un des immeubles de la rue Solférino. Elle était pleine de lumière. Haute, raide, hâlée, avec quelque chose dans le regard qui refuse, qui craint d'être décontenancé, ou même simplement abordé. Plus il approchait, plus elle était belle et plus elle était inabordable. Plus elle était hâlée. Plus elle était lumineuse. Les cheveux eux-mêmes plus blonds, quelques mèches blanchies par l'eau de mer, auréolée de lumière, se détachaient sur l'ombre qui était derrière elle. Il s'avançait vers elle. Elle avait des chaussures presque sans talon, une jupe longue et ample en coton jaune, une chemise de soie grise. Il s'était dit qu'il l'aborderait en la saluant, en lui demandant où déjeuner. « Je parlerai néerlandais. Du moins je prendrai l'accent. Je montrerai mon infériorité en français. Cette infériorité la touchera. Je la supplierai de m'indiquer un restaurant. Je lui dirai : Venez déjeuner avec moi. Je... » Elle le regarda. Il lui dit :

— Etes-vous heureuse ?

Il fut désespéré d'avoir prononcé cette phrase qui lui parut absurde. Mais la jeune femme rétorquait :

— Totalement.

— Je dis des sottises. J'ai une faim de loup. Déjeunons ensemble.

— Absolument.

Elle ouvrit la pochette qu'elle tenait dans sa main, rangea les clés de sa voiture, la referma. Il restait interloqué, tendit le bras devant lui comme s'il indiquait le chemin. Il était pâle. Sa voix tremblait.

— C'est moi qui suis heureux, dit-il. Je suis heureux et je ne trouve rien à dire.

Il marchait auprès d'elle et il en doutait. Il ne doutait pas qu'il voulût ce corps qui creusait l'air, ces seins, ce visage, ces mains qui crevaient l'air et s'illuminaient sans cesse dans la lumière, les genoux qui repoussaient la jupe. Il douta qu'une goutte de pluie se fût écrasée sur sa main. Puis une deuxième.

— Il pleut, dit-elle.

La pluie frappa violemment les pavés de la rue.

— Une giboulée, dit-elle.

Rue de Lille, ils se réfugièrent sous une porte cochère. Se turent. S'ébrouèrent. La pluie d'orage se fit très violente. Edouard poussa la porte. Tout était silencieux. Ils aperçurent le vestibule et un grand escalier de marbre gris.

— Entrons ici, lui dit-il.

La pluie avait été si vive qu'elle semblait avoir le visage couvert de larmes. Ils s'assirent sur une banquette de velours jaune face à la porte de l'ascenseur. Il voulut lui essuyer le visage. Il approcha sa main. Il voulut dire : « Vous êtes mouillée. » Il dit :

— Je suis amoureux de vous et vous êtes amoureuse de moi.

Elle haussa les sourcils et aussitôt après ses traits se figèrent. Elle écoutait une porte qui s'ouvrait et des voix de femmes qui montaient dans les étages. Puis l'ascenseur s'éleva. En passant devant eux, il fit un bruit chuintant, lent et huilé. Edouard posa la main sur la main de la jeune femme, essuya l'eau qui la mouillait tout en lui demandant hâtivement :

— Vous vous appelez comment ?

69

— Laurence.

— Je m'appelle Edouard.

Il se rapprocha de son corps. Elle serra sa main.

— Je... dit-elle.

Il l'étreignit, sentit ses genoux. Ils entendirent au loin une porte qui claquait. Il lui prit les épaules. Ils étaient front contre front. Ils restèrent ainsi comme des enfants qui jouent au mikado ou qui édifient un château de cartes : ils mêlent leurs haleines. Puis il approcha ses lèvres de ses lèvres. Ils se blottissaient l'un contre l'autre. Il sentait ses seins et ses genoux.

Elle avait le sang en feu. Elle le repoussa : le ronflement lent et chuintant de l'ascenseur avait repris. Edouard se rapprochait d'elle. Elle cherchait doucement à le détacher d'elle. Il cherchait à retrouver la palpitation du sein si doux et chaud, le parfum des lèvres et de la nuque, la soie si fluide de la chemise, le coton si doux de la jupe. Elle le repoussa plus vigoureusement. Leurs corps frissonnaient. Il lui dit :

— Je suis heureux avec vous.

— Plus tard.

— Mais vous deviez venir déjeuner !

Edouard parlait en chuchotant. Une vieille dame, s'aidant d'une canne de jonc ancienne, à gros pommeau d'argent, ouvrait la porte de l'ascenseur, repoussait la grille, avançait le pied devant elle pour sortir.

— Non, dit-elle.

— Je n'ai pas votre adresse !

Le frôlement de son corps, la pression de la main d'Edouard sur la main de Laurence n'aboutirent qu'à un retrait plus vif. La vieille dame passa, faisant

sonner le sol de marbre du bout de sa canne. Le corps de
Laurence s'était éloigné de lui. Elle disait :

— Vous connaissez mon prénom. Nous mangerons à
neuf heures, ce soir, deux ou trois gâteaux chez Almaviva, rue de Rivoli.

Il leva les yeux. Elle n'était plus là. Il entendit le son
sourd, à la fois lent et sec de la porte cochère qui se
rabattait.

Il demeura assis. « Laurence ! » répétait-il entre ses
dents. Il se disait : « Laurence est le nom qu'il fallait.
C'est plus beau encore que Florence. C'est un prénom
inouï ! » Il se leva. Il était ivre. Sa tête tournait. Il mit la
main sur la poignée de la porte de l'ascenseur et se
surprit esquissant le geste de vouloir entrer dans la cage
de bois clair et de verre.

Il se retourna. Il regarda la banquette jaune où
Laurence s'était assise, que son corps avait touchée, les
marches de marbre gris de l'escalier, le tapis jaune et
gris et vert au pied de la cage de l'ascenseur. Il cherchait
à fixer dans sa mémoire ces formes et ces couleurs. Il
cherchait à nommer ces sons, jusqu'au choc sur la porte
de verre de la pomme d'argent d'une canne de jonc que
l'âge d'une main rendait maladroite. Non, à vrai dire, il
ne cherchait pas à retenir ces traces, à collectionner ces
souvenirs : il cherchait à rester dans cette poche de
bonheur.

Cette pomme d'argent étincelait encore sous son
regard. Il songea à une douille d'obus qui brillait entre
les feuilles mortes d'un fourré. Il avait cinq ou six ans. Il

71

était à quatre pattes dans les taillis des jardins du Luxembourg. Il entendait une petite fille qui chuchotait son nom derrière lui. Un peu plus loin, dans l'ombre, par terre, parmi les feuilles écrasées ou mortes, les brindilles, les bouchons de liège, les mégots de cigare, brillait un fabuleux trésor : un obus datant du temps tout récent où la DCA allemande occupait le jardin du Luxembourg.

Il avait cinq ou six ans alors : c'était en 1946 ou en 1947. La petite fille qui était avec lui n'était pas Jofie. En 1946, sa sœur Josefiene était à peine née. Il avait rapporté en triomphateur ce butin et l'avait déposé dans les mains de tante Ottilia. Ç'avaient été deux gifles d'une soudaineté et d'une douleur sans pareilles. Les joues cuites de douleur, sous les yeux terribles de tante Otti — qui lui avait préalablement ôté des mains l'obus —, des gardiens, des policiers étaient venus. Il avait dû montrer le taillis — trahir le taillis. On avait évacué le jardin.

Edouard Furfooz ignorait encore ce qu'on avait pu retrouver dans les jardins du Luxembourg — du moins dans cette cache dont il avait été l'indicateur. Mais où que ce fût au monde, dans les jardins de Bruxelles ou de Montréal, au Sissinghurst Castle, dans le grand jardin moghol de Delhi, à New York dans le Bronx ou à Prospect Park, ou à Central Park, à Rome dans les jardins du Pincio, dans le zoo de la villa Borghèse — dans toutes les forêts et les jardins du monde il était attiré par les taillis. Il aurait voulu s'agenouiller. Il n'aurait su dire pourquoi. Tout enfant, l'été, dans la maison de campagne sur une petite colline à l'est de Berchem, au-dessus d'Anvers, durant les vacances, il jouait aux petites voitures dans le coin paradisiaque des groseilliers et des cassissiers, à l'extrême ouest du jardin, plus loin que l'allée de gravillons. Que cherchait-il dans ces fourrés, dans ces taillis, dans les racines de ces petits arbres qui improvisaient des routes ou des ponts suspendus? Détritus? Eclats d'obus? Petites voitures en fer-blanc? Petites pousses d'arbres tragiques? Il ne savait ce qu'il cherchait. Cherchait-il la déesse la plus ancienne, la déesse des forêts des Ardennes, la déesse Arduinna? Pas davantage. Il ne savait pas ce qu'il cherchait et c'est pourquoi il le cherchait. Et il savait qu'il cherchait. Il était toujours celui qui cherchait éperdument quelque chose dans les taillis, dans les greniers, dans les salles de vente ou d'adjudication. Edouard n'était pas croyant, ni savant. Il conservait cependant une forme de dévotion terrifiée à l'égard de ces zones étranges, frontalières ou souillées où qu'elles fussent — dans les jardins, dans les villes, dans l'âme.

Brusquement, le corps tremblant faiblement, il s'arracha à ce souvenir. Regarda à vide l'escalier de marbre gris, le vieil ascenseur vitré, la banquette recouverte de velours jaune qui lui faisait face. Il murmurait le nom de Laurence comme un brahmane la formulette à la fois indifférente et divine d'un mantra. Il quitta brusquement ce lieu. Il ressentait physiquement que les deux syllabes de ce nom venaient de bouleverser le monde. Il ressentait que quelque chose l'attendait qui compterait plus que toute sa vie et allait en modifier le cours. Dehors, il ne pleuvait plus. Le soleil revint lui-même inopinément et se déversa dans la rue de Lille encore ruisselante. Il frissonna. Il releva le col de sa veste de laine sombre. Il avait rencontré enfin l'épreuve. Il était plein d'épouvante à l'idée de ne pas en être digne.

Laurence fléchit les jambes couvertes d'eau. Elle resta à demi accroupie, nue, le menton sur un genou et son regard se perdait dans le miroir qui couvrait tout le mur de la salle de bains. Les gouttes d'eau couraient sur la surface brouillée de vapeur. Puis elle regarda ses doigts de pied.

Laurence sortait de son bain. Elle était dans son appartement de l'avenue Montaigne. Yves Guéneau, son mari, était à Grenoble. Il rentrerait le lendemain au soir. Tous les miroirs étaient maintenant couverts de buée. Quelle tête pouvait-elle avoir? Elle songea à Edouard, au rendez-vous pour le soir même dont elle était convenue avec lui. Ce n'était pas la première fois qu'elle le voyait. Il avait les doigts doux. Elle l'avait vu pour ainsi dire toujours accompagné par un homme chauve et gigantesque, plus ou moins anglais ou bonze, qui travaillait près du quai Anatole-France. Elle l'avait vu aussi avec un Japonais célèbre, tout petit, milliardaire mondain dont on voyait les photos dans les journaux de décoration : Matteo Frire. Laurence se demanda si ce n'était pas Matteo Frire qui avait expertisé il y a deux ou trois ans une des collections acquise autrefois par sa mère — celle d'objets votifs celtes ou gallo-romains qui embarrassaient toujours la maison de Sologne, à la grande irritation de son père, qui trouvait ces objets funèbres et déprimants.

74

Elle aimait plus que tout au monde son père, Louis Chemin, le plus beau des hommes, le plus généreux des hommes, le seul qui eût eu l'idée exceptionnelle de naître un 1er avril. De véritables poissons d'avril, telles étaient toutes les minutes qu'elle pouvait passer aux côtés de son père. Laurence pensait : « L'ami d'un ami de mon père est l'ami de mon père. Un ami d'un ami de mon père peut manger des pâtisseries avec moi ! » Edouard avait visiblement dix ou onze ans de plus qu'elle. Quelle heure était-il ?

Laurence se dressa, le dos raide, passa dans sa chambre. Il était sept heures. La salle de bains donnait sur la chambre et sur un boudoir en bois clair, en vieux rotin peint 1900, glacé, rempli de lauriers et de papyrus, qu'elle haïssait. Elle regardait toujours ce boudoir avec appréhension. Tout son corps l'évitait.

Quel était ce vague accent qu'avait Edouard ? Allemand ? Hollandais ? Ce lieu lui paraîtrait hideux. Ces trois cents mètres carrés où elle vivait avenue Montaigne lui parurent solennels, froids, laids. Jamais elle n'oserait faire venir Edouard ici. Laurence croyait que son père désirait que l'appartement où avait vécu et où était morte sa mère, en août 1968, fût conservé tel quel. Elle était persuadée que son père aurait été blessé qu'elle y touchât. Ce n'était pas l'accent : la voix d'Edouard était étrangement rauque et surprenante. « Il est pâle. Les cheveux noirs, les yeux étonnamment clairs. Les quatre ou cinq fois que je l'ai vu sur le quai, il était vêtu de vêtements sombres, dans les bleus, les verts obscurs. Je vais m'habiller sombre. » Laurence sonna.

Laurence avait une femme de chambre d'une cinquantaine d'années, Muriel, originaire de Lyon. Laurence elle-même ne faisait très précisément rien, aurait voulu devenir concertiste, avait été mannequin, avait souffert d'une dépression nerveuse à la mort de son frère. Laurence consacrait plus de quatre heures chaque jour à l'étude du piano — dont elle jouait admirablement pour peu qu'elle fût sans public —, gérait sa fortune, finançait pour partie une revue mensuelle de photographie qui avait ses bureaux sur le quai Anatole-France. Elle regarda dans le miroir de sa chambre. Elle se tenait toujours très droite, elle avait le visage froid, elle était très belle. Elle prenait un bain deux fois par jour. Elle regarda ses mains. Elle regrettait que l'étude du piano rendît nécessaires des ongles coupés si ras. Cela raccourcissait les doigts. Elle glissa au majeur une bague à cabochon de rubis. Elle se disait à elle-même : « Il a de grands yeux très gais et où on peut tout lire. »

Ils se disputaient à voix basse. Edouard venait de porter sur une autre table du salon de thé un petit bouquet de scabieuses noires, avec au centre une scabieuse rose très touffue, très chiffonnée et triste.

— J'exècre les fleurs coupées dans le plaisir, disait-il tout bas. Les fleurs, pour moi, c'est le travail. Mon Dieu ! Epouvantables petits vases qui sont pleins d'ovaires tranchés !

Il s'assit.

— Et alors vous n'aimez pas les ovaires tranchés ? Vous n'aimez pas cette tarte à l'orange que vous mangez ?

76

Laurence se tenait toute droite, les lèvres pincées, le visage impénétrable.

— Je vous en prie. Vous êtes effrayante.

— Absolument. Les tomates — j'adore les tomates —, les cerises, les noix sont des ovaires au même titre que les scabieuses.

— Laurence, je vous en prie ! Ou je ne mange plus jamais de tarte à l'orange !

— Jusqu'au caviar.

La voix d'Edouard se fit alors triomphante.

— Dieu merci, il n'y a pas de tarte sur lesquelles on couperait en lamelles les grains du caviar beluga !

— Rapportez ce petit bac de scabieuses.

Edouard Furfooz se leva. Il était rouge de confusion. « Je vais lui déplaire ! se disait-il. Il faut que je cesse immédiatement de dire des imbécillités ! »

Elle était habillée tout en noir — un pantalon corsaire en soie à pois, avec un boléro de soie noire, très décolleté, à la carrure accentuée. Elle lui avait paru peut-être plus maigre, toujours aussi lumineuse et blonde. Elle avait ramené ses cheveux en chignon, le dos étrangement rigide, l'air un peu dédaigneux, le regard distant et mat, trahissant l'argent, la brutalité de l'argent. Avec, sous le dédain du front, des joues rondes, presque enfantines malgré la maigreur, peut-être, du corps. Elle avait des seins pourtant marqués. Il la contemplait. Elle était habillée avec un soin qui était rare.

Edouard était arrivé chez Almaviva avec un peu d'inquiétude et de retard. Il venait de Chatou où il avait vu Philippe Soffet. En arrivant rue de Rivoli il était pénétré de la certitude qu'elle ne serait pas là. Il avait

77

cherché son visage. Au loin une forme s'était levée. Elle était vêtue de noir et il en fut un instant désappointé. Elle avait fait un signe avec son bras. Elle était si mince, si belle, elle oscillait. Il s'approcha. Il lui semblait qu'elle souriait de façon spontanée, qu'elle était vraiment heureuse qu'il l'attendît. Il fut bouleversé en voyant sa peau entre le pantalon corsaire et le boléro de soie. Les emmanchures étaient très échancrées. Un instant, il vit son sein. Véritablement, quand on voyait ce corps, on ne pouvait que désirer s'en approcher, et s'en approcher à jamais.

Laurence avait parlé de son père, l'avait nommé avec gêne — Louis Chemin — nom qui était synonyme de fortune. Elle crut voir une espèce de fureur passer sur le visage d'Edouard comme une ombre. Il parla de sa famille, d'Anvers, laissa peu à peu entendre lui-même sa fortune. C'était sans doute ainsi que les cœurs s'accordaient. Ils tâtonnaient dans la parade et les symboles. Elle l'interrompit et dit tout à coup :

— Je suis mariée.

Il la regarda.

— Que voulez-vous que je dise ?

— Tutoie ! Tu as dit qu'on se tutoyait. Que veux-*tu* que je dise ?

— Que veux-*tu* que je dise ? Je suis seul. Je ne suis pas marié.

— Ce n'est pas lié, dit-elle sèchement.

— Quoi donc ?

— Etre mariée et ne pas être seule.

— Laurence, ce n'est pas être beau joueur...

— Il ne peut pas avoir d'enfants. Il...

— Laurence, laisse... Que l'absent ne soit pas là, c'est

78

tout ce qu'on lui demande. Ne tire pas sur des êtres absents.

— Tu ne tires jamais sur des êtres absents ?

— Je passe mon temps à tirer à vue sur n'importe quel fantôme.

Ils rirent, ou ils crurent qu'ils riaient. Tout se mit à sonner faux. Ils sortirent. Ils se voussoyaient de nouveau. Il lui prit la main — comme deux enfants de cinq ou six ans mis en rang, en courant — pour traverser la rue de Rivoli, pour se diriger vers un taxi stationné en contrebas. Elle le retint en serrant vivement ses doigts. Il sentit le froid de l'or de la bague tandis que Laurence prenait conscience qu'ils avaient la même taille. Son père avait la même taille qu'elle. C'était la première fois qu'elle s'éprenait d'un homme qui n'était pas plus petit qu'elle. Elle l'arrêta.

— J'ai ma voiture, dit-elle.

— Je n'ai pas de voiture.

Ils se turent. Il vit ses souliers : c'étaient des escarpins. Il se disait : « Elle a des escarpins noirs. » Il dit alors tout bas :

— Pardonnez-moi. C'est peut-être un peu tôt. Venez avec moi.

Elle hésita. Dans la nuit, elle avait le dos raide comme si elle était en représentation. Elle dit pourtant :

— C'est où ?

— Un hôtel, au bas du VIIe arrondissement.

— Pas question. Je hais l'hôtel. J'ai été très malade dans un hôtel.

— Je n'ai pas de maison. Je vis dans des chambres d'hôtel. C'est une suite relativement vaste. Ce n'est pas tout à fait laid.

— Venez plutôt chez moi, dit-elle.

— Non.

— Je ne peux pas aller dans un hôtel.

Laurence avait l'air désemparée. Elle ne se tenait plus si droite. Elle était penchée vers lui. Le boléro de soie noire était si décolleté qu'il voyait ses seins. Ses seins étaient très beaux. Elle reprit souffle. Elle lui confia d'une voix altérée :

— Un lieu inconnu pour moi chaque fois est un abîme. Un déjeuner dans un restaurant inconnu, dans un lieu inconnu, je suis au-dessus de l'abîme.

— J'ai toujours aimé vivre à l'hôtel. Où qu'on aille, on quitte sans gêne. On est nu comme on est en naissant.

— C'est l'abîme. Quitter aussi, c'est l'abîme. L'abandon, c'est l'abîme.

Edouard ne conservait pas de souvenirs bouleversants de cette nuit. Ç'avait été simple, doux, avec quelque chose de nettement plus fraternel qu'exalté. Le souvenir le plus vif se résuma dans la recherche d'une odeur. Une odeur de lait, de miel peut-être, vaguement d'urine, ou de jacinthe. Il pensa : « Il y a dans l'air de la chambre à coucher de la femme qu'on aime une odeur très ancienne, qui a toujours existé, qui a été un jour la plus neuve et la plus étonnante odeur du monde et qui appelle sans cesse à soi comme la confiance même. » Comme la tête des fleurs cherche et tète la moindre éclaboussure de soleil.

Honte, ou gêne, ou pudeur, Laurence n'avait voulu

rien allumer. Ils étaient entrés comme des voleurs, dans l'obscurité, comme par effraction. Il avait passé la nuit à s'étonner, à s'étonner sans cesse combien la douceur de ce corps dans la nuit, combien la beauté vague de ce corps dans la faible lumière qui venait des fenêtres, qui elle-même tombait de la lune faiblement, le surprenaient peu. Quand elle se détachait de lui et quand elle lui parlait, il l'écoutait à peine. Il savait tout ce qu'elle disait. Il la contemplait encore dans l'ombre : longue, aux attaches les plus fines qu'il eût vues, se levant, s'asseyant tout à coup entre les grands bras du fauteuil. Elle était belle, les genoux l'un contre l'autre, penchée vers lui, les doigts croisés sur les genoux, les jambes si minces, les pieds flottant au-dessus du tapis.

La finesse de ce corps faisait songer Edouard à ces corps de femmes plus ou moins affamés des Flandres — du moins ceux des Flandres du xve siècle, des Flandres d'avant Rubens, des Flandres d'avant la fin des Flandres. Elle avait à jamais dérobé pour elle le corps nu et blond, un peu maigre, le regard anxieux et grave de désir, le peu de poil blond que l'on voit chez Metsys ou chez Hans Memling — le peu de poil blond au bas de son ventre qui prenait la faible lumière qui venait des fenêtres, qui tombait de la lune, et la gardait et la transformait en douceur.

Nue, elle parlait beaucoup, bougeait sans cesse. Un genou à terre, elle ramassait le pantalon corsaire, elle dépliait le boléro de soie noire. Elle les plissait du revers de la main, les aplatissait ou soudain les tire-bouchonnait. Tout à coup elle n'était plus là. Elle revenait avec un verre d'eau. Ils dormirent.

Au matin, le visage, le corps de Laurence témoignaient de plus d'angoisse. Il reconnut cette peur. Elle refusa son corps. Elle enfila un pull. Elle enfila le corsaire de soie à même la peau. Il ne s'attarda pas. Il y avait de la peur dans la voix de Laurence. Il l'embrassa. Il lui dit tout bas :

— Je ne veux pas la souffrance. Je veux te voir. Je veux te revoir. Mais je ne veux à aucun prix insister pour te revoir.

Ses narines se froncèrent. Une larme vint aux yeux de Laurence.

— Vous n'êtes pas gentil.

Elle lui dit qu'elle partait avec son mari, dans les Antilles, près de Speightstown, pour un congrès d'embryologie.

— Pas besoin de partir si loin, Laurence, s'écria Edouard. Je *suis* un expert en embryons, en petites voitures et en maisons de poupée.

Elle consentit un petit rire. Elle posa sa main sur son bras, sa main si longue de pianiste, aux ongles ras.

— Vous m'écrirez chez Roza Van Weijden...

— Je me *fous* de Roza Van Weijden.

— Je vous en prie : écrivez-moi. Roza Van Weijden est ma meilleure amie. C'est une compatriote à vous. C'est une Hollandaise.

— Je ne suis pas hollandais. Je suis anversois.

Il l'embrassa.

— Vous m'écrirez...

Elle le repoussait en le suppliant. Il l'embrassa sur le bout de sa joue ronde.

— ... dans le XVIIIᵉ arrondissement, chez Roza, rue des Poissonniers, 28...

Elle le poussait vers l'entrée. Elle prit un bout de

carton, un bout de papier assez fort et glacé, nota l'adresse de Roza. Il lui laissa à son tour l'adresse, le téléphone de la rue de Solférino. Ils se blottirent l'un contre l'autre maladroitement. Elle avait l'haleine de l'angoisse. Leurs lèvres sèches se touchèrent. Il sortit. La porte claqua violemment dans son dos. Il la désirait encore. Il détestait qu'elle fût mariée. Il détestait cet échange d'adresses. « Les femmes ne pensent qu'à écrire ! songeait-il en grognant intérieurement. On voudrait tant aimer les êtres, les corps des êtres, et les corps des êtres vous demandent des mots. Et moi qui n'aime que les choses ! »

vername qu'on peut die frurer chose, dit-il avec une
tendresse de chat. Il lui tarda d'en voir l'amour, la
déploration de la une de Solférino. Ils se blâturent, l'un
contre l'autre malentendant. Elle sourit. C'est un de
François. Enfin intéressé, ils se achèvent. Il sortit
à votre chaîne volumineuse, four sur son. Il déclarant
derrière. Il désespéra, elle lui parler. Il méditait, cet
échange d'adresses. « Les limites, ne pensez à ce
point ? souffrait-il en croisant impatiemment. On vous
demandera quelque chose le jus, le corps. Et fort. et la temps
des. Puis vous demandant des jours. Il me prie à quelque « chose. »

CHAPITRE V

Nous nous trouvons jetés dans cet univers monstrueux comme une fourmi au bord d'un talus.

Hippolyte Taine

Il cherchait à prendre du recul. Il déplaça une bicyclette Peugeot rouillée qui reposait sur le timon d'une charrue. Edouard Furfooz examina en soupirant une maison de facture berrichonne cherchant à lui trouver quelque chose de particulièrement « anglais » ou « napoléonien ». Il errait depuis le matin dans Chambord. Il avait visité deux maisons à vendre, l'une faussement Renaissance et l'autre berrichonne. Il avait l'impression qu'il éprouverait quelque difficulté à trouver une maison anglaise Napoléon III. A peine eut-il quitté la maison berrichonne qu'il alla se blottir dans une encoignure du restaurant qui donne sur l'esplanade du château. A cette heure-ci Laurence devait être arrivée à la Barbade, à Speightstown. Elle errait dans les cacaoyers et les bananeraies. Elle songeait peut-être à lui.

Puis il chercha à prendre du recul mais au fond de son

cœur. Il aurait voulu connaître ce qu'il souhaitait au juste ou ce qu'elle désirait. Il se dit : « Je veux être heureux. Je veux aimer. Je veux être indépendant. Je veux le plaisir. Je veux bouger sans cesse. Je veux être seul. Je veux avoir chaud. Je veux... » Tout cela ne s'ajustait pas aussi exactement que les pièces d'un puzzle. Son esprit se concentra sur un point et tout son corps en ressentit du plaisir : la main de Laurence sur sa peau, la peau douce et sa chaleur et son odeur, la bénignité des ongles ras, la main si belle de Laurence comme le contraire, l'exact contraire de la main tranchée qui disait le nom de sa ville natale perdue dans l'eau glacée — la main où n'étincelait chaque fois qu'un vieux bijou, jamais l'alliance, jamais l'anneau de fer du servage, mais une bague d'or surmontée d'un cabochon de rubis. Toute la peau de son corps n'était plus que cette douceur de la main de Laurence. Il aurait pu être à mille lieues de là, à Hong Kong, à Sumatra, à la cour de François Ier, dans le palais de Nabuchodonosor, dans un des nids de faucon de tante Otti : il aurait été le même désir. Il l'aimait. Son prénom le transportait, l'emplissait d'une espèce d'enthousiasme. L'or de ce prénom, l'anse d'or par laquelle il tenait le prénom de Laurence et cherchait à la ramener auprès de lui par-delà les mers, de Speightstown aux rives de la Loire. Face à ce prénom, les six cents cervidés, les six mille hectares du bois et des étangs du parc de Chambord étaient comme une pauvre poudre de terre noire et légère et vile de bruyère. Les huit cents sangliers, les milliers de canards n'étaient qu'un songe. Et tante Otti n'était plus au fond de son esprit qu'une vieille fée fabuleuse.

Il était dans l'angle de la baie vitrée, sur la place du

château, dans le restaurant vaste et triste. Il avait passé commande directement au comptoir. Il attendait. Il avait froid. Un petit plat de céleri-rave arriva. La lumière s'assombrit encore. Le ciel, au-dessus du château, restait blanchâtre. Les nuages noirs s'amassaient à l'ouest du ciel. Le restaurant était à la fois bruyant et vide.

Il se leva, alla reprendre son imperméable, le mit sur ses épaules, revint devant le petit plat de céleri-rave. Le matin, avant que l'agence immobilière ouvrît, il avait erré autour des étangs de Chambord. Il était entré sans croire que tout fût réel dans le château immense et vide — le château incertain, le château à jamais inachevé, le château à jamais inhabité, le château blanc comme le linge que revêtent les fantômes, blanc comme un nougat mandorlato grignoté à Florence, blanc comme un plat de céleri-rave. Ruine la plus blanche et la plus belle de France et qui n'avait jamais été que le chantier d'une ruine. Il avait retrouvé l'odeur, en pénétrant dans la grande salle, de sève fraîche, de poireau, de plâtre blanc mouillé qui caractérisait le vaste palais perdu dans la forêt parmi les troupeaux des laies avec leurs petits et les hardes des cerfs. Jamais les salles immenses n'avaient contenu de meubles et c'est ce qui les rendait à certains égards plus immenses encore, faites pour des ogres ou des dieux. Jamais les voûtes n'avaient résonné de voix humaines familières, d'abois de chiens, de hennissements de chevaux — ni été touchées d'une trace de fumée de charbon de bois, de tabac, ni de suie. Le gigantesque château de calcaire blanchâtre sous la nuée sombre qui venait de l'ouest, devant lequel il était en train de déjeuner, était plus absent encore, plus fantomatique encore, n'équivalait même pas en véritable existence à ce seul prénom qu'il aimait depuis deux jours murmurer. Ce château n'avait jamais connu la vie. Il n'était qu'une immense naissance toujours entravée. Tante Ottilia avait tort. Elle allait *s'enterrer* là, sous la protection des rapaces, entre la forêt, la vieille capitainerie et un palais de chimères.

— Laurence...

Il ne se lassait pas du plaisir qu'il éprouvait à prononcer ce nom neuf. Rencogné dans la salle du restaurant, repoussant le petit plat de céleri crémeux, Edouard songeait à ces mues miraculeuses que connaissent les prénoms selon les êtres qui les portent, selon la passion qui engage vers eux, selon l'empreinte d'un vieux visage qu'ils remettent à nu, ou selon la consonance avec une sorte de patrie ou de communauté jusque dans la façon de les prononcer. Ce prénom aimé tout neuf, tout naissant dans sa bouche, était comme ce château inhabité que sa tante Ottilia voulait rejoindre : la vie tout à coup pouvait naître. Elle pouvait d'un squelette de lettres et de syllabes faire surgir tout à coup une chair respirante et douce dont l'attrait était sur-le-champ absolu. Edouard chercha une à une — comme un homme pieux jadis étreignait les grains de buis de son chapelet — les Laure, les Laura, les Laurence qu'il avait connues. Il égrena peu de grains sonores. Il lui sembla qu'il oubliait un nom.

D'une façon comparable, quand il s'était trouvé face à l'escalier central, il avait été étonné de ne pas retrouver avec plus de chaleur ou de précision le souvenir qu'il avait conservé d'une visite qu'il avait faite enfant, du temps où il était un petit demi-pensionnaire étranger, timide et crispé tenant cérémonieusement, pour monter dans l'autocar, la main d'une petite fille timide et crispée, avec une natte noire qui pendillait dans le dos et des escarpins vernis. Il avait honte de donner la main à une fille qui reniflait en attendant que ce fût leur tour de monter. Il pensa brutalement au mari de Laurence qui était médecin, qui s'était spécialisé en embryologie. Il songea à ces dessins de molécules d'ADN qui tombaient sous les yeux sans cesse dans les pages des magazines. Cela avait la force de l'évidence : l'escalier de Chambord était une molécule d'ADN qu'avait agrandie Léonard de Vinci avec le génie qui lui était propre — et parce que Laurence Guéneau était à Speightstown. Edouard Furfooz s'était approché et était entré dans le grand fût qui est à la base de l'escalier, avait levé la tête et, tout en haut, au terme de ce long fût vide de cauchemar autour duquel tournaient jusqu'au vertige les deux rampes blanchâtres des escaliers, il avait retrouvé cette espèce de lumière paradisiaque qui baignait très précisément les joues ou le ventre de Laurence Guéneau nue dans la lueur nocturne qui venait des fenêtres de sa chambre à coucher. Il existait autour de cette femme une lumière qui n'appartenait qu'à elle. Et ce nimbe qui pelliculait ce corps était proche de cette lumière lointaine, poreuse, blanche et fraîche et même vaguement dorée qui tombait de la grande lanterne en coupole. Il avait retrouvé la lumière qui habitait ce prénom et presque son odeur. Des grains de poussière de lumière vinrent voleter dans les courts rayons de soleil pâle qui striaient le fût de l'escalier. Ce nom de Laurence lui paraissait le seul nom de l'univers qui fût inoubliable et, dans le même temps, quelque effort qu'il fît pour se fondre dans le nom de Laurence, l'impression et la gêne initiales persistaient qu'un autre nom, toujours un autre nom se dérobait à lui. Il lui semblait qu'il errait à la recherche d'une poussière sonore inintelligible qui s'était égarée en lui. Il avait si froid qu'il commanda la carte des vins. Il chercha un vin de la région de Bordeaux. Il commanda un Pauillac. Il but longuement et, dans l'ivresse, brusquement, il sut. Il se dit : « Je suis peut-être un homme fidèle à une femme. Une femme dont la natte luisante *sauticote* dans la nuque. Elle a soixante centimètres de haut. Je sais la couleur et la forme de ses escarpins. Les pieds de cette femme n'ont pas dix centimètres de long et j'ignore les traits de son visage ! Et je n'ai pas conservé la mémoire de son nom ! »

Il se leva en hâte. Il alla précipitamment payer au comptoir. Edouard Furfooz avait rendez-vous à trois heures devant la porte de l'ultime maison qu'il devait visiter. Il demanda son chemin. La maison était située — lui avait-on dit à l'agence — en bordure du bois de la Hannetière, vers Saint-Dyé. Mais qu'était la Hannetière ? Où était Saint-Dyé ? Il songea à une vieille cliente qui habitait Dinant et dont Frank avait la charge dans sa boutique de la place du Grand-Sablon, qui collectionnait les filets à papillons, les filets à hannetons de la reine Marie-Antoinette et les filets à mouches pour la pêche à la truite. Son mari, jadis, pêchait la truite.

Il passa le loueur de bicyclettes qui prêtait pour une heure ou deux de vieux vélocipèdes rouillés et ferraillant pour rouler en compagnie des cerfs et des mouflons de Corse dans les sous-bois du parc. Francesca l'avait appelé à plusieurs reprises au Siège depuis son retour à Paris. Il faisait dire par une des secrétaires qu'il n'était pas là et il en éprouvait du remords. En arrivant il fut déçu. L'homme de l'agence immobilière l'attendait devant une horrible petite porte en acajou perçant un gros mur blanc renflé. C'était un week-end funeste. L'homme essaya deux clés, ouvrit la porte. Edouard entra dans un champ d'herbes. Au fond du jardin, il découvrit une petite maison de huit ou neuf pièces qui datait du XIXe siècle — qui avait même l'air d'une gare du Second Empire, mais avec quelques moulures Renaissance, qui était à la fois lourde et touchante, presque anglaise tant le jardin était envahi, début juin, d'herbes géantes et par endroits d'orties hautes d'un mètre, d'un mètre cinquante.

Il y avait au centre des herbes, entouré de quelques primevères encore en fleur, un cube de ciment impressionnant, visiblement tout neuf dans lequel un bras de pompe de citerne plus ancien, en fer forgé en rosaces, avait été rajouté. L'homme de l'agence lui expliqua que ce bras ne servait plus à faire monter l'eau, mais qu'il fonctionnait encore, pour le plaisir, à vide. Et il entreprit de le faire grincer. Edouard l'arrêta sur-le-champ. Il enfouirait ce puits. Le bruit d'une pompe qui grince était un bruit que les damnés devaient subir dans un des cercles de l'enfer. Lui aussi — et pas seulement le mari de Laurence, Yves Guéneau, et pas seulement dans les Antilles, à La Barbade — était capable de présenter une communication brillante à un colloque international sur l'embryologie humaine. Le martyre sonore était le premier des martyres. Faute que l'oreille eût des paupières pour se clore. Et l'ouïe précédait tellement la naissance. Pour ce qui le concernait, cela avait commencé dès le 22ᵉ jour après sa fécondation. Il s'en souvenait comme s'il y était. Là était apparue la placode otique. Et c'est pourquoi il ferait ôter ce cube de ciment avant la venue de tante Otti. Plus savant encore que l'homme avec qui Laurence avait eu la pénible idée de se marier, il aurait pu préciser le moment : c'était à Anvers, dans un bureau de la Pelikaanstraat. Sa mère achetait un diamant. Elle ignorait encore qu'elle fût grosse de lui. Alors, il était minuscule. Il mesurait un peu plus de deux millimètres de long. Il avait la taille de la main d'un soldat de plomb. Il avait la taille de huit pétales de primevères superposés. Ce premier son l'épouvantait encore.

Il entra dans la maison compliquée, toute de guingois, aux pièces minuscules, silencieuses — une suite de cellules de béguinage. Il était radieux. Pour tante Otti, il avait déjà le dessein de ramener ces huit ou neuf pièces à cinq ou six. Les petites fenêtres donnaient sur le bois. L'installation électrique était récente. Il y avait deux salles de bains. Edouard fut conquis. Tante Otti allait être au comble de la joie. Il ne fallait pas qu'elle vînt avant qu'il eût tout mis en ordre. Il redescendit et il grimaça : il bruinait. Il pénétra de nouveau dans la forêt vierge du jardin. Sous la bruine, l'odeur d'herbe écrasée et tiède lui parut plus intense. Edouard voulut se retourner pour surprendre de nouveau l'aspect de la maison. Il s'interrompit dans le mouvement qu'il esquissait : quelque chose venait de craquer sous son pied, entre le gravier et la semelle de sa chaussure. Il se pencha. C'était une petite fourchette en plastique bleu d'une dînette de poupée qui avait cédé sous son pied, et avait émis ce petit hurlement. Une petite fille était venue ici — une petite fille qui connaissait le château de Chambord, une petite fille qui avait hurlé sa joie dans les escaliers de Chambord — et avait habité cette maison. Il sortit de la poche de sa veste la petite barrette bleue en forme de grenouille qu'il avait ramassée dans la décharge d'ordures près de Civitavecchia. Il s'accroupit. En s'accroupissant il sentit jusqu'à l'écœurement l'odeur de terre humide, de sève, d'herbe qui commençait d'être mouillée. Il compara les fragments de fourchette et la barrette. Ce n'était pas le même bleu. Il rangea la barrette dans sa poche. Il brisa en plus petits morceaux la fourchette de dînette et l'émietta, au-dessus de l'herbe comme s'il lançait, dans une minuscule volée, des semences de fourchettes à venir. L'homme de l'agence immobilière parut plein de compréhension et même de compassion. Il se dandinait sur place, parmi les orties blanches, d'un pied sur l'autre, relevant le col de son imperméable sous la pluie. Edouard se tourna vers lui. Il lui dit qu'il désirait être seul cinq minutes avant de prendre sa décision. Il jeta un œil puis tourna le dos à la gare Napoléon III « possiblement anglaise ». Il quitta le sentier de gravier, entra dans les herbes, enjamba un muret de pierres. Face à la lisière de la forêt, la clôture était effondrée, il vit des jonquilles et pénétra dans la forêt. Il avança. Il tripotait la barrette bleue au fond de sa poche. Sous le couvert, la bruine était moins sensible. Il s'arrêta, se retourna sans crier gare, soupçonnant que quelqu'un le suivait. Il n'y avait personne. Il porta la main à ses yeux. Il vit peu à peu au fond de lui-même la natte d'enfant à laquelle la petite barrette bleue était fixée. Natte noire et barrette bleue, tout battait en mesure. C'était un souvenir qui revint brusquement — mais presque plus qu'un souvenir : une vision. Et qui s'effaça tout aussi brusquement.

Elle était au piano. Elle avait de grosses chaussettes jaune bouton-d'or. Ses pieds ne touchaient pas le plancher. Elle ne portait pas d'escarpins mais des chaussures montantes de garçon, en cuir jaune. Il y avait un lacet qui était dénoué et qui parfois touchait le sol. Ce pied, ce lacet aussi battaient la mesure. Hélas, il ne voyait cette petite fille que de dos. Elle avait quatre ou bien cinq ans. Elle avait une natte brune très épaisse et courte qui bougeait dans son dos, qui allait de droite à gauche, qui à vrai dire — plus Edouard la contemplait intérieurement — ne battait pas vraiment la mesure, ni ne battait à contretemps : elle battait un mouvement indépendant, déphasé. La natte musicienne était terminée par une petite barrette en bakélite ou en jade ou en plastique bleu qui représentait quelque chose comme une grenouille ou une tortue d'eau. C'était une carapace où le bleu tirait sur le vert.

La petite fille semblait terriblement triste, éperdue. Du moins son dos était triste. Il voyait la crispation et le soubresaut de son dos. Visiblement elle avait envie de pleurer — et il avait aussi envie de pleurer en voyant son dos de la sorte avoir envie de pleurer. Il était en culottes courtes. Il sentait la paume de ses mains en sueur qui collait sur ses genoux. Il eut vraiment envie de pleurer. Le mouvement désordonné de la barrette bleue était celui de la douleur.

Il posa la main sur le tronc froid et la vieille peau

desquamée d'un peuplier. C'était décidé. Il achetait cette maison pour Ottilia Schradrer-Furfooz. Il allait acheter la « Hannetière » puisque c'était sous ce nom qu'elle était mise en vente. Il allait retourner sur ses pas et rejoindre l'homme de l'agence immobilière, quitter le brouillard du bois, rejoindre la brume à la fois pâle et obscure qui recouvrait Chambord. Du pied — tandis que ce brusque souvenir le revisitait — il avait blessé des pétales de jonquille, les avait mêlés à la terre. A quelques centimètres de là, au flanc d'une petite butée de terre, il y avait une petite fougère. Edouard s'accroupit et dans l'air que déplaça son corps en venant jusqu'à elle, elle inclina vivement sa tige verte elle-même terminée par une minuscule main recroquevillée qui serrait encore son poing minuscule. Une petite main qui serrait ce poing minuscule sur un trésor, sur un secret. Qui résistait encore à l'appel de la lumière si rare du soleil.

Ce petit poing vert de fougère qui serrait le poing ressemblait à la tête d'un violon miniature. Il était comme une main de grenouille légèrement posée sur une brindille, sur la rive, après que la grenouille a avalé une mouche. Il était comme la patte d'une petite tortue d'eau douce déchirant un minuscule déchet de viande de bœuf rouge, gros comme le phosphore d'une allumette française, dans l'aquarium. Il était comme la chair d'un bigorneau qu'on ôte de sa coquille avec une épingle à nourrice durant l'été, les lèvres pleines de sel, sur la côte âpre qui longe l'Atlantique.

Laurence l'appela dès son retour de Speightstown. Ils se revirent près de l'église Saint-Thomas-d'Aquin. Edouard attendait sur le trottoir. Il était plongé dans une pensée vide. Il sursauta : une aile de voiture doucement frôlait sa jambe. Laurence fit monter la Mercedes sur le trottoir. Edouard lui montra du doigt le garage souterrain. Son dos se tassa d'un coup, elle eut un visage terrifié. Elle dit qu'elle détestait les tunnels et les garages souterrains. Elle claqua la portière de sa voiture. Elle était merveilleusement bronzée. Il le lui dit. Le vent moula soudain sa jupe sur ses cuisses. Elle portait une jupe de soie foncée avec de curieux losanges orangés, vert sombre, rouge sang. La jupe était longue, s'ouvrait au mollet. Ils n'osèrent pas se toucher, ou ne le voulurent pas. Ils descendirent dans un bar tout proche. Elle parla de Speightstown, des embryons, des Antilles, des médecins et des cacaoyers. Elle lui dit une nouvelle fois :

— Vous savez, vous n'êtes pas le premier Néerlandais qui me fascine.

— Je vous en prie, Laurence. D'abord le flamand n'est pas le néerlandais. Ensuite je suis anversois.

— Ma meilleure amie s'appelle Roza, Roza Van Weijden. Il faut que je vous la fasse connaître très vite. Elle a deux enfants. Il faut absolument que nous dînions ensemble. Je veux que vous l'aimiez.

Elle s'enfonça dans son fauteuil et dit tout bas :

— Je ne supporte plus Yves — mon mari.

Il se retourna vers elle mais elle n'était plus là. Il aurait voulu empêcher qu'elle dît une sottise. Il la vit qui parlait au garçon, à l'entrée du bar, les deux mains posées à plat sur le comptoir puis faisant de grands

96

gestes en lui expliquant quelque chose. Il but. Elle était auprès de lui. Elle lui touchait le bras.

— J'ai demandé une part de gâteau au citron. Vous vouliez une part de gâteau au citron ?

— Je ne veux pas de gâteau au citron et vous n'allez pas quitter votre mari.

— En quoi cela vous regarde-t-il une seconde ? Et puis taisons-nous un peu.

Ils se turent. Elle dit encore :

— Je n'aime pas beaucoup parler. Je suis tout à fait à l'intérieur de moi quand je ne parle pas. C'est la vraie raison pour laquelle je fais de la musique. Sans quoi je suis aux aguets. Rien qu'au son de votre voix, je sais que vous êtes agressif.

— Je ne suis pas agressif une seconde. Je ne sais même pas ce que c'est qu'agresser. Je ne sais même plus détacher un à un les pétales d'une marguerite sans m'effondrer en sanglots.

— Peut-être m'aimez-vous à la passion. Peut-être ne m'aimez-vous pas du tout.

— Je vous en prie.

— C'est moi qui vous en prie. Edouard : restons un peu ensemble, comme cela, en allongeant les jambes, à nous taire.

Il lui prit la main. Plus tard elle lui expliqua à voix basse pourquoi elle était devenue musicienne. Totalement à l'aise dans son fauteuil, le cou droit, le dos droit comme une star qui se sait vue, allongeant les jambes, elle lui chuchota combien elle avait peur du monde entier.

Son frère était mort. Après cette mort, la raison de sa mère avait vacillé. Elle répéta deux fois qu'elle vivait aux aguets, dans un état permanent d'exil. Sauf dans la musique. Dans la musique le vide s'éloignait d'elle et il lui semblait qu'elle se fondait à quelque chose de plus continu. Comme on se fondait soudain au sommeil quand le sommeil était à deux doigts d'être là. Encore que pour ce qui la concernait le sommeil fût rarement là. La nuit, elle se levait. Elle s'asseyait à son Bösendorfer et se lançait dans d'immenses legatos. Liant la nuit au jour, liant ceux qui vivaient à ceux qui étaient morts, liant une maison de santé à Lausanne, un château en Sologne et son cœur.

Edouard Furfooz n'osa pas lui dire combien il rechignait à écouter de la musique. Elle lui dit qu'elle s'astreignait à jouer quatre heures de piano par jour. Mais loin qu'il vît dans cet aveu un prétexte pour la quitter un jour, c'est alors qu'il sentit qu'il avait peur de la perdre. Elle lui dit qu'elle ne pouvait pas rester davantage et il en ressentit une jalousie toute neuve. Elle allait retrouver son père — l'industriel si connu, si haï, si vulgaire, qu'elle adulait. Il se découvrit angoissé et jaloux. Il jalousait la musique, le piano, le mari, l'amie, le père. Elle l'avait embrassé. Du moins elle avait touché ses lèvres et elle n'était plus là.

Il se leva et alla à son tour commander au comptoir du bar une bière belge, une Chimay afin de desserrer l'étau qui enserrait sa gorge. Il n'y en avait pas. Il demanda alors une bière de froment, une bière allemande. Il n'y en avait pas davantage. C'était pourtant le goût qu'il avait dans la bouche, et qui voulait être assouvi. Il se résigna à commander une Pope's. Il ne la but qu'à peine. Il paya mais il retourna s'asseoir à la place où elle était assise. Il se tint le dos droit, il allongea ses jambes.

98

Il resta un grand quart d'heure à songer à elle et à un goût de bière qui était disparu au fond de lui et qui aurait tellement aimé être apaisé. Il eut froid. Il songea qu'il y avait une beauté étrange, japonaise, laineuse, heureuse dans le spectacle des houblonnières de Flandre ou d'Alsace. Une part de cette beauté était dans les cheveux de Laurence, dans ses sourcils si enfantins, si minces, si doux — si soyeux plutôt que laineux — et si blonds. Dans la finesse de ses traits, la taille, la forme et la douceur de ses seins. Elle devait mépriser la bière. Au moins elle aimait le silence. Il se dit aussi qu'il aimait cette femme parce qu'on aurait pu l'appeler « celle qui arrive sans bruit ». Celle qui part sans un son. C'était vrai sur le quai Anatole-France, sur le trottoir de la rue de Lille, dans les ascenseurs, dans les voitures de luxe, dans les fauteuils des bars. Chaque fois qu'il la découvrait à ses côtés, elle était comme surgie de nulle part.

Mais il n'y avait rien à ses côtés. L'air de ce bar lui parut tout à coup presque compté et étouffant. La lumière était jaune et opaque — d'un jaune de mimosa ou d'œuf dur. Il eut envie de prononcer son nom. Il le marmonna tout bas comme s'il avait besoin de donner ce nom à l'air qui l'entourait, pour pouvoir respirer. « Quand je m'assieds auprès de Laurence — se disait-il —, quand je suis près de son corps, il y a dans la matière même de l'air qui m'entoure quelque chose de frais qui vient du bout du monde ! » Il cherchait quel nom donner à cela : une sorte d'accroissement de l'air, de souffle, de brise — de brise minuscule, de quoi faire frémir les petites feuilles d'un chêne ou les longues feuilles d'un saule, ou le petit poing recroquevillé d'une fougère naissante, ou les cils d'une femme, ou la natte

99

d'une petite pianiste de l'école de la rue Michelet qui ne sait pas battre exactement la mesure. C'était à peu près cela, auprès d'elle, il pouvait mieux respirer, il voyait plus clairement, comme si régnait autour de son visage — mais pas seulement de son visage, autour de chaque partie de son corps — un petit morceau de l'air à l'état pur, un petit morceau de matin, un petit morceau de jour levant.

Il se leva. Il était heureux. Il oublia la *musique*.

Après qu'il l'eut aimée plusieurs fois, il s'aperçut qu'elle était quelquefois très anxieuse, très soigneuse, méticuleuse, distante, avare d'elle-même, égoïste, maniaque mais cela lui convint. Elle était contractée et maigre. Elle était incroyablement étroite, les seins lourds pourtant. Elle tirait ses cheveux en arrière, multipliait des fantômes de chignon tandis qu'elle parlait. Sans cesse elle remontait ses deux mains en arrière de sa tête. Alors on voyait ses côtes se creuser. Laurence pouvait se taire durant des heures. Edouard avait un peu peur d'elle. Tout à coup elle n'était plus là. Elle était partie sans un mot, chez elle, ailleurs, chez Roza, faire du piano, promener avec majesté — et avec un amour immodeste mais légitime — son corps superbe, chez un ministre, à l'Opéra, chez un grand couturier, il ne savait pas.

A d'autres moments elle était si fine, si raffinée, si touchante, si civilisée, si transparente. Il sentait sous la peau douce son cœur battre à rompre. C'étaient deux temps peu égaux et qui bouleversaient la main, la joue qui les ressentaient.

Un soir elle vint, quatre heures durant, à son hôtel. Elle était pleine d'angoisse. Son mari était à Annecy et à Genève mais elle exclut de rester toute la nuit et repoussa l'idée qu'il pût la raccompagner avenue Montaigne. Elle répéta qu'elle ne supportait ni les hôtels ni cette façon de s'aimer. Pourtant ils s'aimèrent brutalement et brièvement. Elle resta dans le salon, nue, assise sur le tapis moderne et prétentieux de l'hôtel, durant deux heures les bras croisés autour des jambes extrêmement serrées l'une contre l'autre, remontées et écrasant sa poitrine. Des larmes avaient séché sur sa joue. Elle avait les yeux moins dorés que gris.

Ils se tutoyaient désormais. Il avait paru interloqué de son humeur si médiocre et de ses larmes inlassables. Elle lui avait dit soudain après un très long silence :

— J'ai peur.

— Que veux-tu dire ?

— Tu me regardes d'une façon qui m'effraie.

— Que veux-tu dire ?

— Absolument, Edouard : tu me regardes comme si j'appartenais à une autre espèce, à une autre planète, à un autre millénaire.

Il écarquillait les yeux.

Tu me regardes comme si j'appartenais à un sexe ennemi.

— Non.

Il répéta : « Non, non. » Il lui dit qu'il l'aimait. Il lui dit qu'il avait peur lui aussi et qu'il l'aimait. Elle lui dit qu'elle avait beaucoup plus peur et qu'elle l'aimait beaucoup plus.

CHAPITRE VI

Francesca l'appelait de Florence. Il ne lui répondait
pas. Puis il se décida.

— Laurence, dit-il. Je vais à Anvers. Maman veut me
voir.

Il prit l'avion pour Rome. Il vit les sources de la
Seine. Il vit Lausanne. Puis Florence. L'avion tanguait.
Il s'accrochait aux accoudoirs. Trois jours plus tôt, le
dimanche 15 juin, jour de la fête des pères, Laurence
était allée en Sologne dans la propriété qu'y possédait
Louis Chemin et où ce dernier se reposait d'une fatigue
soudaine. Elle s'était rendue aussi près de sa mère, le
lundi, dans la maison de repos où elle était hospitalisée,
près de Lausanne, depuis la mort de son fils Hugues.
Edouard Furfooz avait vu Pierre Moerentorf et, l'après-
midi, avait rejoint Chambord en voiture, où les travaux
commençaient. Le lendemain, Laurence lui avait dit

qu'un poète était mort, qui était argentin et qui portait le nom de Borges. Edouard convint qu'il ignorait de qui il s'agissait. Il avoua à Laurence qu'il n'aimait pas les livres et que ce dégoût ne lui paraissait pas constituer une faute. Il prétendit toutefois qu'il y avait un poète vivant au monde, Rutger Kopland de Goor, parce qu'il le connaissait.

A Rome, il passa voir Renata à la boutique de la via del Corso, loua une voiture — une Datsun —, coucha à l'hôtel Flora, où il ne trouva pas le sommeil. En parlant avec Pierre Moerentorf, il avait décidé de profiter de ce voyage pour passer par Sienne, y retrouver Don Gio Guiso et lui porter un petit théâtre, jouet d'origine lombarde, en buis, de la fin du XVIᵉ siècle et une caisse de décors allemands datant du XVIIIᵉ siècle, qu'il venait d'acquérir. Il ne put échapper à une représentation de *Madame Butterfly*. C'était à se boucher les oreilles. Il aurait voulu contempler en silence ce minuscule théâtre, ces marionnettes hallucinantes avec leur brusque délicatesse, ces émotions minuscules et heurtées, ces visages imperturbables que des reflets de lumière rendaient pourtant extrêmement passionnés et mobiles. Il coucha chez Don Gio, dans l'appartement de Sienne, où il dormit bien.

Edouard arriva à Florence le lendemain matin, passa par la boutique piazza Piave où il vit Mario — qui refusait de quitter la boutique — puis prit la route de Pontassieve, se gara près de l'entrepôt d'huile d'olive et de vin, débarqua deux caisses dans l'atelier d'Antonella. L'attitude d'Antonella le surprit : pâle, tendue, refusant les caisses en faisant des grands « non » avec les mains. L'odeur d'écailles était si forte qu'une extraordinaire

104

migraine le prit à la tête aussitôt. Antonella lui remit un petit paquet enveloppé d'une page du *Messaggero* et le quitta sur-le-champ pour s'enfermer dans l'une des deux réserves. Il ouvrit le petit paquet dans l'atelier puant et silencieux. Il déballa une grosse boîte d'allumettes usagée qu'il ouvrit : couchées sur le fond de la boîte, il y avait seulement une fleur de zinnia, une petite rose rose. Edouard Furfooz frissonna. C'était la guerre. Faute que Matteo y fût parvenu avec Solange de Miremire, Antonella passait dans l'autre camp. Il reposa l'une à côté de l'autre sur l'établi la fleur de la rupture et celle de la mort. Sa tête lui faisait mal. Il eut froid. Il rêva de chaudronnerie. Il faisait un feu d'enfer. Matteo hurlait et grillait. Il emboutirait. Il rivetterait. « Chaudronnier, voilà un métier sérieux », se dit-il en portant la main à sa tête.

Il appela Antonella en vain. Les portes des deux réserves étaient fermées à clé. Il abandonna le papier journal déchiré, la boîte d'allumettes, le zinnia et la rose. Il ne reprit que les deux petites caisses et, sans refermer la porte derrière lui, traversa la cour où s'entassaient les bidons et les fûts de vin et d'huile.

Il monta dans la Datsun, reprit la route de Sienne, passa Impruneta, arriva à la colline.

Ils étaient dans la salle à manger. Francesca avait les yeux pleins de larmes. Elle les laissait couler sur son visage, sur son menton, tomber par terre sans qu'elle les essuyât. Elle léchait avec conscience une boule de glace rouge. Elle fronçait le front en le regardant.

— Pourquoi ne dis-tu pas un mot ?

Il parlait tout bas mais son visage était celui d'un homme qui hurle. Il lui tenait le bras. Francesca se dégagea vivement, dans un grand mouvement de jupe noire.

— De toute façon, Duardo, tu ne veux pas que je parle. Tu me cries ta haine tout bas et tu voudrais que je te bénisse !

Il revint à Rome furieux, maudissant Frire, maudissant Antonella, maudissant Francesca — qui exigeait de reprendre ses parts sur la boutique de Florence. A Rome, il n'avait fait qu'une bonne affaire, qui transiterait par la Yougoslavie et l'Allemagne : un lot considérable de jouets pompéiens. C'étaient autant de contrefaçons exécutées au XVIIIe siècle pour la cour de Naples. Ils étaient jaune or, bleu céruléen, rouge de minium et noir. C'étaient des têtes de poupée, de petits chariots gaulois, joueuses d'osselets, cavaliers grecs et scythes, et des scènes religieuses figurées par des enfants qui avaient tous le visage extasié par le bonheur.

— Il me semble que j'aime cet homme. Oui. J'aime cet homme.

Laurence parlait tout haut. Elle venait de se réveiller, sortit la tête de sous son drap. Du pied elle repoussa le drap de son corps. Elle était vêtue d'une petite chemise de nuit d'enfant, en coton. Elle connaissait le bonheur. La vision de son père vieilli en Sologne (il faisait la sieste désormais après qu'il avait déjeuné), la vision de sa mère épouvantée, la lassitude mêlée d'un peu de répugnance qu'elle avait éprouvée à l'égard de son mari — tout était comme effacé en elle. Seule à Paris depuis une journée, elle ne souffrait pas non plus de l'absence d'Edouard. Elle exultait à l'idée de son retour. Elle sonna deux coups — pour que Muriel montât le petit déjeuner. Elle bondit jusqu'à la salle de bains, chercha à se coiffer, mit sa bague.

Elle était ébouriffée. Les cheveux volants accrochaient le peigne en même temps que la lumière au-dessus du lavabo. C'était autour de son visage un halo de bonheur. Elle s'aimait. Du moins elle aima son reflet dans le miroir. Elle entendit Muriel qui posait le plateau du petit déjeuner sur la table basse de la chambre. Elle chantonnait, puis chanta à haute voix, en y mettant une énergie qui l'exaltait :

— Je l'aime ! Je l'aime !

Elle s'empara d'une main en laine à motifs idiots — Bécassine et Charlot se tenant par la main, l'un avec sa canne, l'autre avec son parapluie —, saisit la poignée de la théière et emplit doucement la tasse sur le plateau. Il buvait de la bière. « Comment aurais-je pu croire qu'un jour j'aimerais un homme qui boit de la bière ? » Il aimait le lambic. Il aimait la gueuse. Il avait aussi cité les noms de Chimay et de Pope's, détaillant des nuances qu'elle n'avait pas retenues. Elle portait dans ces cas-là toute son attention à sa façon de parler, ne prêtait pas grande attention au sens de ce qu'il disait. Elle regardait ses mains noueuses, nerveuses, qu'il bougeait en parlant. Il lui expliquait l'origine — bien sûr anversoise — de la bière. Pour peu qu'elle eût été racontée par un autre, elle eût péri d'ennui. Racontée par Edouard, cette légende lui avait fait penser à une tapisserie ancienne : un berger anversois accablé de fatigue (une espèce d'Hercule étendu par terre avec dans le lointain, derrière un bosquet, un vieux port des Flandres bleuté),

107

endormi, au soleil, à côté de sa bouillie d'orge. A son réveil, il aimait cette sorte de mousse qui recouvrait son pot. Son sommeil, le soleil, la beauté et la durée de son rêve avaient inventé la bière. ·

Laurence Guéneau recouvrit avec soin un toast à l'aide d'une cuiller pleine de gelée de groseille. Il va de soi qu'elle ne croyait pas une seconde à la présence d'un soleil aussi loin dans le nord de l'Europe. Cela prêtait à rire et son visage tout à coup s'assombrit.

Elle avait connu un autre homme qui ne détestait pas la bière, son frère unique. Son nom sonna dans tout son corps : « Hugues ! » Elle ne le voyait plus dans ses rêves, ou lors de ses insomnies. Elle ne savait plus quels étaient les traits — ou plutôt l'expression des traits de son visage. La démarche de son corps, elle en conservait la mémoire. Sa tête inclinée sur l'épaule. Son sourire. Elle avait aussi conservé toutes les lettres de l'adolescent, pleines de vantardises. Elle eut un haut-le-cœur. Elle posa le toast couvert de gelée de groseille sur le plateau.

Il hurlait. C'était à Auch. Laurence imaginait Hugues parvenant à tenir la tête hors de l'eau — hors de ce torrent d'eau boueuse. Mais le sol était en pente, la pression, l'avidité du courant se faisaient de plus en plus fortes, ses chaussures, pesantes, emportaient vers l'aval, le déséquilibraient sans cesse. Les deux mains tendues hors de l'eau, il cherchait à attraper quelque aspérité que ce fût qui se serait offerte à lui : broussaille, gouttière, mur, arbre. Mais tout défilait à toute allure. La violence du courant et le simple fait de se tenir la tête hors de l'eau l'empêchaient de contrôler ses membres. Son front heurta un capot de voiture qui

108

flottait, qu'il chercha à agripper : qui s'engloutit alors qu'il l'agrippait.

Il rata de peu une rampe d'escalier en fer qui se présenta sous ses doigts. Ses genoux se brisèrent violemment sur les marches de pierre. La pente était de plus en plus forte, la force de l'eau devint tout à fait irrésistible. Tout bouillonnait autour de lui. Il surnageait comme il pouvait : il cogna sa tête à toute force contre un mur. Il se sentit attiré par un tourbillon, par les pieds. Il avait dû être avalé par une canalisation. Il avait dû périr noyé instantanément dans l'eau et la boue à l'intérieur d'une canalisation d'un mètre de diamètre parallèle à un pont de la SNCF.

Laurence repoussa le plateau sur la table basse. Elle n'avait rien mangé. Laurence courut à la salle de bains passer de l'eau sur son visage. Cela faisait plus de deux saisons qu'elle n'avait pas, d'une façon aussi irrésistible, réinventé de tout son corps la façon dont Hugues avait dû mourir lors de ce fleuve de boue dévastant Auch le 20 juillet 1977. Son père avait fait quatre mois d'une dépression sombre. Sa mère, déjà fragile et dépressive avant cet accident, était devenue irrémédiablement folle. Deux jours plus tôt, Laurence l'avait revue, le visage impénétrable, muette et énigmatique sur une chaise de fer, au bord du lac, à côté d'un grand platane. Son père avait reporté peu à peu, graduellement, tout l'amour — et même les raisons de cet amour — sur elle. Elle en avait été radieuse, au temps du plus fort désespoir, puis de plus en plus anxieuse faute de percevoir qui en elle était aimé.

Le visage défait, le ventre vide, elle enfila un jean. Elle alla au piano. Elle ôta la vieille bague au cabochon de rubis et la posa sur le bois du Bösendorfer à gauche de la touche la plus grave. Elle inspira lentement l'air.

— Vous êtes pâle. Vous avez une mine atroce, Pierre.

— Voilà une constatation, Monsieur, bien faite pour vous remettre d'aplomb.

— Pardonnez-moi, Pierre. Mais allez consulter un médecin. Vous êtes jaune. Vous êtes cireux. Vous avez des joues pour ainsi dire en cire d'abeille.

— C'est une nuance très délicate, Monsieur. Je me vois dans l'obligation de vous confesser que je suis malade d'inquiétude : le petit orme de cent cinquante ans fait une affection bactérienne. Les feuilles perdent les unes après les autres de leur couleur. Deux petites taches sont apparues sur le tronc.

— Vous ne m'avez jamais invité chez vous. Vous aviez promis de m'y faire venir. Je n'ai pas revu vos arbres depuis Londres !

— Je n'ai jamais eu l'audace de vous le demander, Monsieur. C'est dans le XIe arrondissement, près de la Bastille. C'est un quartier qui vous effraiera. J'en serai vraiment heureux.

— Vous le promettez ?

— Je vous le promets. Les jours qui sont à venir vous verront dans mes murs.

— Les jours qui sont à venir me verront m'agripper aux branches de vos arbres âgés et minuscules.

— Mieux encore, Monsieur. Ce serait s'y pendre !

— Je vous en prie.

— A mon avis, Monsieur, se pendre à vingt-huit

centimètres au-dessus du sol n'est pas extrêmement dangereux.

Chaque fois qu'ils mangeaient un morceau ensemble, rue de Lille, dans un café, dans un bar, Pierre Moerentorf finissait toujours par trouver le moyen d'évoquer ses plantes, ses forêts naines. Cela permettait à Edouard de rêvasser tout en l'écoutant et tout en ne l'écoutant pas tout à fait. Dans une trentaine de centimètres de haut, Moerentorf cherchait à cultiver les proportions d'un arbre jaillissant sur le flanc d'une montagne ou la silhouette d'un pin violemment battu par la bourrasque, cramponné à la falaise d'un littoral solitaire et désolé. Edouard eut à l'esprit les cages du zoo merveilleux d'Antwerpen — près de la gare — puis le rocher aux singes de Vincennes. L'image lui plut : un petit pin cramponné comme un petit singe cramponné à la fourrure de sa mère. Et, sous un certain jour, la poitrine des femmes avait peut-être en effet quelque chose de la falaise d'un littoral solitaire et désolé.

Les dévotions de Pierre lui paraissaient d'autant plus vénérables qu'elles n'étaient pas suscitées par des simulacres ou des vestiges mais par des arbres réels, naturels, simplement plus petits. Ils étaient non seulement vivants mais plus durables que les hommes. Les hommes qui les contemplaient n'étaient que des larves sous leur ombre. De mémoire de bonsaï on avait vu blanchir et puis mourir des générations de jardiniers. Aussi n'étaient-ce pas l'ivresse ni la toute-puissance de rendre domestique ou nain qui avaient conduit Pierre Moerentorf à asservir toute sa vie au sort de ces petites branches. Ce jardinage miniature, cet ensoleillement miniature, cet arrosage miniature, ces fumures minia-

111

tures, ces fatigues miniatures — ils jardinaient, ils ensoleillaient, ils cultivaient une longévité surhumaine de géants ou de dieux. La « taille » des rayons de soleil à l'aide des shoji, pour freiner la croissance verticale, la « taille » de l'eau à l'aide de minuscules arrosoirs, pour restreindre le développement des racines, les soins chaque jour, les éclaircissages, les transplantations, les ligatures aboutissaient à une durée paradoxale qui pouvait faire rêver — et qu'il avait parfois la hardiesse de comparer au rêve que nourrit l'art à supposer que l'art ne nourrisse qu'un rêve. Un objet qui passât les siècles, mais qui présentait l'avantage sur tous les arts d'appartenir encore à la nature et de persister à demeurer dans la vie.

Edouard reprit un peu de hareng de la mer natale. Il but une gorgée de bière. Il y avait mêlé un doigt de vin de Bourgogne dans l'espoir de la rendre plus amère et plus sombre. « Etrange amitié que la nôtre ! » songeait-il. C'était précisément une conversation sur toutes les choses au monde plus petites que la main maladroite d'un enfant, à Londres, trois ans plus tôt — alors qu'il séjournait chez Mrs Dothy Dea, l'amie d'enfance et de collège de tante Ottilia — qui l'avait incité à embaucher Pierre Moerentorf, quelque gêne qu'il y eût à entretenir dans ce circuit si international et si mobile des jouets anciens un employé immobile, sujet à de véritables crises de panique dès l'instant où le mot de « voyage » ou le mot de « vacances » étaient prononcés devant lui — un homme pour ainsi dire enraciné, où qu'il fût, par le soin et les heures qu'il donnait chaque jour à ses arbres. Edouard Furfooz était long et maigre, Pierre Moerentorf gigantesque, chauve et énorme. Mais, à l'égal de ces arbres dans leurs petits bols de grès dépoli, leurs mains, leurs regards, leurs façons de parler se ressemblaient. Edouard posa son verre, regarda Pierre et chercha à l'imaginer en train de contempler un petit arbre. Il devait oublier sa propre taille, sa propre corpulence. On s'amenuise en quelques minutes. On commence par s'abriter sous les branches noueuses. Puis on s'étend doucement sur l'herbe dans un pouce d'ombre. Le vent immobile peu à peu siffle au visage, sur les joues du visage. On est échevelé quelque chauve qu'on soit. On est le premier homme. On est dans le premier jardin.

Le matin, on avait proposé à Pierre Moerentorf un lot de quatre cent cinquante automates des XVIIIe et XIXe siècles — qui par son coût passait les moyens dont ils disposaient et qui par la quantité excédait le marché dont ils avaient la maîtrise. Edouard s'était dit aussitôt : « Encore un fjord plus à l'ouest, plus étroit et plus sauvage et plus froid qu'il me faut conquérir ! » Têtes de porcelaine, yeux de pierreries ou de verre, corps de bois, socle formant couvercle et masquant l'horlogerie et le rouleau de musique aigre. Il avait l'impression de plonger son regard dans des yeux glacés de verre bleu ou jaune — dans de pauvres yeux écarquillés et morts. Il avait dit à Pierre d'acheter toutefois, d'emprunter sur Bruxelles et de ne pas laisser se déverser sur le marché une telle quantité d'automates tout à coup. Edouard envisagea les ruses compliquées qu'il faudrait ourdir pour emmagasiner ces quatre cent cinquante êtres au dépôt de Londres à l'insu des douanes puis pour réintroduire une à une toutes ces merveilles dans les ventes publiques de façon séparée et prudente.

Ils sortirent. Le ciel était gris, devenait noir sans qu'on vît le soleil s'éteindre ni rougir les arbres et les ponts. Ils longèrent le fleuve. Edouard pressait le pas. Il avait si fréquemment l'impression d'être suivi. Il se retournait : il n'y avait personne. Il n'y avait jamais personne. Pierre Moerentorf, très valeureusement, très triste, tourmenté par la maladie de son orme, traînait la patte. Edouard se dit qu'il y avait peut-être, dans leurs deux passions, un secret qu'ils partageaient, qu'ils ignoraient en même temps, un trouble de distance, une impression d'éloignement, de rapetissement, sur lesquels il fallait mettre la main. Ils suivaient le quai Voltaire. Pierre Moerentorf montra au loin le grand palais du Louvre presque vert s'entourant de nuit.

— Monsieur, chuchota Pierre. Il n'y a plus de vent. Il n'y a plus de soleil.

— Il y a une lueur blanche sur le palais, dit Edouard.

— C'est vert et noir. Sans or. C'est de la beauté pure, murmura Pierre. Beauté d'un crépuscule qui laisse place aux ténèbres.

— Parce qu'il y en a d'autres ? demanda Edouard extrêmement inquiet en se tournant vers Pierre Moerentorf.

Laurence avait allumé la lampe qui était à son chevet. Elle s'était mise sur son coude. Elle regardait Edouard près d'elle, endormi sur le côté gauche, le sexe pendant au-dessus du drap. « J'ai près de moi un homme chaud et mort », se dit-elle. Un « gisant chaud », encore que cela fût difficile à prononcer. Elle repoussa le drap jusqu'au-delà des pieds. Elle regarda ses genoux, le regarda respirer, regarda les côtes qui perçaient sous la peau lorsqu'il inspirait, et la dépression du ventre. Elle s'approcha de lui et elle le caressait à peine, le survolait très doucement et elle ne souhaitait plus que cette chaleur qui se communiquait à sa main, éternellement, près d'elle, dans son lit.

Elle dormait mal. Toutes les nuits Laurence Guéneau se levait après une heure ou deux heures de sommeil. Elle enfilait un débardeur et un jean. Elle allait jusqu'au Bösendorfer, dans le deuxième salon, presque au centre de la pièce, devant un vieil Erard droit en bois clair poussé contre le mur. Elle refermait la table, mettait la pédale douce. Avec brusquerie elle remontait vaguement ses cheveux en chignon à l'aide d'une ou deux épingles, ou d'une barrette, ou d'un élastique de couleur, de même que le jour elle y portait sans cesse les mains, le transformait, le malmenait avec impatience plutôt qu'elle le remettait en ordre. Elle voulait sentir sa nuque libre, nue, plus fraîche, sans l'étau du sang ou celui de l'angoisse. Elle travaillait une ou deux heures. Elle revenait s'étendre.

Cette trahison nocturne ne laissait pas de déplaire à Edouard. Quand elle se recouchait auprès de lui, peu de temps se passait qu'il ne se levât à son tour. Elle avait du mal à dormir. Elle avait du mal à manger. Edouard, méconnaissant sa propre maigreur, se révoltait devant la maigreur de la jeune femme qu'il aimait. Elle avait le ventre beaucoup plus que plat, tout à fait creux quand elle levait les bras pour ôter les épingles de son chignon avant qu'elle dorme.

Il lui reprochait de rire peu, d'être grave — alors qu'il

115

adorait son rire. C'était un rire énorme, enfin un peu grossier et vivant qui affluait par saccades, bouleversait ses épaules étroites, qui la pliait en deux. Elle était comme inondée d'un rire plus vaste qu'elle et qui ne paraissait pas lui être personnel, qui s'abattait sur elle, crevait en elle comme une averse imprévisible. Elle ruisselait alors d'enfance. Quelque chose de jeune, d'invincible, fait d'une nouveauté invincible, étincelait dans ses yeux alors. Il s'approchait. Il étreignait ce corps dont les soubresauts paraissaient très étrangers, ou animaux, ou divins. Sans cesse, à vrai dire, qu'elle rît ou non, il s'approchait d'elle. Ce qu'il aimait plus que tout au monde était la proximité de sa joue et celle de son souffle, entre le nez et les lèvres.

C'étaient des choses inouïes, se disait-il, que la fraîcheur de ses baisers, que la fraîcheur de sa salive. S'il s'irritait qu'elle fût si riche — du moins plus riche qu'il n'était lui-même — il aimait qu'elle mît tant de passion à porter si souvent de la soie. Il aimait ses seins lourds et chauds sous la soie — et doux comme la soie était douce.

CHAPITRE VII

Un nom vous précède. Veuillez lui prêter l'oreille.

Han Siang-tze

Les week-ends lui étaient interdits. Tandis que Laurence et Yves se retrouvaient dans leur maison de Normandie, à Quiqueville, près de Saint-Vaast, Edouard alla chercher tante Otti à Zeebrugge.

Il prit le train, traversa le Valois, passa l'Oise. A Aulnoye, brillant sous la pluie, il admira les blocs de porphyre — ils semblaient depuis l'éternité dégoutter de sang — de la grande marbrerie Gaudier-Remboux. A Bruxelles, il passa voir Frank à la boutique de la place du Grand-Sablon — qui lui présenta un jeune Ecossais, John Edmund Dend, qui marquait le désir de travailler pour eux. Il accepta de le prendre à l'essai. A deux pas de là, Edouard courut chez Wittamer et mangea huit petits éclairs au café. Pendant huit minutes il crut que Dieu avait créé le monde.

Il arriva en gare d'Anvers. C'était l'été. C'était le premier jour de l'été. C'était le samedi 21 juin 1986. Enfant, il considérait que c'était la plus belle gare du

117

monde, Antwerpen Centraal, la gare lumineuse et grandiose. Il poussa la petite porte vitrée de la gare cathédrale. Une pluie fine, interminable tombait. Une espèce de dentelle poudreuse et blanche, avec toute la minutie froide, obsessionnelle, calviniste, luxueuse de Flandre et de Brabant. C'était la « drache ». Enfant, il appelait ainsi cette sorte de filtre de lumière qui poudroyait sur la ville, cette sorte de chagrin. Il chercha un taxi des yeux, n'en trouva pas.

Il descendit le Meir vers l'Escaut et la mer. Il hâtait le pas. La pluie cessait d'être picotante et vive pour devenir molle, ensevelissante. Il était un nageur entraîné par une crue soudaine. Il haïssait que Laurence évoquât la mort de son frère Hugues devant lui. Sans cesse la vie dépend d'une branche, d'un morceau de bois rompu, d'une racine. Il eut envie de gémir, d'appeler faiblement au secours. C'est le chant qui vient à la gorge dans les villes où l'on a poussé le premier cri. Il voyait — alors qu'il ne l'avait jamais vu, qu'il ne le verrait jamais — le frère de Laurence, dont il trouvait le prénom tout à fait vieillot, et dont elle lui avait parlé si longuement au cours d'une nuit plus insomniaque qu'une autre, en larmes, la voix enrouée, assise sur un tabouret, les cheveux blonds défaits couvrant son dos si étroit et si droit, droit comme un I, tendant les seins. C'était dans la grande cuisine de l'avenue Montaigne. Edouard était nu. Il pilait des glaçons et du sucre et les mêlait à la poudre de café. Faute d'avoir le courage de moudre, de faire chauffer de l'eau, de préparer, au milieu de la nuit, un véritable café.

A la Korte Gasthuisstraat personne n'était là. Sa mère, au dernier moment, était partie pour la semaine,

dans le Limbourg, à Maasmechelene. Le chauffeur lui
dit en flamand :

— Madame votre mère vous fait dire qu'elle vous
souhaite la bienvenue. Mademoiselle Josefiene vous
appellera. J'ai dit à Monsieur les deux messages.

Edouard répondit en riant :

— Twee suikerklontjes geven de leidekker voor 6
minuten energie. (Deux morceaux de sucre donnent au
couvreur en ardoises six minutes d'énergie.)

Ce n'est pas sa sœur Jofie mais sa sœur aînée Amanda
qui l'appela. Elle lui dit qu'elle serait là à huit heures
pour le dîner. A huit heures, il était dans la salle. Tout y
était aussi laid, touchant, aussi emphatique et aussi faux
que jadis. La salle à manger avec le poêle de faïence du
XVe siècle daté 1875 devant la cheminée, haut et large
comme un confessionnal vert et jaune, la table familiale
entourée des quatorze chaises rougeâtres — étroites
chaises aux quatre balustres soutenant le dossier. Il n'y
avait qu'un couvert. Il attendit debout derrière sa
chaise, les mains le long des cuisses comme il faisait
enfant. Il regardait dans le vague. Il détestait le grand
plafond à caissons peints couvert de faux écussons
rouge, vert et blanc. Il regardait sans la voir l'étroite
tapisserie du XVIIe siècle qui occupait depuis l'aube des
temps — 1880 — le mur du fond. Vertumne changé en
laboureur s'approche de Pomone. Pomone, une faucille
à la main, le regarde s'avancer vers elle en retenant de la
main gauche des pommes et des citrons dans le repli de
son giron.

A huit heures dix, Amanda entra, vêtue d'une robe de
soirée. Elle avait l'accent de leur mère — nettement
hollandais — même si leur mère tonnait contre la

Hollande avec une ferveur égale à la virulence qu'elle mettait dans ses imprécations contre la France. Sa sœur aînée ne s'approcha pas.

— Comment vas-tu, Ward ? J'ai fait préparer ta chambre. Je ne puis être là ce soir. Il fait froid. J'ai fait dire à Luise que tu prendrais une bouillotte avant de te coucher. Tu as perdu beaucoup de cheveux en deux ans. Il y a autant de couvertures d'appoint que tu veux dans l'armoire de l'étage.

— Des couvertures vraies ? Des couvertures en laine d'agneau ?

— Oui. Bonsoir.

Elle s'approcha enfin de lui et lui tendit la main. Il la tira par le bras et l'embrassa sur la joue. Amanda se retourna, ouvrit la porte, ne la referma pas — Luise arrivait avec une soupière —, descendit le grand escalier de marbre rouge.

Edouard s'assit. Il détestait ces êtres, ce pays et ce lieu. Le seul beau souvenir, c'était Anvers incendiée et pillée en 836. Il voyait les flammes. Il voyait les drakkars islandais sur l'Escaut. Il entendait les Noordman, aussi muets et sanglants que leurs sagas le racontent, donnant brusquement l'assaut en faisant sonner leurs cors d'ivoire. Et il mangea sa soupe avec ravissement.

Il fit porter le café dans le premier salon. Luise referma la porte sur lui et il ouvrit la fenêtre sur la pluie silencieuse. Il tira un fauteuil près de la fenêtre ouverte sur les arbres noirs et humides dans la pluie et la nuit. Puis il se releva, s'assit près du fauteuil, à même le tapis portugais de laine rouge, comme font les enfants : en tailleur, sans l'aide des bras. Il leva la tête. Il regarda la petite crucifixion aux couleurs vives suspendue au centre du mur noir, huileux, en cuir de Cordoue. Il avait trop bu de bière de cerise d'Audenarde. Tout s'était tu dans la grande demeure truquée, et le soir était là et sa détresse, les lieux familiers toujours aussi peu familiers, énormes, pesants, m'as-tu-vu. Seule, peut-être, la détresse dans le soir était la présence rassurante. Et aussi un reste de faim.

Il eut un bref accès d'angoisse. Il était parfois infesté de quelque chose de douloureux et d'indéfinissable. Pendant un quart d'heure il se contraignit à penser aux travaux qu'il avait mis en route avec l'entrepreneur de Chambord — ou du moins d'Olivet. Lors de cette réunion qui s'était tenue dans le café-tabac de Chambord, tous les corps de métier avaient voulu être présents. Le lendemain, il retrouverait sa tante. Tout ce qu'il avait décidé lui conviendrait-il ? Ne s'égarait-il pas complètement en anticipant de cette manière sur ses goûts ? Il tendit la main et éteignit la lampe. Il voulut se pénétrer de l'odeur de ce lieu qu'on avait toujours appelé le « premier salon » et qui était à vrai dire un fumoir. Il éloigna de lui la tasse de café vide dont l'odeur l'importunait. Il sentit peu à peu l'odeur du cuir qui couvrait les murs, le velours humide, une odeur lointaine et épaisse, une odeur de sucre, de tarte sucrée, de mégots de cigares, une odeur atroce de musique — l'odeur atroce de Gabriel Fauré et de brandy —, une odeur de vieille femme qui chante à pleins poumons, l'odeur qu'avait la solitude.

Avec le mot de solitude, il éprouva un sentiment de

fraîcheur et de gaieté. Il se leva, ferma la fenêtre. Dans l'obscurité il heurta de la hanche le piano. Le mot de solitude était le compagnon. Il monta le grand escalier de porphyre. Il n'avait pas besoin de bouillotte. Le mot de solitude servait de bouillotte pour l'éternité depuis l'éternité.

Il referma violemment la porte de sa chambre d'enfant. Il était au deuxième étage. A vrai dire ce n'était pas une chambre d'enfant, c'était une chapelle — jusqu'aux petits carreaux épais et sculptés de la fenêtre étroite. Il alluma toutes les lampes et les néons fixés sur les quarante étagères vitrées en bois clair qui entouraient la chambre. Toutes les couleurs des petites voitures Rossignol des années 1870 éclatèrent avec cette joie, cette virulence des couleurs propres aux jouets d'enfant : le blanc de Meudon, le bleu turquoise, le rouge Solférino... Les voitures de tôle ancienne s'avançaient vers lui. Elles le reconnaissaient. Toutes les petites voitures remontaient à toute allure, d'un seul coup, du monde des morts.

Il s'assit par terre. Chaque fois qu'il remettait les pieds dans sa chambre d'enfant — chaque fois qu'il rentrait dans ce qu'il aurait aimé appeler sa patrie —, chaque fois il était attaqué au fond de son corps par l'impression d'une pureté plus grande dans l'air, d'une plus grande vivacité dans la lumière. Attaqué physiquement par l'impression que le paradis a existé, qu'il n'est pas différent d'un port, que les peintres de la vallée de la Meuse et de celle de l'Escaut l'avaient pressenti, que le

122

chaînon entre ce lieu et lui, c'était ce port au nom de main qui saigne.

Il était en train de marmotter en flamand. Il était assis par terre. Il ôta la main de sa hanche. Il ouvrit sa main. Il entra dans Antwerpen, dans sa main d'enfant, dans ce que conduisait sa main d'enfant, dans le musée des objets ajustés à la taille de sa main d'enfant — objets dont il s'était fait l'importateur sur l'ancien continent. Entouré des étagères fermées de panneau de bois clair coulissant jusqu'à mi-corps, entouré d'étagères vitrées à hauteur de la taille jusqu'au plafond, ceinturé de lumières et de couleurs violentes, il commandait. Il commandait deux cents santons, six cents petits objets comme autant de soldats, comme une armée secrète qu'il avait opposée à jamais à un ennemi invisible — peut-être le bonheur. Ligne de front qu'il avait disposée, agenouillée — la crosse froide sur la joue — devant l'invisibilité terrible, devant quelque chose qui n'avait pas de forme, qui n'occupait pas d'espace, qui ne se métamorphosait pas en couleurs. Devant quelque chose qui n'avait pas de représentant sur terre, qui n'avait pas de représentant dans la lumière, qui n'avait pas de mot pour être dit.

Dans une commode à huit tiroirs sous une des deux fenêtres, il possédait la plus belle collection qui fût de boîtes et de bagues des Van Blarenberghe. Au début du XVIIIᵉ siècle, rue Saint-Honoré, les deux frères Blarenberghe, la loupe vissée à l'œil, miniaturisaient toutes les grandes batailles peintes par Van der Meulen. Batailles aussi muettes et vaines que celles qu'il menait. Edouard posa ses deux genoux sur le plancher. Il sortit ses boîtes. Il se releva, ôta son veston, défit sa valise et en extirpa

123

l'Aube de Bruges qu'on appelait aussi les Matines brugeoises : les Français massacrés, l'eau couverte de brume, Jacques de Châtillon s'enfuyant à la hâte. Il s'assit de nouveau par terre en tailleur comme chaque fois qu'il mettait l'une de ces boîtes dans la paume de sa main. Il redevenait le pinceau habile de ces gouaches minuscules tenues entre le pouce et l'index de Louis ou de Henri Van Blarenberghe. Il pénétrait dans la bataille d'Amfeldt sur trois pouces d'ivoire. Il revivait le siège de La Rochelle sur un couvercle de montre. Il entrait dans la ronde d'une « Danse à Bezons » de dix-huit personnages montée sur une bague. Il s'immobilisait, ne respirait plus, devenait cerf pétrifié devant une « Diane sortant du bain et raccommodant ses brodequins » haute comme un ongle d'enfant, montée sur une boîte à pilules en racine de buis.

Et il ne ressentit rien. Pour la première fois de sa vie il ne ressentit rien. Il ne sut pas rompre en lui l'indifférence et le langage. Il avait de plus en plus mal à la hanche. Il rangea tout — il referma très vite les tiroirs. Une espèce de fusion sur laquelle il avait toute-puissance s'était défaite. Il songea à Laurence, à l'odeur de la peau de Laurence, à ses yeux gris et or. Il se releva et tout en portant sa main à sa hanche qui avait heurté le piano du premier salon il eut une nouvelle vision en un éclair. C'était la petite fille de l'école de la rue Michelet qui avait tourné son visage vers lui. Mais il ne parvenait pas à voir les traits de ce visage. Il ne voyait que le regard, deux yeux magnifiques et intenses, des yeux marron. Elle lui prenait la main.

— Je ne veux plus faire de piano.
— J'ai soif. Tu n'as pas soif ?

Il pleuvait à torrent et il avait très soif. Il s'éloigna de la petite fille. Il but sur le fer de la grille du jardin du Luxembourg en approchant ses lèvres d'un bout de rouille froide où les gouttes de pluie venaient s'assembler.

Ce fut tout. Cette vision n'eut pas plus de durée que le temps de se mettre debout. Il ouvrit une des fenêtres de sa chambre sur la pluie qui engloutissait le jardin et Anvers et l'Escaut et la mer du Nord au loin. Il songea à ces années de l'enfance place de l'Odéon, dont il avait pour ainsi dire, durant des dizaines d'années, perdu la mémoire et qui revenaient par lambeaux tout à coup. Il se retourna vivement. La main sur la bouche, il s'assit sur son lit d'enfant. Il maudit cette espèce de petite femme fantôme qui ne cessait plus de le poursuivre à la trace où qu'il allât. Il eut froid. Il se dit qu'il avait eu tort de négliger de prendre la bouillotte que Luise lui avait préparée à l'office. Il regarda avec haine ses tiroirs, songea avec répulsion à ses voyages, à ses boutiques, à sa chambre. Il passa dans le cabinet de toilette. Il se déshabilla, se lava. Il revint dans la chambre. L'angoisse qu'il avait éprouvée dans le premier salon était revenue. Il ferma la fenêtre sur la pluie et la nuit. Ou plutôt, le fait de se retrouver nu, assis sur l'ancien lit, nu dans le vague reflet blanchâtre de lui-même sur la paroi des vitrines illuminées de sa chambre d'enfant, le laissait hébété et maussade. Quelque chose de pleurnichant, de « drachant », d'anversois marmonnait en lui, maugréait en lui, priait : « Petites choses visibles ! Petites choses visibles qui avez une sorte de contact avec l'invisible. Petites choses, vous toutes qui gémissez devant la taille absurde de la main qui vous tient et qui

125

ne sait plus jouer avec vous. Vous toutes qui pleurez après les lèvres excessives qui ne savent plus trembler et vibrer en imitant le bruit passionnant d'un moteur. Petites choses visibles qui ne savez plus voiturer, qui ne savez plus rapatrier jusqu'à la maison, jusqu'à la vraie maison, jusqu'à la seule maison, conservez-moi par-delà le temps une place préférée sur le bord du tapis, les genoux nus sur la laine ancienne douce, à la limite du plancher si obscur et si froid dont la marqueterie formait déjà des routes ! »

Il lui sembla que deux lucarnes d'or rouge la regardaient sans la voir. Les rayons du soleil de sept heures rougissaient le plancher. « Il y a dans ce studio — se disait Laurence — une espèce de feu ! » Il était sept heures du soir. Elle découvrait le studio que Roza lui avait prêté. Elle avait apporté des fleurs. Il fallait qu'elle rejoignît Yves, qu'elle retournât chez elle. Finalement ils n'étaient pas allés à Quiqueville. Il avait plu toute la journée. Elle ignorait le numéro de téléphone d'Edouard à Anvers. Laurence Guéneau se sentait incroyablement seule. Cela faisait dix ans que sa mère était internée près de Lausanne, au bord du lac, le plus souvent assise, triste, soigneuse, sur la chaise en fer sur la rive, vêtue d'un tailleur gris foncé, sous la ramure d'un platane. Sa mère était ailleurs. Elle avait beau la serrer dans ses bras, sa mère était inapprochable. Laurence se sentait mise à l'écart. Mise à l'écart de la vie d'Yves, tenue à l'écart dans la vie d'Edouard, mise à l'écart de la musique depuis trois jours — mise à l'écart de tous, mise à l'écart du monde. Laurence ne supportait pas l'abandon. Tout dans ses mains devenait abandon. Cette sensation était panique. Où était Edouard ? Que faisait-il ? Pensait-il à elle ? Pourquoi n'osait-il pas appeler chez elle ou s'y refusait-il ?

Laurence cherchait un vase dans la cuisine carrelée et de jaune et de bleu, moderniste, de Roza. Elle prit une carafe d'eau et y disposa le bouquet de giroflées qu'elle avait acheté. Ces grappes de pétales jaunes périraient sans doute avant qu'Edouard les vît. Mais c'était une espèce de cadeau, de geste vers Edouard, une façon de le toucher en son absence. On racontait qu'il y avait des gens qui poussaient le délire jusqu'à offrir des fleurs aux pierres qui recouvrent des hommes qui sont morts.

Elle se parlait à elle-même entre ses dents. Elle referma la porte de la garçonnière de son amie. Il faudrait qu'elle présentât son Hollandaise à son Anversois. La cage d'escalier en marbre noir était si froide et si sombre. « Ils s'aimeront », se dit-elle. Tout à coup elle suffoqua. Elle s'adossa au mur lisse et glacé. Est-ce qu'Edouard l'aimait ? Est-ce qu'il l'aimait comme elle l'aimait ? Sans aucun doute il la désirait. Sans aucun doute il était réellement attaché à l'idée de la trouver heureuse. Mais il n'était pas comme elle. Il était pingre de son temps. Il ne souffrait pas. C'était un marchand muet qui n'avait dans la tête que des objets et de l'argent. C'était un corsaire obsédé d'un petit royaume miniature. Il prenait. Il buvait ses bières. Il s'enveloppait de ses laines. Il ne lui demandait rien. Ne disait pas un mot des passions de sa vie. Pensées, sentiments, voyages, goûts, affaires, souvenirs, elle ne savait rien. Pas même un morceau de son enfance. Elle, elle lui avait parlé de Hugues — elle lui avait donné Hugues. Son père lui faisait tout partager de l'empire, des hommes, du rachat des hommes et des choses, des profits et de l'usure, des branches coupées à la hache brutalement et qui étaient des hommes remerciés. Edouard ne soufflait pas mot de ce qu'il faisait, n'était jaloux de pas grand-chose, ne l'interrogeait pas au sujet de ses journées, de ses propres affaires, de sa revue de photographie du quai Anatole-France. Il fallait lui extorquer, en le pressant de questions, de pauvres renseignements et il se rebiffait. Il ne venait pas l'écouter quand elle jouait du piano. Elle aurait pu, si elle l'avait voulu, devenir une grande concertiste à la condition qu'elle n'eût pas eu si peur. Elle aurait voulu qu'il partageât tout. Elle aurait voulu qu'il eût absolument confiance en elle. Et elle avait peur que sa passion lui fît peur, peur d'être pesante, peur d'être assiégeante. Peur qu'il perçût la jalousie qui insensiblement se levait en elle et qu'elle ne parvenait plus à contenir. Une jalousie de toutes les pensées, de tous les instants, de tous les voyages, de tous les sentiments, de tous les souvenirs — des vêtements même, verts et bleus, si obscurs, toujours en laine, en alpaga, en cachemire, et dont elle ne savait même pas où il se les procurait. Elle se mit à descendre lentement les marches de marbre noir, comme si elle redoutait de tomber. Elle s'agrippa à la rampe rosâtre.

Elle revoyait son regard : ce regard ne cachait rien de ce qui l'émouvait. Il semblait regorger de vie, d'enfance, d'aveu. Mais elle ne savait rien de cette joie, rien de cette vie, et l'aveu ne montait pas à ces lèvres qu'elle aimait. Elle voulait une part de cette joie. Elle voulait vivre. Elle répéta à l'intérieur d'elle-même ce mot de vivre et elle reprit sa descente apeurée, marche après marche, la main tenant toujours la rampe. Pas question, se disait-elle, que ce ne fût qu'un adultère, une petite luxure due au beau temps, due au printemps. Elle divorcerait. Elle divorçait.

Les silhouettes brunes ou rouges des hommes s'émiettaient dans les grains de la brume. Un bateau était parti. Edouard était planté là, sur le quai, attendant tante Otti dans la petite foule qui s'était amassée sur le ponton de bois. Le vent fouettait sa mèche de cheveux noirs qui se rabattait par instants sur ses yeux et piquait la paupière. Il avait froid. Il avait été un enfant passionné de départs. Il restait des heures sur le quai du port, contemplant une espèce d'énigme ou de miracle qui l'emplissait de crainte : où que l'on fût, sur le bateau, sur la rive, ceux qui partaient, ceux qu'ils laissaient étaient chaque fois deux groupes qui, l'un pour l'autre, ne s'arrêtaient pas de devenir de plus en plus petits. On ne pouvait plus atteindre ceux qu'on aimait. C'étaient des toutes petites choses, des tout petits bonshommes dans l'espace. Une mouette, sur la balustrade de fer d'où on les regardait — ou sur le bastingage du bac ou de la vedette d'où on cherchait à les apercevoir —, pouvait masquer un village entier, un paquebot transatlantique entier. Puis ces miettes s'émiettaient encore dans les grains de la brume. Toutes ces choses gigantesques et tous ces êtres qui étaient montés à leur bord s'anéantissaient insensiblement.

Et maintenant encore, trente ans après, quarante ans

après, il regardait le bateau qui était en train de se perdre dans la laine trempée et incertaine de ce qui n'était pas tout à fait un nuage. Il quitta le ponton sonore, au bois mou et humide, au point qu'il détrempait la semelle de ses chaussures. Il se souvenait, enfant, combien ses cinq sœurs, ses trois frères se moquaient de ses hantises de départs, de son obsession — qui allait parfois jusqu'aux nausées, jusqu'à l'anorexie — du relent onctueux de la mer. De cette odeur de moules, de miel vague ou d'algues et de pétrole qui l'attirait ou bien le révulsait de la même façon que l'odeur d'urine et d'écorce de chêne attirait jadis le tanneur ou l'artisan gantier. Après son retour de Paris, malade, en 1951, bien qu'il eût alors dix ans, il était toujours à traîner sur le port — allant jusqu'à se faire accompagner le dimanche par le chauffeur sur les quais plus lointains de Hoevenen ou de la Vosseschijnstraat. Il grimpait à bord des vedettes.

Et durant des heures il regardait quitter la terre, et la manière d'être quitté, et les étreintes et les signes d'adieu le médusaient comme l'indifférence des choses, celle des oiseaux de mer, comme les clapots de l'eau sous les pontons, comme l'impassibilité du flux et du reflux du fleuve et de la mer. Il songea brusquement au nom d'une fleur. Il détestait l'eau et quelque chose de l'eau attirait son regard. Et de même pour les fleurs — qui n'étaient plus à ses yeux qu'une espèce de monnaie secrète et risible, mais qui le pétrifiaient. Il se retourna d'un coup. Il n'y avait personne. Il détestait dans l'eau l'attrait de la mort et l'extrême indifférence. Il ne supportait pas que Laurence lui parlât de son frère englouti. Cette eau qui l'enfouissait dans une canalisation sans qu'il trouvât le moyen de crier autrement qu'en avalant l'eau noire et gluante qui le faisait mourir. Il était las d'attendre. Il lui semblait qu'il venait de quitter une petite fille, ou une fleur, ou le nom d'une fleur. Il ne parvenait pas à remettre la main sur ces pétales, sur ces syllabes. Et près du nom des fleurs, près des fleurs, dans la rigole au bas d'une haie, dans les petits troncs fluets d'un buisson, il y avait aussi des jouets, ou des cadeaux de Pâques déposés par les cloches romaines, parmi des primevères, parmi des prêles. Il releva le col de son manteau.

Il avait très froid. Il avait peur de revoir tante Otti. Au loin il n'y avait plus de bateau. Il n'y avait plus d'horizon. Il était impatient qu'elle fût là, qu'ils bussent quelque chose de chaud. Tout l'amour du monde était avant tout thermique. Il avait froid aux pieds, au bout des phalanges des mains. Il avait les pieds posés sur des rails désaffectés. Il avança plus avant sur le rebord du quai. Il demeurait là, resserrant sur lui son manteau vert sombre dans le vent, parmi les wagons et les grues. Il était un lézard, il était une petite salamandre perdue parmi les fougères et les prêles immenses.

Il était glacé, et ivre d'un sentiment étrange. Cette arrivée n'arrivait pas. Cette arrivée était un éternel départ, un éternel amenuisement. Sans jamais d'autres arrivées que la brume, qu'une vague solidarité d'anciennes gouttelettes d'eau. Il avait loué une voiture japonaise à Anvers. Il était passé par Bruges, avait traîné le long du Dijver, la main fouillant parmi les vieux jouets sur les tapis souillés des brocanteurs, avait fui en hâte les quarante-sept cloches du carillon de Bruges. Il imaginait, lointain, comme au haut d'une

131

tour une girouette, le carillonneur les mains gantées de cuir, chaussé de pataugas et s'escrimant sur les touches des cloches. Il avait pris par Lissewege. Il était à Zeebrugge depuis deux heures et il haïssait attendre.

— Pense à me faire acheter des marques de bridge !

Elle l'embrassait. Il poussa un cri. Il avait le visage rouge de honte. Tante Otti était là. Le grand bateau plat était amarré. Les voitures, les camions sortaient. Il l'embrassait à son tour.

— Tante... Tante...

— Aide-moi, si tu veux bien, mon petit, à porter mes valises.

Elle lui prit la main et glissa entre ses doigts la poignée d'une grosse valise recouverte de tissu nylon à rayures jaunes et vertes. Il la regardait, abasourdi. Il retrouvait cette grosse femme si brusque et si douce, les joues si pleines et si douces avec une faible odeur de citron, les paupières lourdes, les poches gonflées sous les yeux : de même les prunes trop juteuses dont la peau a crevé au soleil, et sortant de cette crevure un petit œil boursouflé, lumineux, mobile, d'oiseau.

Il se recula. Il revit le chignon acajou, volumineux, espèce de building de l'ancien Manhattan plus ou moins creux et soigneusement teint en roux et en rouge, ne souffrant pas le plus petit désordre, sans le moindre cheveu échevelé, qui avait toujours surmonté le visage de tante Otti.

Elle portait un tailleur en mailles plastique jaune, un corsage à cravate vert et rose. Accroché à son cou par un petit ruban de velours violet, sans cesse rebondissant entre ses seins, elle avait toujours son briquet à trois sous dans un étui de cuir jaune.

Tante Otti sortait déjà son paquet de Belga, alluma une Belga à l'aide de son briquet.

— Mon petit, as-tu ma tablette de chocolat blanc ?

— Bien sûr, ma tante.

Edouard posa une valise à terre, sortit de la poche de son manteau une tablette enveloppée d'un papier doré et la lui tendit.

— Mais tu ne préfères pas déjeuner ?

— C'est fait à l'instant. Je te remercie. Simplement, c'est l'heure de ma tablette.

Il pleuvait. Tante Otti déplia un petit fichu en plastique transparent à pois noirs et blancs et entoura son chignon acajou. Edouard portait les valises ; il les chargea dans le coffre de la voiture. Ils partirent. Il conduisait. Ils papotaient.

— Mon mari était moisi. Comprends-tu cela exactement ?

— Tout à fait.

— Cela dit, il y a d'admirables choses moisies. Les morilles par exemple.

— Les cèpes de Bordeaux à mon avis.

— Ou les truffes. Ou encore les petites girolles sont d'admirables petites choses moisies. Les Evangiles, la firme Chrysler...

— La famille Furfooz...

— Notre famille, mon petit, n'est pas moisie : elle est dans un état avancé mais elle n'est pas moisie. De même elle ne *pue* pas exactement. A mon avis la famille Furfooz fait simplement songer au parfum exquis que dégage le

133

reblochon. Tu vois, Ward, il ne faut pas être méchant. La seule chose qu'il faille haïr, ce n'est pas ce qui est moisi. C'est ce qui est mort. Ce qui pue n'est pas loin de la mort, mais grouille de vie.

En dépit d'une intonation nettement anglaise, ou plutôt américaine, elle l'appelait comme jadis, à la flamande, « Varte ». Il avait l'impression surprenante, presque comique d'être aimé. Elle avait posé la main sur sa main qui tenait le pommeau du levier de vitesse. Elle dit tout bas :

— Je te retrouve, mon petit. Depuis si longtemps.

Edouard ne put que serrer les dents. Tout son corps frémit et il eut l'impression que ce frémissement allait jusqu'au fond de son cœur, qu'il crispait son cœur. Il retrouvait la douce rugosité contradictoire des doigts de tante Otti — un toucher à la fois sec, satiné et calleux — sur sa main qui tenait le levier de vitesse.

Alors, tandis qu'Edouard refrénait comme il pouvait l'envie de pleurer, tante Otti ôta ses doigts et dit d'une voix neuve, plus énergique, très Nouveau Monde, tout en allumant une nouvelle Belga à l'aide du briquet accroché à son cou — tout en nettoyant de la main une petite braise de tabac tombée sur la jupe de son tailleur en mailles plastique jaune, resplendissant :

— Et comment vont les petites œuvres d'art ?

Ils étaient assis à la table d'un restaurant, près de la porte qui carillonnait et tapait dans le dossier de la chaise sur laquelle Edouard était assis. Edouard s'efforçait de décrire à sa tante la maison de Chambord, les

134

rives du Cosson, les travaux menés tambour battant. Il n'arrivait pas à trouver les mots qui convenaient. Il aurait préféré lui montrer la Hannetière sans rien lui dire, mais la curiosité de sa tante était impatiente. Il avait l'impression qu'il baratinait dans le langage : de même une fermière s'épuise dans sa baratte de bois à faire lever le lait en beurre. Tante Otti cessa d'écouter. Il se tut. Tante Otti parlait de sa vie. Ottilia Furfooz était en train de manger un morceau de Passendael, rasait Syracuse pierre à pierre, exterminait les musicologues et jugeait les quinze dernières années de sa vie sans clémence. Édouard Furfooz la regardait comme un fidèle une déesse. Elle était grosse. Elle avait un cou plissé comme le condor de la cordillère des Andes, une sorte de jabot, des fanons aux joues, un œil clair d'une mobilité et d'une acuité comparables et surprenantes.

Elle était férue de bière autant que son neveu l'était. Sur la table, il y avait des gueuses, une Chimay, une La Moinette, un genièvre. Autant de verres dont les fonds chatoyaient à la lueur de la petite lampe de bois. Tante Otti expliquait qu'elle entendait retrouver tous les goûts de jadis. Elle tenait son verre en poussant des exclamations, en fermant les yeux, et jouait à retrouver les noms et à rebaptiser les sensations qui lui paraissaient devoir leur être associées. Elle avait de courtes mains malmenées par les rhumatismes, les articulations des doigts grossies et noueuses, ceux-ci toujours plus ou moins recourbés sur eux-mêmes — à l'image peut-être des puissantes serres qui définissaient la morphologie des rapaces dont elle s'était éprise, ou encore leur long bec qui est crochu — crochu, semble-t-il en sorte de crever les plumages ou les fourrures et de pouvoir fouiller la chair chaude de leur victime hurlante. Tante Otti termina son morceau de Passendael.

— Une des choses les plus vivantes — lui confiait tante Otti les paupières lourdes, le blanc des yeux apparaissant et s'égarant entre les paupières, allumant une Belga à l'aide de son briquet pendu entre les seins — parmi les innombrables choses que j'ai connues sur cette terre empoisonnée, Ward, ce n'est certainement pas le corps des musicologues. Tu donnes ta langue au chat, mon petit?

— Cela va de soi. Cela ne va pas sans terreur, ma tante, mais cela va de soi.

— Eh bien, la chose la plus vivante que j'aie jamais connue, c'est une petite tache de lumière sur le bureau de mon père! Je veux dire : dans le bureau de ton grand-père.

— J'ai connu ce bureau?

— Non, tu ne l'as pas connu. Pour être tout à fait franche, moi non plus, je ne l'ai pas connu! Je n'ai jamais eu le droit d'entrer dans le bureau de mon père. C'est là, au début de ce siècle, que ton grand-père et Fritz Mayer Van den Bergh ont préparé la première exposition de Bruges sur les primitifs flamands en 1902. A l'époque, par parenthèse, les primitifs flamands ne valaient rien du tout. Cela n'existait pas. Ils amassaient des choses sans valeur.

— Plus dégoûtantes que des jouets.

— Si tu veux. Eh bien, c'est dans ce bureau que, en rêve, par pure fantaisie, palpitante de crainte, je suis entrée plus d'une fois. Je ne les compte plus. Et c'est à force d'avoir fait ces rêves que je sais que c'est le lieu au monde que je préfère. Je regardais les centaines de rangées de livres de couleur, les flaques de lumière sous les beaux abat-jour Napoléon III, les vieux fauteuils de cuir, les stylos, la barbe de mon père. Je m'approchais du taille-crayon fixé au mur, près du chambranle de la porte, pourvu d'une petite vitre. J'actionnais la manivelle. Je regardais tomber les copeaux de bois bordés de couleurs vives. L'odeur en était agréable. C'était un moulin à prières, à prières rauques. C'était une odeur très légère de bois frais. Je sentais aussi l'odeur douce du cigare...

— Le cigare n'a pas une odeur douce.

— J'ai bien dit, mon petit, l'odeur douce du cigare. Je parlais à mon père. Je l'entretenais de l'état de la nature et de la société et il me disait souvent à cette occasion en portant sa main sur ma tête et en caressant doucement mes longs cheveux : « O ma fille Ottilia, comme tu es sage ! Tu es de loin l'enfant que je préfère au monde. Comme ce que tu dis est profond ! Le grand Lama du Tibet est moins profond que toi ! »

— C'est vraiment une phrase que te disait mon grand-père ?

Tante Otti enfourna une bouchée de fromage blanc au raifort et répondit :

— Je n'ai jamais rencontré mon père qu'aux enterrements.

— C'est terrible ce que tu dis.

— Aux enterrements et à l'opéra.

— Au Koninklijke Vlaamse sur le Frankrijklei ?

— Oui. Mais personnellement je n'ai jamais bien perçu la différence.

— Moi, tu sais combien j'aime maman !

— Je n'en suis pas si sûre.

137

— Eh bien maman ne m'a jamais appelé par mon prénom.

— Ni ton prénom ni le mien ne sont des choses prodigieuses !

— Les prénoms sont beaucoup plus beaux aux enterrements et dans les opéras ?

— Tu aurais voulu que ma chère Godelieve prononce ton prénom à ton enterrement ? Ou bien le chante dans les bras d'un ténor en robe de tulle blanche sur la scène du Koninklijke ?

— Tu en veux à ton père ?

— Pas plus que toi tu n'en veux à ta mère !

Elle se reprit :

— Mais vois-tu, mon petit, je ne suis pas parfaitement franche.

Elle but un reste rouge de Moinette.

— Je m'en veux de ne pas avoir eu le courage d'entrer une fois dans ma vie dans le bureau de mon père. Je pense que *peut-être* il ne m'aurait pas tuée. J'aurais porté la main sur cette clenche et j'aurais ouvert cette « bandit » de porte rembourrée de cuir.

— Tout cela n'a pas beaucoup de sens.

— Si, tout cela a du sens. L'endroit le plus beau qui soit sur terre, je ne l'ai peut-être pas vu mais je sais où il est. Je sais qu'il est quelque part, perdu dans la tache de lumière que faisait un abat-jour sur une table. Comme ici. Regarde, mon petit ! Près du raifort. Le lieu le plus beau qui soit sur terre, il est perdu ici, dans ce petit cercle de lumière où je suis en train de mettre ta main.

Elle lui avait pris la main et l'avait amenée jusqu'à la lumière, sous la petite lampe marron. Il était heureux. Après trente-cinq ans de silence elle dissertait comme toujours. Ils étaient assis dans un restaurant un peu affecté et anglo-saxon — sur la route qui va de Zeebrugge à Magdelen et à Eeklo. Elle se moucha bruyamment, dégagea sa main et se leva. Elle chercha sur la banquette auprès d'elle un de ses quatre sacs à main, en élut un, fait de carrés de peaux multicolores qu'elle tira à elle en s'asseyant de nouveau. Elle fouilla, ramena un étui à cigarettes, appuya sur le mécanisme pour l'ouvrir, découvrit une rangée de petits cigarillos, préleva l'un d'entre eux, se saisit du briquet pendu à son cou, alluma le petit cigare, souffla la fumée vers la lampe.

Edouard s'écarta. Il regardait devant lui, dans le vague, par la fenêtre. La pluie tombait sur la route d'Eeklo. Puis brusquement il sursauta, se tourna vers sa tante qui venait de faire claquer brusquement le fermoir de l'étui à cigarettes. Ce bruit avait fait bondir son cœur comme s'il s'était agi de la détonation de la règle de fer d'un maître d'école frappant violemment le bureau de bois sur l'estrade, à l'instant où il rappelle à l'ordre et au silence. Comme si le maître plongeait dans la faute qu'il sanctionnait en frappant à toute force le bois du bureau. Comme s'il était coupable, assis au bout de la rangée, près de la fenêtre, tandis qu'il était occupé à parler à l'oreille de sa voisine.

Mais pour qu'il chuchotât et se fît de la sorte rappeler à l'ordre dans la salle d'école de la rue Michelet, c'est bien qu'ils étaient deux enfants au bout de la rangée, près de la fenêtre, au fond de la classe. Etrange souvenir qui le fit tressaillir à contretemps et l'égara brusquement dans le silence. Ils étaient deux, en classe de douzième ou de onzième, dans une salle de l'école de la rue

Michelet près du jardin du Luxembourg. Tante Otti était tout à coup le double d'une minuscule et ancienne camarade de jeux. Dans un restaurant sur la route de Zeebrugge, sans qu'il sût comment dire, il était *fou*. Il y avait tout à coup une petite fille de cinq ou six ans qui venait de s'asseoir à côté de lui. Il se penchait pour lui parler à l'oreille. Leurs genoux nus se touchèrent.

CHAPITRE VIII

La seule joie qui me captive est celle qui m'a donné
naissance.

Don Juan de Séville

— Mais attendez, Laurence. Attendez avant de prendre une telle décision !

Edouard avait le cœur serré. Il ne comprenait rien à la ferveur que mettait Laurence à multiplier les arguments et il était au plus haut point embarrassé. Laurence avait parlé à son mari. Edouard revenait de Londres — où il avait accumulé quelques trésors dans sa caverne secrète de Kilburn, au troisième étage d'un immeuble vétuste, sans gaz, sans eau et presque inhabitable. Il confiait ses trésors à l'apparence de la misère comme les Babyloniens les confiaient au sable. Il avait conduit l'avant-veille sa tante à la Korte Gasthuisstraat, à Anvers, puis avait rejoint Londres directement par avion.

Laurence Guéneau avait décidé de divorcer au plus vite. Elle souhaitait qu'ils se marient. Elle n'avait pas d'enfant. Elle avait vécu huit ans avec un homme qui ne

141

l'avait rendue ni heureuse ni malheureuse. Il semblait que le désir que pouvait avoir Edouard de vivre avec elle ou de la prendre pour femme devait aller de soi. Il commanda au garçon une autre part de charlotte aux fraises et un verre de pauillac. Le visage de Laurence s'était fermé. Edouard dépiautait de son revêtement de papier le petit tiroir d'une boîte d'allumettes. Elle porta la main jusqu'au menton d'Edouard et, tournant son visage vers elle, lui dit :

— Vous ne m'aimez pas.

Edouard dégagea son menton et lui prit les mains. Il les étreignait.

— Vous allez à toute vitesse.

Elle était toute rouge. Elle portait un ensemble en paillettes grises et nacrées, avec une large veste cardigan. Elle hurlait tout bas.

— Je ne vais pas à toute vitesse. Moi, je t'aime. Moi, je t'aime absolument. Moi, je n'attends pas pour t'aimer.

La voix de Laurence était sèche et presque inaudible. Ses yeux, ordinairement gris et or, étaient noirs.

— Mais je n'attends pas pour t'aimer, murmura Edouard.

— Mais si. Tu me demandes d'attendre, d'attendre. Tu ne comprends rien. C'est comme si tu demandais à mon cœur d'attendre de battre.

— Je ne demande rien...

— Si.

— Je ne comprends rien.

Il la raccompagna. Il l'embrassa sur le front. Il avait parlé d'autre chose autant qu'il l'avait pu.

Il rentra à son hôtel en faisant de grands détours. Il ne

142

percevait pas ce qu'il souhaitait. Il avait eu l'impression que quelqu'un le suivait en voiture et il l'avait égaré dans Paris. Il était fatigué. Il avait froid. Il découvrit que depuis le début de ce dîner avec Laurence — depuis que Laurence lui avait fait part de ses grandes scènes d'aveux avec Yves Guéneau et de sa décision de se séparer de lui — le plus souvent ils s'étaient voussoyés. Il ne savait pas qui il était.

Roza donnait des coups de poing dans les côtes d'Edouard pour souligner la force d'un argument et Edouard se souvint de ce geste que faisait si souvent Francesca dans la petite maison d'Impruneta. Il revoyait Francesca en jupette de tennis, avec d'énormes cisailles jaunes dans les mains, trempée de sueur, qui égalisait vigoureusement les buis qui entouraient la terrasse.

Laurence avait entraîné Edouard chez son amie Roza Van Weijden — une longue usine rouge sans étage, près de Marcadet-Poissonniers, dans le XVIIIe arrondissement. Ils étaient en train de dîner. Roza tapait dans le dos, brouillait ses cheveux très courts sans y parvenir, lançait sa serviette à la figure, déclamait. Elle croyait en Dieu comme au XIIe siècle. Elle disait : « C'est sensas ! » comme dans les années trente. Elle vivait seule, avec ses deux enfants. Adriana avait quatre ans — elle était alors à Heerenveen, dans la Frise, face à l'ancien Zuiderzee, chez son arrière-grand-mère. Seul Juliaan était là. Il avait treize ans. Sa voix bourdonnait quand il ouvrait la bouche. Il avait d'immenses yeux et une timidité aussi vaste que la peur et l'ennui qui passaient par instants dans ses yeux.

Edouard était las, les yeux rougis de fatigue, tout le corps frileux. Il revenait de Delhi. C'était la première fois qu'il se rendait en Inde. Il était parvenu à démanteler le réseau sikh de Matteo Frire à Panipat et à Lucknow. Il avait embauché John Edmund Dend. A l'aller il s'était arrêté à Dhahran où Frank se trouvait avec John Edmund. Puis il était parti pour Bombay, pour Udaipur, pour les monts Aravalli. Sous un ventilateur qui ne tenait au plafond que par le fil électrique — si bien que non seulement l'hélice tournait mais le ventilateur lui-même girait lentement sur lui-même en ronflant — un groupe de Sikhs en uniforme kaki, sentant très fortement un mélange de crasse et de coriandre, lui avaient vendu des jouets de toutes provenances, sikhs, hindous, tibétains, cachemiris, moghols, harappéens et même anglais victoriens. Il s'était chargé de faire transiter lui-même les objets les plus beaux : neuf statuettes qu'on venait d'exhumer à Madhya Pradesh. Il était rentré dans un taxi-scooter, sous la pluie, après les avoir entassées à ses pieds en les coinçant, en les protégeant sous la capote qu'il avait dû défaire. Quand il était arrivé à son hôtel, il avait beau ruisseler d'eau, il était ivre de bonheur. Tout devait passer en Belgique et à Londres par quatre voies différentes. Il était même parvenu à s'entendre avec l'Archaeological Survey of India pour faire attester un petit pourcentage des pièces non répertoriées afin de conserver quelques objets qui puissent témoigner de leur provenance sur le marché légal. Pour les pièces les plus précieuses, le rapatriement se ferait par Karachi, puis par la mer jusqu'à Dhahran où John Edmund Dend les accueillerait. Malade de curry et de bière indienne, Edouard avait sommeil et avait froid. Il ne songeait plus qu'à aller s'ensevelir sous un lot moins rentable mais plus miséricordieux de couvertures en laine de chèvre du Cachemire. Ses yeux se fermaient. Il hurla :

— Aïe !

Pour la huitième fois, avec un ou deux jurons en néerlandais, Roza Van Weijden avait lancé un coup de poing dans le ventre d'Edouard. Elle partit d'un grand éclat de rire et vida dans son verre le fond de la troisième bouteille de vin de Provence. Laurence paraissait heureuse, détendue, et mangeait des yeux son amie. Quand il n'était pas plié en deux, Edouard levait la tête, et son regard errait sur les murs du grand loft de Roza couvert d'anciennes affiches de matches de football, de compétitions automobiles et de combats de catch. Roza était en train d'expliquer à son amie que des combattants japonais, des « sumo », allaient venir combattre à Paris, durant l'automne. Edouard se rendormit.

Soudain la voix bourrue, raréfiée, escarpée de Juliaan fit sursauter Edouard. Juliaan demandait à Laurence s'il pouvait mettre un disque. Laurence acquiesça. Elle paraissait heureuse. Elle portait une robe ancienne de tussor, grise et droite, ouverte au carré sur les seins. Bruce Springsteen se mit à hurler *Born in the USA*. Edouard sauta en l'air. Se serait-il agi de cantates de Johann Sebastian Bach, son épouvante aurait été la même. Il songea à l'amitié qu'il n'avait pas entretenue avec ses trois frères : une complicité bourrue elle-même et si pudique, si muette, si brutale. Mais aussi si jalouse. Depuis l'adolescence — depuis leurs voix bouleversées

145

— ils avaient sans aucun doute traversé la haine, mais pour ne rejoindre que l'indifférence et n'aboutir qu'à la poignée de main embarrassée tous les cinq ou six ans.

Tout piaulait. Roza et Juliaan mouvaient les mains, les épaules. Edouard se leva de table. Gagna un petit bureau où ils avaient jeté leurs imperméables sur un canapé en arrivant et où il y avait un téléphone. Il appela Pierre Moerentorf chez lui. Il avait l'esprit préoccupé par la revente de la boutique de Londres. Il n'y avait à vrai dire que dans les trois boutiques de Paris, de Rome et de Bruxelles que les résultats étaient plus qu'encourageants. Il fallait faire très vite. Il expliqua à Pierre la victoire de Panipat, l'écueil que représentait Londres.

— Alors, puisque c'est la guerre, Monsieur, si nous achetions des soldats de plomb pour nous défendre ?

— Je vous en prie, Pierre. Ne plaisantez pas.

— Monsieur Michel Chaulier propose, pour deux petites tulipes plus un échange, des armées entières.

— Non ! C'est un marché trop ancien et qui est trop rigide. Ni plomb ni aluminium. Nous n'avons jamais fait d'exception que pour les soldats en papier mâché, pour les soldats en sciure de bois et pour les soldats en blanc de Meudon.

— Il y a de très beaux plastiques, Monsieur. Vous les omettez toujours.

— Les plastiques, jamais. Jamais un jouet créé après la dernière guerre ne passera par mes mains.

— Monsieur tourne le dos à son époque.

— Vous êtes idiot, Pierre. Et cessez de m'appeler Monsieur.

146

— Non, Monsieur. Je vous appellerai comme j'ai le désir de vous appeler.

— Mon prénom est Edouard. Mon patronyme est Furfooz. Je ne m'appelle en aucun cas Monsieur. Et je suis né en 1941.

— Quand les soldats américains en matière plastique ont décimé l'armée allemande en plomb et en aluminium, c'était en 1945.

— Non. C'était en 1946. Le soldat Starlux a gagné la guerre en 1946.

— Monsieur pense sans doute qu'il vaut mieux avoir des vices en aluminium que des vertus en plastique.

— Non. Je pense qu'il faut avoir des vices en plastique, des vertus en plastique et des désirs en plomb et en or. Et puis j'ai froid. Et puis je suis mort de fatigue. Veillez désormais à me tutoyer.

Après qu'il eut raccroché, il s'assit. Il hésitait à rejoindre le dîner, eut le désir de s'esbigner. Il redouterait désormais Roza Van Weijden. Elle était hollandaise. Elle n'avait rien de belge. Laurence ne sentait pas ces nuances et ces mondes. Roza haïssait Yves Guéneau et poussait Laurence au divorce. Elle-même s'était séparée de deux maris. Elle avait une apparence brutale et une intonation volontiers grossière qu'il craignait plus encore que la brutalité. Un corps aux épaules marquées, irradiant la santé, avide de tout, imprévisible, qui bondissait. Les plaidoiries de divorce, les projets de vacances pour l'été, en Normandie, en juillet, puis les vacances dans le Midi en août, les vêtements que portait

Laurence — qu'elle caressait, qu'elle déboutonnait —
tout l'emplissait d'excitation. C'était la pique-assiette et
la pique-garde-robe de Laurence, l'avocate, la gouver-
nante de Laurence et aussi son bouffon. Elle ne restait
pas en place, pâlissait sans cesse de convoitise, buvait
sans mesure, chantait, lançait ses chaussures à la volée
dans l'immense pièce centrale du loft de la rue des
Poissonniers.

Edouard regagna la table avec son imperméable à la
main. Il dit qu'il lui fallait partir et qu'il en était désolé.
Roza était tout à fait ivre. Elle était en train de
déboucher une quatrième bouteille de vin de Provence.
Elle approcha sa chaise et, tout en lui tapant sur la
poitrine et sur le ventre avec le cul de la bouteille, elle lui
expliqua qu'elle avait le désir de commencer une
collection de jouets elle aussi. Elle tomba doucement de
la chaise, s'assit en lotus par terre et se mit à pleurer.
Juliaan Van Weijden ne sut plus où se mettre quand il
entendit pleurer sa mère. La rougeur gagna son visage
jusqu'au pourtour des yeux. Il interrompit les lieder très
complexes de Bruce Springsteen, prit son disque sous
son bras, fit le tour de la table en tendant sa main pour
dire bonsoir et gagna négligemment sa chambre, d'où
on entendit monter le son d'un poste de télévision.

Ni Laurence ni Edouard ne trouvaient moyen d'apaiser les sanglots de Roza Van Weijden assise en lotus à
leurs pieds. Soûle du vin de la Provence, Roza prétendit
raconter son enfance en néerlandais. Ce qui revint peu à
peu à essayer de récapituler jusqu'au moindre détail les
bandes dessinées de Willy Vandersteen, *Suske en Wiske*
qui avaient été traduites plus tard en français sous le
titre de *Bob et Bobette, Sidonie et Lambique.*

148

Edouard faisait des signes à Laurence pour qu'ils partissent au plus vite. Laurence ne le voulut pas, se mit à pleurer elle aussi et, s'asseyant en lotus aux côtés de son amie — toutes deux se mirent à faire le compte des couches-culottes qu'avait usées Adriana du temps où elle était petite (elle avait maintenant quatre ans). Elles arrivèrent au chiffre de 2 240 couches-culottes, poussèrent de grands cris effrayés et envisagèrent un moment de calculer le coût que cela pouvait représenter. Mais Roza s'était remise à pleurer de plus belle. Elle prétendait s'être ruinée dans l'achat de couches-culottes. Elle insultait Edouard qui dormait debout en tenant son imperméable à la main comme s'il s'était agi d'une rampe d'escalier ou bien de la balustrade à la proue d'une vedette, en plein port d'Anvers, face au vent, remontant l'Escaut. Elle le montrait du doigt à Laurence en le maudissant.

— Ce sont ses jouets. Ce sont les jouets de ce salaud !

Roza Van Weijden raconta qu'à Heerenveen, près du lac d'Ijssel, alors que sa mère mourait, elle jouait aux petites voitures. Elle n'avait pas quatre ans comme Adriana, mais cinq, précisa-t-elle en levant très haut son index. Sa grand-mère maternelle — chez qui se trouvait précisément en vacances Adriana — aidée de la bonne, après l'avoir agrippée par les épaules, s'était mise en peine de la pousser dans la chambre mortuaire. Elle tenait dans sa main droite une petite Citroën. Elles la contraignaient à approcher du lit. Son corps se révulsait sous leurs mains. Elles la portèrent par les bras tandis que ses pieds battaient dans le vide. « Embrasse ta mère. Embrasse-la ! » disaient-elles en néerlandais et, son corps secoué par les sanglots, elle approchait sa bouche de la peau livide et luisante de sa mère. Mais à ce contact si doux, si surprenant, si douloureux, si frais tout son corps, à son corps défendant, se raidissait. Elle tombait à la renverse, sa tête venait buter sur la table de chevet, sa main lâchait la petite Traction-avant Dinky. Les deux genoux nus tombant sur le plancher, elle recevait une gifle formidable de sa grand-mère qui glapissait : « On ne joue pas aux petites voitures dans la chambre mortuaire de sa mère ! Et on embrasse sa maman une dernière fois ! »

Roza Van Weijden ne savait plus ce qui s'était passé ensuite. Peut-être avait-elle de nouveau embrassé la joue du cadavre de sa mère. Peut-être s'était-elle évanouie. Roza avait participé à la plupart des compétitions nationales en natation et en saut en hauteur, était montée deux fois sur un podium. Edouard percevait mal la relation qu'il pouvait y avoir entre ces deux podiums et le lit funéraire de sa mère. Laurence, toujours assise par terre, tenait la tête de Roza Van Weijden sur son sexe et son ventre — sur la robe en tussor gris. Roza s'était mise en boule.

Edouard avait écouté, fasciné, en marchant à reculons, en enfilant son imperméable, cette histoire de petites voitures et de mort et s'était brusquement éclipsé.

« Maman, pourquoi as-tu inventé·ce voyage vers la mort ? » Laurence s'était éveillée en pleine nuit. Elle se dressa à demi sur un coude tout à coup blessée par un songe. Elle avait trop bu la veille. Elle tendit le visage vers le réveille-matin dont le cadran était lumineux. Il était deux heures. Elle s'assit dans le lit. Elle eut à l'esprit sa mère assise, maquillée de façon irréprochable, habillée avec soin, silencieuse, sur la rive du lac Léman. Elle l'avait toujours connue dépressive, trop sentimentale, ravissante, pleurnicheuse, moraliste — ce dont s'accommodait fort mal Louis Chemin —, s'attendrissant sur tout, sans cesse entourée de médicaments. Puis elle se souvint du rêve qui venait de l'éveiller. Elle voyait Edward avec un heaume sur la tête. Dans le rêve son nom était Edward. Elle avait envie de l'appeler Edward comme Roza faisait. A la fin du rêve il était plus ou moins nu, toujours avec son heaume sur la tête, et il la désirait très visiblement. Il se défaisait difficilement d'un grand filet de pêche, dans les mailles duquel il était empêtré, afin de pouvoir se pencher sur elle. Pour peu que Edward y portât son souffle et son visage, son ventre la brûlait. Elle repoussa doucement le drap, regarda le corps de son mari plongé dans le sommeil. Il était beaucoup plus beau que Edward. Mais elle aimait Edouard, ou plutôt Edward puisque Roza disait ainsi, puisque le rêve disait qu'il fallait dire ainsi.

Laurence avait longtemps cru qu'elle n'aimait pas la nudité. Avec Yves, elle n'aimait pas passionnément être nue. Il y avait quelque chose de triomphant, de plastronnant dans la nudité d'Yves. Elle ne dormait pas nue. Aussitôt le prétexte d'une frilosité ou d'un embryon de grippe la réveillait. Elle passait une chemise. Avec Edward il lui semblait qu'elle commençait d'aimer à être nue — encore que la nuit, redevenue seule au fond d'elle-même, même s'il était à ses côtés, alors que l'insomnie tenace la retenait hors du sommeil, elle s'habillât un peu. Elle ne s'habillait pas parce qu'elle avait froid. Elle s'habillait parce qu'il dormait. Parce qu'il l'avait abandonnée. Parce qu'il lui avait préféré le sommeil ou un songe.

Elle avait soif. Elle avait trop bu. Elle se leva pour aller boire. Se trompant, dans l'obscurité, elle alla jusqu'au salon, s'approcha du grand Bösendorfer, repartit en direction de la cuisine. Elle aurait voulu être bercée. Elle aurait voulu enfouir son visage dans le ventre d'un chat. Elle aurait voulu un enfant. Elle était à la cuisine, raide, sur un tabouret noir, un verre de lait froid à la main. Elle se mit à pleurer.

Quelques fragments du rêve où Edward s'extirpait d'un filet de pêche sur la rive d'un lac lui étaient revenus à l'esprit. Ce n'était pas Edward, c'était Hugues enfant qui la portait, la robe détrempée, le visage défiguré par la boue qui se trouvait au fond du bassin ou du lac de Genève. Elle grelottait entre ses bras. Il la tenait serrée contre lui et elle sentait le froid de l'eau sur son ventre. Il la portait en courant. C'était Hugues qui la portait en courant. Son ventre était nu. Il était nu. C'était même un bébé nu.

Elle avait posé son jean près d'elle, près du verre de lait, sur la table de la cuisine. Elle se leva, enfila son jean, alla au salon, s'assit avec rage, joua avec rage des barcarolles, des valses, des impromptus. Elle se tenait droite et tendue devant le Bösendorfer — un piano de concert déjà âgé de huit ans. Ses mains étaient extrêmement souples. Au moins ses mains faisaient ce qu'elle voulait. Elle liait tout. Elle savait qu'elle liait tout. Ses professeurs s'en choquaient. Non pas qu'elle usât inconsidérément de la pédale droite. Elle jouait remarquablement bien, et avec une virtuosité et une émotion sans défauts. Simplement il n'y avait jamais une note laissée à elle-même, détachée, libre. Pas de vide où un son s'isolât, vînt se perdre ou surgir. C'était merveilleux mais ce legato perpétuel avait quelque chose d'excessif. Edouard lui avait fait la remarque que ce legato s'était peut-être transmis à sa vie même, dans les gestes les plus quotidiens, dans sa façon de manger, dans sa façon d'aimer. Elle liait tout, elle nouait tout, elle notait tout, elle ficelait tout, elle ligotait tout. Et elle étranglait.

Elle suspendit soudain les deux mains sur les touches, se leva. Elle se dirigea vers le salon Directoire. Elle ouvrit un petit secrétaire guindé et vert. Elle sortit cinq paquets de lettres entourées d'élastiques larges et blancs.

Son père ne lui avait jamais écrit. De son père elle ne connaissait que la signature. Elle ouvrit le plus petit de ces paquets — un paquet qui contenait des cartes postales que lui avait adressées sa mère lors de ses cures ou de ses séjours de repos, quand elle était petite. Elle ne feuilleta que deux ou trois revers de cartes, regarda plus attentivement les photographies noir et blanc, parfois coloriées de sa main lorsqu'elle était tout enfant. Elle rangea le petit paquet de cartes.

Elle prit les quatre liasses plus épaisses des lettres que lui avait envoyées jadis son frère — durant les vingt-deux années où ils avaient vécu l'un près de l'autre — et quand elle les relut, elle ressentit de la douleur. Au fur et à mesure qu'elle tournait ces petites copies blanches d'écolier, elle sentit qu'il était de moins en moins présent dans ces mots qu'il lui avait écrits.

Elle essaya de comparer mentalement ces trois corps

que son rêve avait mêlés, les corps de Hugues, d'un bébé et de Edward. Le corps d'Yves n'apparaissait plus dans ses rêves. Elle interpréta cette disparition comme une injonction à laquelle il fallait obéir. Pourquoi avait-elle éprouvé dans son rêve, au sortir de son rêve, le besoin de rebaptiser toutes affaires cessantes Edouard? Pourquoi l'éloignait-elle lui aussi dans cette prononciation étrangère et plus rude? Pourquoi voulait-elle à tout prix le nommer comme Roza le faisait?

— Qui c'est, ton ami?

C'était ce que lui avait demandé la veille Roza avant le dîner, avant qu'il arrivât chez elle mis à mal par les quatorze heures passées dans différents avions pour revenir de Delhi. Laurence avait répondu méchamment. Elle se le reprochait.

— C'est le génie de Gregor Mendel devant un petit pois.

Un appel téléphonique de la place du Grand-Sablon lui apprit que Matteo Frire venait d'épouser Antonella. Au Siège, on ignorait où était Edouard. Pierre Moerentorf le croyait à New York : il était à Vienne. Il sortait du musée de la Währingerstrasse. Il était plein d'angoisse, plein de haine contre Matteo Frire, enfiévré, couvert de laines. Il revenait de Chambord. Les travaux étaient sur le point d'être terminés. Restait l'installation de la chaudière. Frank était venu de Bruxelles et l'avait secouru en se chargeant de la décoration de la maison de la Hannetière. Renata était venue à deux reprises de Rome pour les aider. Cette mise au

154

point d'une maison invraisemblable l'exaltait. Dans le musée de la Währingerstrasse, il avait eu une idée qui l'avait ébloui : « Je me donne enfin à mes goûts. Je cesse de travailler pour tante Otti et pour le monde entier. J'achète à Paris un lieu qui soit à moi. Je veux avoir chaud. Je veux un lieu où avoir chaud. Je hais tellement le malheur. »

Les murs de Vienne, la Währingerstrasse, le ciel gris de Vienne — tout était la tristesse. Il marchait très vite. Il n'y avait personne. Il hâta encore le pas. Il voulait joindre par téléphone au plus vite l'avenue Montaigne, dire à Laurence qu'il la retrouverait le soir même dans le duplex de Roza Van Weijden, à l'adresse qu'elle lui avait indiquée.

Il se mit à courir contre le vent. Il se disait : « Il me faut un plaid pour me protéger d'une ombre qui me pousse ! » Mais dans le même temps, bien qu'il courût, il avait la certitude que l'être qui cherchait à le rejoindre le rejoindrait un jour, quelque vélocité qu'il mît dans sa course. Il fallait rester libre à l'égard de cette éventuelle rencontre, de cette survenue inexprimable. Il fallait rester libre, solitaire pour quelque chose comme cela.

Il parvint dégoulinant d'eau dans le hall de l'aéroport. Il pleuvait à torrent. Il revenait de Vienne. Il était en train de songer au chauffage de la maison Napoléon III Renaissance de Chambord dont il fallait à tout prix qu'il allât superviser l'installation. Les travaux avaient suivi un rythme qu'il n'avait pas prévu. Tous les forfaits tenaient. Il y avait quelque chose proche du miracle dans cette réserve de rapaces, de sangliers, de mouflons de Corse et de rois morts. Il songea à tante Otti.

— Edward !

Il leva les yeux. Derrière la barrière, à quatre-vingts centimètres de lui, à sa surprise, prononçant son nom avec un accent qui était franchement singulier, Laurence était là. Il l'embrassa. Il eut un coup de rage. Il détestait être attendu — ou du moins il détestait être attendu d'une façon qu'il n'attendait pas. Devant des êtres cramponnés, il ressentait toujours une impulsion à sectionner les mains d'un grand coup de hache d'abordage en criant : « Antwerpen ! Antwerpen ! » Elle était très belle, pourtant, plus droite et haute que jamais. Elle portait un ensemble en paillettes bleues et noires, une veste jaune pâle très large en lin qui servait visiblement d'imperméable. Il se dit qu'il aimait un mannequin — un mannequin aux ongles ras. Ses ongles, ses doigts musclés et ronds de pianiste qu'elle faisait jouer sans cesse entre eux dans le silence — comme hélant jusqu'à eux une partition lointaine et qui demeurerait pour lui à jamais inaudible — ne correspondaient pas exactement à son corps. Il monta dans la Mercedes blanche, demanda qu'il pût prendre le volant. Il parlerait moins. Il était agacé de ne pouvoir passer au Siège, rue de Solférino.

Il conduisit brutalement. Laurence lui indiquait avec des mots impérieux et précis le chemin à suivre pour parvenir au duplex de Roza Van Weijden. Ces indications l'irritèrent. Il s'engagea enfin dans une vieille rue étroite et mouillée, dans le VIᵉ arrondissement. Il passa un tilleul.

— C'est là ! cria-t-elle en lui montrant du doigt une maison étroite et noirâtre. C'est là, tout en haut !

Sur le toit de zinc gris qui luisait sous la pluie s'ouvrait une mansarde avec une potence de fer. Une vieille poulie pendait.

Ils poussèrent une lourde porte rouge et il fut pris de terreur devant le petit escalier luxueux en marbre noir, les murs de marbre, la rampe rose.

Plusieurs jours ils s'aimèrent de la sorte, grimpaient dans le marbre noir vers la garçonnière mansardée de Roza Van Weijden.

Dans la chambre la plus haute, il fallait monter sur une chaise, soulever la fenêtre à tabatière, hisser le cou pour regarder la lumière et la ville. Tous les jours où il était à Paris et où il se rendait au Siège, à quatre heures il débouchait sur le quai. Il aimait la couleur de quatre heures sur le quai, sur les arbres des Tuileries, le toit du Louvre. Une lumière plus usée, plus tendre. Le ciel d'un bleu plus pâle. Il courait retrouver le reflet de cette lumière dans la chambre à coucher du duplex de Roza — encore qu'il ne la retrouvât jamais tout à fait intacte autour de la vieille poulie et vue du toit de zinc.

Elle aimait les fleurs et il en apportait — les petits bouquets de gentianes pourpres ou jaunes, les campanules bleues, les Oiseaux de Paradis bleu améthyste et bleu clair. Un jour, pour compenser le modernisme de cette petite maison rénovée, il apporta de vieilles fleurs feintes en porcelaine de Sèvres, de toutes les couleurs, avec des insectes illusoires. Il achetait des fruits et il les achetait plus pour leur parfum que pour leurs couleurs. Il étreignait cette brise perpétuelle qui entourait cette femme, ce parfum d'un autre sexe, d'un autre monde. Elle repoussait sa tête, regardait ses yeux — regardait plus loin que le regard dans ses yeux, disait qu'elle les

157

aimait. Il respirait le souffle de sa bouche et elle s'égarait dans ses yeux, dans ce que ne voyaient pas ses yeux, dans le désir d'elle qu'elle cherchait dans son regard. La lumière du soir peu à peu se portait sur elle et curieusement elle l'arrondissait : la clarté peu à peu rendait plus rondes ses joues, plus volumineux ses seins, plus chaude sa bouche.

CHAPITRE IX

— Non, monsieur.

Une vieille dame monumentale lui barrait l'entrée du salon d'essayage. Elle avait un chignon d'*Inc'oyable,* un chignon qui le fit penser à l'Empire State Building qui surmontait la tête de tante Otti. Un collier de rubis serrait son cou et elle donnait l'impression de revenir de l'échafaud et d'avoir à peine eu le temps de recoller sa tête.

— Je suis avec Madame Guéneau.

— Je vais demander à Madame. Pour l'instant, vous n'entrez pas.

Edouard demanda s'il y avait un autre salon où il pût attendre Laurence.

— Mademoiselle Florence !

La vieille dame monumentale pointait le doigt vers une jeune assistante.

— Vous conduisez monsieur au salon 4.

159

Il regarda la jeune Florence. Il retourna machinalement en lui les lettres qui composaient ce prénom
comme s'il présentait un attrait inexplicable. Il imputa
cette impression à la beauté de l'Italie, au souvenir de
Francesca, à la terrasse inondée de soleil sur la route de
Sienne. Il s'avisa subitement que le lieu le disposait plus
que tout autre à se souvenir de ces essayages eux-mêmes
interminables de Francesca, moins luxueux que ceux de
Laurence, mais qui très vite paraissaient ne plus avoir
aucun objet. Francesca aussi était belle.

Laurence était là, à côté de lui, sans qu'il l'eût vue
approcher et il porta ses lèvres sur ses lèvres. Elle le tint
à distance. Il sentit son odeur. Elle écarquillait les
paupières, elle cherchait à se blottir dans ses yeux. Elle
dit :

— Nous allons chez moi.

— Non.

Ses yeux s'emplirent de larmes.

— Tout est fini. Yves a quitté l'appartement. Mardi,
je te présente à mon père, à six heures et demie, chez
moi. Viens chez moi.

— Non. On dîne d'abord au restaurant. J'ai faim.

— Viens. Je ferai à manger.

Il se pencha vers elle et il lui chuchota qu'il ne
supportait pas qu'une femme fît la cuisine. Il aimait les
restaurants. Si elle voulait dîner, qu'elle vînt avec lui. Ils
sortirent. Elle le suivit dans un restaurant. Il lui
demanda si elle avait jamais fait la cuisine. Elle convint
que non. Il lui raconta qu'il y avait une de ses sœurs —
Josefiene —, sa sœur préférée, qui avait cinq ans de
moins que lui, qui s'était mise à cuisiner un beau
matin. Première femme Furfooz depuis huit générations

160

à s'approcher d'un fourneau ou d'une gazinière. Quelque affection qu'il lui portât, le résultat avait été carnavalesque. Il se demanda à haute voix si la cuisine n'était pas quelque chose de sexué. La cuisine était peut-être une des rares facultés humaines, peut-être la seule, qui étaient impossibles aux femmes. Laurence eut honte qu'il eût dit cela.

Il découvrit l'appartement qu'une nuit il n'avait fait qu'entrevoir, alors qu'ils étaient dans la gêne, dans le premier désir, dans la vague clarté qui venait des fenêtres. C'était immense et c'était lugubre. Un salon Louis-Philippe froid entouré de quatre canapés capitonnés de soie rouge. Pas de tapis. Des coussins de pied cérémonieux devant chaque fauteuil, le dos protégé de brocarts violets. Aux murs, les portraits de dix ou quinze messieurs en habit noir du XIXe siècle, en pied, avec barbes et chaînes de montre. Parfois le sac de ciment fondateur de la lignée.

Le mardi, Edouard eut un quart d'heure de retard. Il était presque dix-neuf heures. Laurence porta en hâte les lèvres sur ses lèvres, le tira par la manche vers le salon Louis-Philippe.

Au milieu de la pièce, au centre des quatre canapés rouges, il y avait un homme debout, âgé, maigre.

— Papa, dit Laurence.

— Je connais votre père, lui dit Louis Chemin.

— J'en suis heureux, avait répondu Edouard.

— Pas seulement de nom. Je l'ai rencontré souvent. Je l'ai même rencontré au Kansas.

— Cela m'est arrivé beaucoup plus rarement qu'à vous. Je suis très heureux que vous ayez eu tant de chance.

— Pourquoi n'êtes-vous pas entré dans le réseau d'affaires de votre père ?

— J'ai trois frères. Je suis resté dans la cour de récréation. Je n'ai pas entendu sonner.

Louis Chemin avait haussé les sourcils et l'avait regardé avec mépris. Ses épaules s'étaient affaissées d'un coup. Il avait dit tout bas :

— Vous devriez y songer. C'est un moment très favorable.

— On entend sonner ou on n'entend pas sonner la reprise des cours. Je veux bien convenir que cette comparaison peut paraître bête mais elle contient ma vie. J'aime votre fille. Je suis suffisamment riche sans le secours du groupe de mon père. Je suis à la tête de quatre boutiques assez miraculeuses. Une situation nette beaucoup plus que positive. L'argent...

— De nos jours on n'est pas riche. Ce n'est pas un état. On est un imbécile ou on n'est pas un imbécile.

— Présenté ainsi, le choix m'apparaît comme pénible. Je me permets de vous poser cette question : pourquoi voulez-vous me blesser ?

— Et pourquoi seriez-vous vulnérable ? Je vais faire le choix à votre place ? Vous *êtes* un imbécile.

Edouard, le visage crispé et blanchi, avait jeté un coup d'œil vers Laurence. Elle se tenait debout comme son père, toute raide, bouche ouverte. Ses mains relevaient le chignon. Le visage d'Edouard était devenu tout à fait blanc. Elle avait gardé ses mains en l'air. Il était parti.

Laurence, secouée de sanglots, implorait son père. Il l'avait serrée dans ses bras. Elle s'était assise enfin, et lui à ses côtés, sur le grand canapé Louis-Philippe. Il lui caressait la tête.

— Tu as bien fait de lâcher Yves. Mais si ce Furfooz avait été un vrai Furfooz...

— S'il avait été Hugues...

Il l'avait regardée violemment. Puis Louis Chemin avait regardé avec irritation les séries de portraits en pied sur les murs, qui n'étaient en aucun cas des ancêtres. Il finit par dire :

— Peut-être.

— Mais tu n'en sais rien ! Peut-être Hugues n'aurait-il pas aimé *tes* affaires. Peut-être n'aurait-il pas aimé l'argent. Peut-être n'aurait-il pas aimé le ciment. Peut-être n'aurait-il pas aimé la brutalité, ce que tu appelles le pouvoir...

— Ce n'est pas qu'il n'aime pas les affaires, ton Edward. C'est qu'il aime les sonneries de récréation. C'est qu'il aime les *joujoux*. Au fait, as-tu songé à la vente des sinistres jouets celtes de la maison de Sologne ?

— Absolument.

— Tu as traité avec Monsieur Frire ?

— Absolument.

— Laurence, s'il ne faut jamais mêler l'amour aux plaisirs, il ne faut mêler que relativement rarement l'amour aux affaires. Tu passes en Sologne dans dix jours ?

— Absolument.

— Ce Japonais, voilà un homme d'affaires. Ce n'est pas l'enfance qu'il aime, c'est l'argent de l'enfance. Ce Japonais est l'exact opposé de ton Edward Furfooz. Ton

163

amant est encore tout poisseux de la *gnangnanterie* de l'enfance.

Elle pleurait.

— De quoi t'es-tu mêlé, papa?

— Je me suis mêlé de ce qui ne me regardait pas. Mais tu mérites mieux. Il ne t'aime pas.

Il survola l'océan. C'étaient les derniers jours de juin. Il était parti sans lui faire signe. Laurence était bouleversée et l'entrevue avec son père lui laissait un goût de cendre au fond de la gorge. Elle ressentit une légère angoisse qui ne faisait pas relâche. Edouard alla enfin à New York, acheta à New York. Le soir même de son arrivée, alors qu'il prenait un verre de bière Michelob, debout près de la fenêtre de sa chambre, regardant passer au loin les métros bleuâtres sur Brooklyn Bridge, sa décision était prise. Il appela Frank, John, Solange, Soffet, Renata, Mario, Alaque. Il appela Pierre.

— Un front sur New York. Un front sur l'Orient. Vous vendez tout sur Londres.

— C'est de la folie, Monsieur.

— La folie, je l'ai décidée et elle va durer quelques mois. Partez si vous avez peur.

— Vous êtes blessant, Monsieur.

— Je suis blessant.

— Mais il va de soi que je reste auprès de vous, Monsieur, même dans la folie.

— Et je vous en remercie, Pierre. Ne cherchez pas à me joindre durant dix jours. Le lieu où je porterai le coup masquera la bombe que j'amorcerai exactement à sept mille kilomètres de là. Ne cherchez à aucun prix à me joindre et, je vous en supplie, Pierre, ne m'appelez plus Monsieur.

Le lion des Flandres est noir. Edouard alla trouver son père. Kansas City l'emplit de terreur. S'il avait toujours eu peur du nationalisme, du Vlaams Blok, du calvinisme strict de sa mère, la sécheresse de son père était si constante qu'elle lui avait toujours paru bienveillante. Wilfried Furfooz était originaire d'Ooigem, partageait son temps entre Kansas City, Genève et Anvers, tour à tour financier, industriel, exportateur de tourteaux et de soja, fabricant de *steelcord* — l'armature des pneus à carcasse radiale — et professeur à l'université de Kansas City.

A peine Edouard Furfooz eut-il obtenu un prêt de son père qu'il fuit Kansas City. Dans l'avion, il se surprit en train de tripoter la petite barrette bleue trouvée dans un dépotoir de Civitavecchia. Il la posa devant lui sur la tablette. Son père n'avait pas vieilli. Pas une ride. Pas un cil ne bougeait quand il parlait. Pas un baiser. Pas la moindre chaleur dans la poignée de main. Il était le même homme que celui qui l'entraînait dans les champs, dans la campagne, enfant, sans lui prendre la main. Edouard étreignait la petite grenouille rainette que représentait la barrette. Enfant, il allait pêcher la grenouille. Son père lui avait indiqué, du bout de sa canne, où il fallait pêcher. Ils marchaient sur les rives de ces « vennes », de ces « meers », de ces petits étangs dispersés dans la campine. Ils marchaient avec ses frères durant des heures. Parfois il rêvassait le long de la levée des étangs, le scion de sa canne reposant au fond de l'eau.

165

Il rejoignit New York — c'est-à-dire quelques cabanes, beaucoup de mouettes et autant de téléphones. Il appela Pierre.

— Je suis à Rome, lui dit-il.

Matteo Frire embaucha Perry à Londres. La fureur d'Edouard culmina. Privé d'André Alaque, privé de Solange de Miremire, la fureur de Matteo Frire était identique. Pierre Moerentorf avait reçu un bouquet de cinq tulipes perroquet brun et noir, un glaïeul, du romarin, des fleurs de tremble, un chrysanthème. Edouard, au téléphone, traduisit ce chaos. Il refusa la transaction. Il ne paya pas.

— Maintenant, Pierre, vous rachetez sur Londres. Je raccroche. Il faut que je raccroche.

— Je vous en prie, Monsieur. Juste deux merveilles. Vous allez être satisfait. J'ai enfin mis la main sur un ours Roosevelt en peluche, 1903.

Edouard — qui faillit dire qu'il téléphonait de New York — chuchota :

— Mon Dieu, vous êtes sûr de la date ?

— Sûr. Un Teddy Bear de 1903. L'analyste est formel : juillet ou août 1903. A cause des pollens et d'une tache de mûre.

— Une tache de mûre ?

— Oui.

— Achetez à n'importe quel prix.

— C'est fait, Monsieur. Il y a aussi une admirable poupée de 1917...

— Non. Plus de poupée, Pierre. C'est trop violent...

— ... habillée par Margaine-Lacroix, 1917. Un vert délicieux...

— Non, Pierre.

166

— Ecoutez-moi, Monsieur ! une tête en porcelaine de Sèvres sublime. Un regard d'une gaieté... C'est à pleurer. Les yeux, les fossettes... On croirait une femme heureuse...

— Bon. D'accord. Mais prenez un prête-nom. Pas de trace.

Avenue Montaigne, on ignorait où était Edward. Quand Laurence eut la conviction qu'il était à New York : il était à Anvers. Il était sur le quai le plus extrême. L'Escaut se jetait dans la mer, s'enfouissait sous elle. Quelques heures passaient. Puis l'Escaut revenait au jour à Gravesend sous le nom de Tamise et débouchait à Londres.

Il arriva à Londres. Il était caché dans sa réserve de Londres, à Kilburn. Il survola le pays des Indiens algonquins, survola les Patagons, survola les Samoyèdes. Durant trois jours il eut l'impression de survoler la terre et en conçut une espèce de prétention mêlée d'égarement.

Dans les avions, il était plongé dans les descriptifs assommants d'*International Preview* et les catalogues des ventes de Sotheby's Londres, Monaco, Genève, New York, Hong Kong, Amsterdam. Il avait froid. Il était plongé dans les factures des travaux de Chambord. Début juillet, il avait entraîné sa tante dans la petite maison Napoléon III. Comme lui, elle avait été aussitôt séduite. Elle n'avait pas compris qu'il eût fait combler le puits du jardin. Elle s'étonna qu'il dît avec tant de véhémence qu'il détestait les cubes en ciment, tout ce qui était en ciment. Elle rétorqua que pour son compte elle ne détestait pas le ciment. Elle avait été émerveillée par la sauvagerie du jardin, les herbes immenses et la proximité de la forêt de Saint-Dyé.

Elle était arrivée dans un corsage de percale rose et vert, des chaussures vertes fluorescentes, une jupe de crépon noir, des lunettes teintées en jaune, les montures bleues.

— C'est magnifique, mon petit. C'est le salon éternel.

Edouard était rouge de bonheur. Il regardait avec fascination les grosses chaussures fluorescentes de sa tante. Se mêlait à son regard de l'admiration mais aussi de l'envie.

— Il te plaît vraiment ?

— Il me plaît vraiment, mon petit. Il est chaud, il est neuf. Il est neuf et pourtant rien n'a changé. Tu as même racheté les fauteuils crapauds avec les mêmes franges. Sais-tu pourquoi j'aime les franges ?

— Non.

— J'aime les franges parce qu'une petite fille que je connais bien — et qui souffrait horriblement de s'appeler Ottilia — a passé son enfance à les détricoter. Je les aime aussi parce que les chats aiment à y plonger leur museau.

La salle de bains l'enchanta plus que tout : une baignoire en forme de tub de cuivre, une chaise longue de satin violet, des appliques de cuivre compliquées style Viollet-le-Duc et presque monstrueuses.

Dans la chambre à coucher, tante Otti avait d'abord hésité devant le grand lit d'ébène architectural avec des nymphes presque nues faisant avec leurs bras des mouvements de voiles. Après qu'Edouard eut fait valoir que c'était elle qui avait formulé très précisément ce vœu, elle parut conquise. Deux fauteuils près de la cheminée, des chenets de laiton à pieds chaussés de bronze, un canapé rose, une lampe de liseur à côté du secrétaire où s'alignaient des ouvrages reliés. Rien de littéraire par chance — son neveu Edouard savait vivre — mais des livres sur les balbuzards, des recettes de cuisine, des recueils de prières et des cahiers de comptes — au-dessus desquels six petits tiroirs étaient superposés en forme de pyramide.

Dans la salle à manger, les rideaux de peluche à demi tirés, un poêle à charbon grenat avec des pieds de cuivre jaune masqués de chaussons en lapin, une table en vieil acajou avec quatre pieds recouverts de renard sur un tapis ponceau. La salle à manger ouvrait sur la chambre.

C'est alors que, se retournant en direction du lit qu'on pouvait apercevoir par la porte entrouverte, après avoir donné une petite tape sur l'épaule de son neveu, elle avait applaudi.

— C'est l'Orient en plein Empire britannique ! C'est le sommet de l'art. Ta chambre victorienne est une véritable réussite et — là, mon petit, je te donne raison — c'est pourquoi il fallait ces sept nymphes dévoilées !

Après avoir déjeuné à l'auberge, devant le château, ils avaient erré dans la réserve. Ils errèrent près du Cosson, dans le bois qui le longe, en direction de Huisseau et de Blois, gagnèrent l'étang de la Faisanderie. Ils s'agenouillèrent. Tante Otti tenait entre ses mains un nid de milan fait de petites branches, de bruyère, de roseaux et de mousses. Les couleurs rouge foncé, jaune, bleu-vert, brun étaient pâles, sales, graves, délicates. Edouard n'osa pas dire à sa tante qu'il ne comprenait rien à l'attachement qu'elle éprouvait à l'endroit des oiseaux.

Le lendemain, à l'est du château, près de la Thibaudière, alors qu'ils étaient sortis avant l'aube, elle lui montra une buse s'élevant, un lapereau dans ses serres. Elle approcha la bouche de l'oreille de son neveu et ânonna les vers de Gezelle :

Mijn beminde grijslawerke...
(Alouette grise qui...)

Il sourit. Au retour, elle lui fit de nouveau casser le cou : un grand balbuzard, à trente mètres au-dessus de la rivière, tout à coup replia ses ailes, fondit sur la proie invisible aux yeux de l'homme, disparut complètement dans l'eau. Puis il ressortit aussitôt avec une sorte de brochet ruisselant, étincelant de lumière, soubresautant dans les quatre doigts des serres.

Tante Otti mena Edouard jusqu'à un buisson et lui tendit ses jumelles. Elle lui montra au loin, plus ou moins caché par un tas d'herbes sèches, le grand balbuzard pêcheur, tête blanche hirsute, pattes blanches, dévorant sa proie vivante.

Edouard comprit tout à coup la passion de sa tante. Toujours sentencieuse et pédagogique, comme durant toute sa petite enfance place de l'Odéon, tante Otti avait allumé une cigarette, lui avait expliqué que la face intérieure des doigts des serres des balbuzards pêcheurs était couverte de « spicules ». Il s'agissait de petites pointes qui permettaient de maintenir la prise sur une proie mouillée et glissante — sur une proie aussi glissante qu'elle était révoltée de mourir.

« Je voudrais être une proie totalement glissante, avait songé Edouard. Je voudrais être l'eau. »

170

Dans Central Park il fut blessé par un frisbee. Sa lèvre avait éclaté. Il perturba le marché des choses minuscules, vendit, revendit en tous sens.

— Vendez encore, disait Edouard à Pierre.

— C'est trop. Tout s'effondre.

— Voyez s'il n'est pas possible de créer où que ce soit des incidents aux douanes.

— Ce n'est pas bien.

— Je ne vous demande pas si c'est bien. Trouvez un moyen. Voyez comment faire.

— Je ferai comme vous voulez mais je suis en désaccord avec vous.

— Je ne vous demande pas votre accord. Devant un briseur de jeu, on brise le jeu. Il y va de mes collections. Pour mon compte, je disparais quinze jours à Tokyo. Ici on ne me voit pas. Là-bas je le blesse mais j'empêche tout secours d'arriver. Je le blesse en Europe, je le blesse en Inde tandis qu'il craint que je ne monte une embuscade à New York. Enfin je le tue sur le tapis de jeu auquel il ne songera jamais : sur son propre terrain, à Kyoto et à Niihama. Il est perdu. Il n'aura de parade que sur un seul champ de bataille. Il ne peut pas avoir prévu deux parades à la fois dans des lieux distants de milliers de kilomètres.

A New York il vit enfin le prince de Reul — qui était l'homme d'affaires de Matteo Frire. Il voulait négocier. Edouard refusa. Le prince prétendit alors se vendre à lui. Edouard refusa mais lui laissa entendre qu'il pouvait toujours lui donner un gage, qu'il cherchait un

171

appartement à Paris. En échange le prince demanda à Edouard qu'il lui donnât la place de Pierre Moerentorf. Edouard écarta sur-le-champ cette possibilité.

Il reposa le combiné du téléphone. Il n'arrivait pas à joindre Laurence. Il était juste en transit à Paris. Edouard venait de manquer son avion pour Rome. Il se décida à aller voir si elle n'était pas au duplex de Roza, dont Laurence lui avait fourni la clé. Peut-être y aurait-elle laissé un message. Il espéra que Laurence, prévenue par une espèce de communication à distance, était déjà en train de l'attendre.

Le studio était désert. Il y avait dans un vase sur la grande table un bouquet de fleurs innommables, puantes, ratatinées. Peut-être des restes de grandes passeroses marron. Peut-être aussi de pauvres fantômes de dahlias écarlates. L'eau était moisie et blanche, opaque, épaisse. Il jeta le tout dans l'évier, vida le vase, le coucha et fit couler l'eau sur tout cela. L'odeur était épouvantable. Il monta dans la chambre. Il enfouit dans un sac toutes les chemises Hilditch qu'il détestait et que Laurence lui avait offertes.

Il descendit l'escalier noir, jeta aux poubelles les chemises Hilditch, remonta la rue Saint-André, acheta une poignée de cerises bigarreaux à un étal du marché de Buci, prit la rue de Bourbon-le-Château en direction de Saint-Germain en croquant les cerises tièdes. Un camion s'engouffra dans la rue. Il dut grimper sur le minuscule trottoir qui est devant le restaurant L'Echaudé. Le petit rideau du restaurant lui permettait de voir la salle. Par la vitre, au-dessus du petit rideau à mi-fenêtre, il vit Laurence qui déjeunait avec Frire.

Il se recula, stupéfait. Passionné, il s'approcha de nouveau : Laurence élevait les bras en arrière, réajustait son chignon. Elle était vêtue comme au premier jour : une jupe longue et ample en coton jaune, une chemise de soie grise. Il s'éloigna.

— L'écaille de tortue, monsieur, vient d'atteindre les neuf mille francs le kilo. Il va falloir fermer l'atelier. Je n'ai jamais pu engager un apprenti.

Edouard, tenant à la main droite une boîte en carton contenant des pâtisseries, demandait au gardien-artisan de l'îlot de la Bastille à quel étage habitait Pierre. Quand il était arrivé au bas du groupe de vieux immeubles dans lequel habitait Pierre Moerentorf, Edouard s'était cru à Florence, à deux pas de l'atelier d'Antonella. En entrant dans le passage il avait été saisi par l'épouvantable odeur de tortue. Jean Leflute était un écailliste qui — à ce qu'il prétendait — travaillait pour Boucheron, pour Cartier, pour Van Cleef. C'était un gros homme d'une soixantaine d'années, les cheveux en brosse touffus et blancs. Jean Leflute était un homme bavard et amer. Il se plaignit de périr d'ennui au milieu de ses peignes incrustés de diamant et de ses montures luxueuses de lunettes. Edouard Furfooz lui offrit de travailler pour lui. Tout en parlant il s'approcha lentement d'un petit chat qui était blotti sur une étagère. Edouard le caressa. La queue soyeuse du chat masquait un petit groupe de musiciens baroques en écaille : deux

173

violes et un luth. Il déplaça le chat. Le groupe n'était pas à vendre. Il quitta Jean Leflute, traversa la cour. Il pleuvait.

Il traversa la deuxième cour. Pierre Moerentorf habitait au fin fond d'une double cour intérieure qui débouchait sur le boulevard de Charonne. La cour était bosselée, les pavés défaits, moussus. L'odeur d'écaille s'émietta dans l'air. Edouard trouva au fond de la cour une petite porte à demi entrouverte. Il monta un escalier plus que vétuste, les marches concaves et criantes, les murs cloqués ou déjà effrités, les lavabos cassés sur chaque palier.

Il arriva au troisième étage. Il sonna. Il sonna plusieurs fois. Il n'avait pas prévenu Pierre Moerentorf. La porte mit longtemps à être ouverte. Pierre était enfin apparu, à tout le moins interloqué.

— Vous êtes à Paris !

Rouge de terreur, l'air malheureux, aussi gigantesque qu'immobile, il ne le laissait pas entrer. Cent dix kilos décontenancés par la surprise et la détresse demeuraient figés comme une statue devant la porte. Edouard Furfooz mit d'autorité la boîte du pâtissier entre les mains de son ami, poussa Pierre Moerentorf qui céda le passage. Edouard pénétra dans une petite entrée misérable, aux murs assez sales et pleins de lèpre. Puis un petit salon dressoir terne et propre. Edouard était consterné. Pierre était rouge de gêne et le suivait en portant le gâteau très haut, comme s'il s'agissait d'une offrande précieuse, à hauteur de son nez. Edouard appuya sur la poignée de la porte qui lui faisait face, l'ouvrit, entra et là, il fut *estomaqué*.

— Vous n'auriez pas dû, Monsieur, répétait Pierre.

174

C'était une immense pièce, cent vingt ou cent trente mètres carrés à elle seule, un ancien atelier d'ébénisterie de la Bastille, avec douze fenêtres qui longeaient les deux cours. Cette longue pièce était un immense jardin à la japonaise : des petites nattes, des petites tables basses, des petites alcôves dans les murs blanchis, couvertes ou emplies d'arbres, tous distants les uns des autres de deux ou trois mètres. Petits arbres semblables à des planètes dans un système solaire. Toutes les fenêtres étaient tendues de shoji, d'un blanc immaculé, les trois autres murs étaient nus, d'une teinte terreuse un peu rouge et jaune. Sur le mur qui faisait face aux douze shoji des douze fenêtres de la pièce, douze petites niches avaient été pratiquées dans la paroi. Sur le plancher usé et presque poreux, non ciré, lavé à l'eau et peu à peu blanchi à force d'avoir été récuré, vingt-huit petites nattes de couleurs raffinées et pâles face à vingt-huit petits arbres posés sur des petites tables de laque.

C'était l'équivalent du jardin de rocaille de Ryoanji à Kyoto : la cour rectangulaire, un invisible gravier ratissé, les rochers. Cette pièce de cent trente mètres carrés, c'était l'équivalent de la mer immense, dont les îles étaient le Japon.

Edouard se mit à suivre Pierre. Au-delà de cette grande pièce, il y avait une petite porte remarquablement dissimulée dans le mur, qui ouvrait sur une resserre réservée aux instruments de jardinage et qui jouxtait la porte de la chambre à coucher que Pierre Moerentorf ne fit qu'entrouvrir avec une brusque pudeur. Les murs de la resserre étaient tapissés de logettes en bois de Chine où étaient minutieusement rangés les baguettes japonaises pour dépoter, les ciseaux

175

pour couper les branches hautes comme le pouce, les sécateurs à grosses branches, les longs ciseaux pour tailler au centre du feuillage, les ciseaux à bourgeons, les scalpels pour greffes, les pincettes pour détacher les feuilles mortes, les pinces à épiler la mauvaise herbe, l'arrosoir à long col et à pomme fine, les différentes sortes de vaporisateurs, les deux tours à bonsaï en bois pour examiner l'arbuste de tous les côtés.

Ils traversèrent cette espèce de débarras. Ils pénétrèrent dans la cuisine : une belle pièce blanche d'hôpital à trois fenêtres sur la cour.

Edouard était assis par terre au milieu de la cuisine devant Pierre Moerentorf lui-même assis en tailleur, et qui tenait un bol et pilait des morceaux d'échalotes. Il avait les larmes aux yeux. Il dit :

— Monsieur, que voulez-vous boire ?

— Vous avez de la bière ?

— J'ai de la bière japonaise, Monsieur.

— Magnifique. Je voulais vous dire, Pierre : Laurence Guéneau...

— La bière, Monsieur, est une boisson sacrée. De même que les dieux égyptiens n'aimaient rien plus que la bière, savez-vous, Monsieur, que tous les bœufs japonais sont nourris à la bière ?

— Parlez-moi franchement, Pierre, ne me déguisez pas la vérité : vous pensez que je suis quand même digne d'en boire ?

Pierre, toujours en larmes, déballa devant lui un grand gâteau au chocolat et dégagea, sous le gâteau, une tarte aux mirabelles. Pierre se releva sans marquer d'effort et quitta la cuisine.

Quand il revint, ce grand ogre chauve avait les joues

rouges comme du sang. Avec confusion il sortit de la poche de son veston une amulette, un petit bouddha de jade bleue.

— Monsieur...

— Oui.

— Tendez votre main.

Edouard tendit sa paume ouverte et reçut le petit dieu tiède sans qu'il trouvât quoi dire. Pierre s'était précipité pour ouvrir son four. Il sortit des petits fours chauds à l'anchois qui étaient à périr d'ennui.

CHAPITRE X

*Languir est le plus beau des mouvements de l'amour.
Une lueur nous consume.*

Saint-Evremond

Elle se tenait dans l'embrasure de la fenêtre. Elle portait une robe de soirée noire. Elle était figée, le dos raide, mangeant ses joues, les bras repliés contre sa poitrine, comme si elle grelottait de froid.

Il était plus de huit heures. Edouard l'avait appelée de Londres et lui avait promis d'être là à sept heures pour dîner. Trois heures plus tôt, avec Roza, elle avait vu son avocat. Les conditions du divorce étaient arrêtées. La dernière fois qu'elle avait vu Yves, ce dernier avait pleuré, s'était enivré puis lui avait lancé comme des malédictions les mots de père, frère, frigide, stérile, malade...

Laurence se pencha vers la commode, extirpa les albums de photos qui dataient d'avant la fin de l'enfance — du temps où sa mère et son frère étaient là. Laurence repoussa brusquement le tiroir. Elle feuilletait trop ces lourds recueils de cuir. Elle s'irritait aussi de la ressem-

179

blance physique entre Edouard et Hugues. N'aimait-elle pas toujours la même maigreur? Il lui fallait reconnaître que la scène ou encore le jugement de son père sur Edouard l'avaient considérablement troublée. Le week-end précédent, Louis Chemin lui avait confié qu'il n'avait pas détesté la colère silencieuse, très prompte d'Edouard, et la décision qu'il avait prise de partir sur-le-champ. C'était à dater de ce jour, ou quelques jours plus tard, que l'attitude d'Edouard à son endroit avait changé. Elle ne le voyait plus que des morceaux de journée. Il voyageait sans désemparer. Pourquoi était-il en retard?

Brusquement Laurence ressentit en elle une douleur progressive et de plus en plus aiguë. Il était neuf heures et quart. Elle avait l'impression qu'une étoffe, qu'une chaîne de confiance se déchirait en elle. Quelque chose se rompait à jamais à l'endroit de cet être qu'elle attendait, qui s'éloignait d'elle dans l'attente, qui ne l'aimait pas puisqu'il se retirait de minute en minute plus loin d'elle. Elle sentit que les larmes lui montaient aux yeux. Elle ressentit l'envie de donner la mort pour qui s'employait si rapidement à l'oublier. Que voulait dire « poser un lapin »? Poser la bête la plus prompte qui soit, quelque chose qui à chaque instant n'est plus là où il est? Prétendre poser la vitesse même? Il y avait quelque chose du lièvre en lui — pure vitesse, voyages incessants, incapacité d'endurer la présence. Il avait aussi ce trait du lièvre : toute la couardise du lièvre. La peur du froid, la peur de l'ennui, la peur d'aimer.

Elle grelottait de douleur. Elle était abandonnée. Elle serrait ses lèvres l'une sur l'autre afin qu'elle ne pleurât pas.

« Se recroqueviller », se dit-elle en se déplaçant. Et doucement elle s'accroupit dans l'encoignure de la fenêtre. Elle chercha au fond de son cœur une espèce de petit confessionnal de bois foncé, clos avec un minuscule rideau de velours rouge. Un petit lieu au fond de soi où s'agenouiller, où se recroqueviller, où se pelotonner, où pleurer, où n'être qu'une faute à avouer. Quelle qu'elle fût. Peu importait. Espérer une faute, c'était tirer à soi un peu de peau tiède où enfouir son visage après qu'on s'était fait gronder. Alors la main d'une mère imaginaire caresse les cheveux. On respire la mamelle de sa mère. Alors on plie encore davantage ses jambes. On met son menton entre ses genoux.

Il se pencha vers son voisin qui ne parvenait pas à fixer sa ceinture de sécurité.

— Vous ne trouvez pas que la température est très basse ?

— Non mais vous avez pris le bout de ma ceinture.

L'hôtesse passait dans la travée. Edouard l'interrogea.

— Vous ne trouvez pas que la température est très basse ?

— Non, monsieur. Tout fonctionne.

— Quand partons-nous ?

— Dans cinq minutes.

Edouard était dans l'avion de Londres. Il aurait dû garder sur lui son manteau. Depuis deux heures on attendait. Il s'efforça de rêver au corps chaud de Laurence. Il tripotait entre ses doigts la petite barrette

181

bleue. Il hallucina ce corps qu'il désirait. Il l'étreignait déjà. Il s'étendait à ses côtés et il mettait son front dans les poils si doux de l'aisselle.

Il calcula : il arriverait avenue Montaigne vers dix heures trente. Edouard jubilait. La vente s'était très mal déroulée mais peu importait. Il jubilait parce qu'il avait trouvé un nouveau trésor, une horloge révolutionnaire pour tante Otti, pour la maison de Chambord. La petite horloge à poids était dans son sac sur le plancher de l'avion. Il la touchait avec les pieds pour s'assurer de sa présence. Laurence devait commencer à l'attendre. Encore qu'on prêtât toujours trop d'impatience à l'attente de ceux dont on croyait qu'ils vous aimaient. Elle avait sans doute appelé Roza ou son père. Elle devait dîner avec l'un d'eux. Pourquoi pas avec Matteo Frire ? Elle riait. Cela n'empêcherait nullement Laurence de lui reprocher violemment son absence. Durant la nuit, elle pleurerait. Cela faisait des siècles que les marins éprouvaient une espèce de répugnance à se marier. Un marin, voilà ce qu'il était. Un marin anversois, un vrai « noordman » dans un drakkar volant. Pillant l'univers sur son drakkar en fer. Mais le drakkar ne voulait pas décoller. Une hôtesse prévint que le décollage aurait lieu dans cinq minutes. Cela faisait six fois que l'on devait décoller dans cinq minutes. Il se pencha, ouvrit son sac, caressa l'horloge emmaillotée, se saisit d'*International Preview* et du *Bulletin Officiel d'Annonces des Domaines*. Il commença de lire le *Bulletin Officiel d'Annonces des Domaines*.

Elle pleurait. Elle était assise par terre, la robe de soirée remontée sur les cuisses. Elle pleurait et elle n'avait pas de mouchoir et elle étalait sur ses yeux et sur ses joues ses larmes avec ses doigts. Il ne viendrait plus. Il l'avait abandonnée. Il était mort. L'avion était tombé dans la mer du Nord. Il se débattait dans l'eau. Les larmes lui brûlaient les paupières. Il avait la bouche pleine d'eau. Il lui faisait signe. Si Edouard n'était pas mort — et qu'il n'eût pas eu le cœur de lui faire signe — elle lui lancerait la porte au nez. Elle ne le verrait plus.

Elle ne le verrait plus jamais comme le 20 juillet 1977. Il se débattait dans l'eau à Auch. Dans l'eau du Gers à Auch. Il était cramponné à un arbre. Hugues criait. Elle l'entendait l'appeler comme lorsqu'il était enfant et qu'il tombait. Elle entendait en elle prononcer son prénom — ou plutôt ces sons si obscurs, si insensés qui formaient le mot de Laurence. Le tronc de l'arbre glissait. Elle voyait bien : il l'enserrait des bras et des jambes. Il voulait la rejoindre. Il criait son nom. L'eau faisait un bruit effrayant. Il avait été écrasé par l'arbre qui l'avait secouru. S'était écrasé la tête la première contre le mur d'une maison, poussé par le poids de l'arbre, avait glissé, avait été avalé par la canalisation, poussé par la violence torrentueuse de l'eau. Elle avait vu la maison et la canalisation de la SNCF quand elle était venue ensevelir son frère avec son père. Un fou rire avait épouvanté sa douleur : l'harmonie municipale, les visages douloureux et tragiques, jouait une marche funèbre intensément gaillarde, ridicule, *flonflontante*, heureuse.

La nuit était tombée. Elle se leva. Elle maudissait en silence Edouard. Elle était sûre qu'il était vivant et elle lui en voudrait toute sa vie qu'il le fût. Il lui semblait qu'elle avait toujours attendu. Il lui semblait qu'elle n'était pas vivante, qu'elle ne vivait pas. Qu'elle avait toujours attendu pour vivre. Il lui semblait que les fauteuils attendaient un corps, les verres des lèvres, les lumières un regard, la maison un corps qui bouge, un enfant. Elle décida de partir. Elle n'attendrait pas davantage. C'était insupportable. Elle était déchirée en deux, le ventre déchiré en deux de douleurs, le crâne divisé en deux et dans cet entre-deux comme hanté d'un vide insupportable. Elle dicta à la réception de l'hôtel d'Edouard un mot lui communiquant l'adresse de Quiqueville. Qu'il la rejoignît toutes affaires cessantes.

Edouard sonna longuement. Laurence n'était pas là. Il la revit en un éclair dans le restaurant à l'angle de la rue de L'Echaudé et de la rue Bourbon-le-Château, tandis qu'elle déjeunait avec Matteo Frire. Il sonna encore. Laurence l'avait trahi. Comme Antonella l'avait trahi. Comme Solange de Miremire avait été à deux doigts de le trahir. Comme Perry l'avait trahi. Cette horloge qu'il portait à la main était lourde. Laurence Guéneau était peut-être dans le duplex de Roza Van Weijden. Peut-être avait-il mal compris où ils devaient se retrouver. Il avait froid. Il est vrai qu'il avait six heures de retard.

Il pleuvait. C'était une pluie lente et douce et tiède. Elle enlevait ses gants, elle ouvrit son sac et y chercha la grosse clé brune de rouille. Elle voyait les enveloppes gonflées par la pluie dans la boîte qui surmontait la serrure. Laurence ouvrit le portail, laissa passer le chauffeur et la voiture dans l'allée, prit les enveloppes trempées et un peu gluantes.

Elle titubait sur le gravier sonore et gras de pluie, mêlé d'herbe. Elle passa les écuries, les châtaigniers, le saule, emprunta le petit pont glissant et presque huileux qui chevauchait la minuscule rivière qui traversait le jardin et se jetait à la mer — à vrai dire, c'était un fleuve. Un fleuve miniature. Un fleuve de trois kilomètres de long, de soixante centimètres de large, de quarante centimètres de profondeur — et qui se jetait dans la mer sur la plage quelques dizaines de mètres au-delà du mur d'enceinte du parc. Enfin elle vit le chêne, la maison, le verger de l'enfance. Le chauffeur ouvrait les volets bruyamment.

Edouard avait pu faire signe par le biais de Roza. Son vol avait été annulé. Il était arrivé à Paris avec six heures de retard. Cette justification ne la convainquait pas. Il avait dit à Roza qu'il louait une voiture, qu'il passerait par Chambord, puis par l'atelier d'André Alaque, puis arriverait. Roza avait à tout prix voulu rejoindre Laurence. Elle serait là en fin de matinée. A certains égards cette sollicitude lui paraissait excessive. Laurence aurait préféré être seule.

Elle posa sa valise sur le lit. Elle enfouit son visage dans le satin frais de l'édredon. Elle avait remarqué que quand il lui caressait le ventre une sorte de chair de poule prenait sa peau sur ses côtes. Elle l'aimait.

Elle rêvait. Elle rêvait qu'elle le tenait enlacé dans ses jambes.

Il faisait gris. Le vent soufflait. Edouard en poussant la porte mit en branle un grelot au son ancien, ferraillant, mat, sans résonance. Il passa des étagères en fer grises, des poupées guillotinées, des landaus cassés, des têtes en porcelaine mises en tas, des bronzes, des collections de capotes bleues de poussettes d'enfant. Il hâta le pas. Il se pressait. Il était passé par Chambord et il voulait rejoindre Quiqueville le soir même, encore qu'il redoutât le froid de la côte. Il vit, penchée sur l'établi, une silhouette en blouse noire qui luisait — ou du moins la forme noire était cernée d'un liséré blanc. Cette clarté venait de la lampe devant laquelle André Alaque travaillait.

— Qui est-ce ? demanda Alaque sans se retourner.
— C'est Edouard Furfooz, d'Anvers.
— Asseyez-vous. J'en ai pour un instant.

Il travaillait avec un petit fer à souder sur une énorme lampe des années vingt, très compliquée, où le chrome et le cuivre se mêlaient. Après la guerre de 40-45, redescendant du maquis, André Alaque avait renoncé à reprendre l'enseignement des mathématiques au lycée de Tours et avait ouvert à domicile un atelier de réparations en tous genres. Sur la porte une carte de visite, en caractères modern'style marron, était ainsi libellée :

ANDRÉ ALAQUE
Chirurgien des choses inanimées

Il relevait tous les défis. Ses dons étaient d'une variété qui laissait pantois. Chefs-d'œuvre de maîtrise d'ébénisterie ou de bijouterie, orgues à eau ou pianos droits pour enfants, chefs-d'œuvre de lutherie miniature, salons nains, mannequins d'étude en obstétrique, niches-lits pour chats, maisons de poupées, commodes à secrets pour les enfants des princes, maquettes d'architecte de châteaux, de parcs à la française, de sièges de villes en guerre, retables, châsses dorées... Edouard fureta en attendant. Cet atelier d'André Alaque était en quelque sorte l'Anvers d'autrefois en plus petit, une espèce de grenier du luxe de l'Europe détraquée. Il furetait. Il songea à la plus belle chose qu'il sût au monde, qu'il avait admirée si souvent enfant, qu'il revoyait autant qu'il pouvait sans que jamais il se lassât : la châsse de Memling à Bruges, le chef-d'œuvre de la peinture miniaturisée, la châsse de sainte Ursule de l'hôpital Saint-Jean, la châsse qu'avait commandée à Memling Anna Van den Moortele. Il revit au fond de sa mémoire la petite chapelle gothique en bois de chêne, aux fenêtres en ogive, couverte de feuilles d'or, où il aurait voulu vivre.

André Alaque l'appela. Edouard s'approcha de l'établi. Il y posa le paquet, le déballa et en sortit l'horloge. Il expliqua à l'artisan-mathématicien qu'il fallait qu'il réparât le plus vite qu'il pût cette horloge révolutionnaire qu'il avait acquise à Londres dans le dessein de la mettre sur la cheminée d'une vieille dame qu'il aimait et qui venait de s'installer à Chambord.

— En plus, je voudrais tellement qu'elle fonctionne l'année du bicentenaire !

Edouard était passé le matin même dans la petite maison Napoléon III de la Hannetière. Sa tante devenait mystique. Elle avait inventé une règle stricte aux termes de laquelle le langage était interdit un jour sur deux et la musique proscrite à jamais. Elle s'était mis dans l'esprit qu'elle était en train de fonder une petite communauté extatique et elle comptait faire venir très vite son amie Dorothy Dea. Un Port-Royal des champs et des bois où Dieu serait falconidé — ce n'était pas la première fois, lui avait-elle fait remarquer — et où Dorothy et elle feraient oraison dans un mi-temps de cent quatre vingt-deux jours de silence.

— Vous avez reçu la visite de Monsieur Frire ?

— Non. J'ai reçu la visite du prince de Reul.

— Vous lui avez fait part de votre décision ?

— Oui. Je ne travaillerai plus qu'aux conditions que vous avez dites.

— Alors nous allons conclure un nouveau marché. Ecoutez-moi.

André Alaque écoutait. Il tenait dans ses mains la minuscule horloge animée qui datait du début de l'Empire — mais réglée sur le calendrier républicain, c'est-à-dire fonctionnant sur dix jours de dix heures. Elle représentait une guillotine s'abattant sur la tête du roi, la tête tombant dans le panier de son — retenue par un ressort — pour marquer les heures. Il fallait en outre redorer à la main le panier, et remettre des poils humains sur la tête de Louis XVI.

Ils firent affaire. Les yeux d'André Alaque pétillaient de joie. Cette horloge le plongeait dans la plus grande excitation. Ils se serrèrent la main.

Il pleut à verse. Elle est dans la maison de Quique-ville. La lumière est basse et verte. Elle porte un chandail noir trop vaste. Elle cherche à le plisser sur ses hanches. Elle roule les poignets de laine sur ses avant-bras et les repousse sans cesse, dénude sans cesse ses avant-bras si minces. Elle se baisse. Elle se rêve sous le regard d'un homme imaginaire. Elle est seule. Elle penche la tête et regarde la bordure de laine de son chandail, ses seins nus dans l'obscurité de la laine. Elle se dit à elle-même : « Qui désire mes seins vus par l'encolure béante du chandail ? » Elle est nerveuse. Elle lève la tête. Elle fronce le vaste chandail à ses hanches.

Elle entend un bruit de graviers qu'un pied broie. Elle se retourne brusquement, regarde par la fenêtre. Elle entend couiner des bottines. Ce sont les bottes jaunes que Roza a achetées en arrivant sur un étal du marché du village, dans la halle aux poissons. A vrai dire Laurence se serait bien passée que son amie fût là. Roza ne parlait que du divorce auquel elle l'incitait et dont l'enjeu la passionnait.

— Il n'obtiendra pas ça ! disait Roza Van Weijden en faisant claquer son ongle contre son incisive.

Laurence quitta la bibliothèque, entra dans le salon. Roza était assise à une petite table ronde placée près de la porte-fenêtre. Autrefois avocate, aujourd'hui à la tête d'une agence immobilière, mais à vrai dire plus femme d'affaires et joueuse en Bourse qu'autre chose, Roza était en train de trier les papiers que lui avait confiés Laurence et qui concernaient ses revenus propres. Laurence voulut sortir. Elle sentait qu'elle pouvait peut-être, par la seule force de sa pensée, faire venir celui qu'elle attendait. Elle emprunta son ciré à Roza (on était en Normandie en juillet) et les bottes jaunes qui couinaient. Elle sortit.

Elle passa le petit pont courbé sur le ru. Elle alla vers le coin aux sureaux et aux canards. Il pleuvait violemment. Le dos raide et frissonnant, elle s'accroupit tout à coup sur le sol, contemplant la trace de ses pieds, contemplant au loin la route de la gare qui sinuait dans les arbres et les maisons de béton et les HLM qui fourmillaient désormais autour du parc. Elle tremblait ; elle était entourée de l'odeur de pluie, de l'odeur de boue épaisse, de l'odeur de gazon tondu — jusqu'à l'odeur de fonte de la table sous le marronnier. Alors, au-delà du corps qui lui manquait, elle comprit en un éclair ce qui lui manquait et qui lui manquerait toujours. Elle eut un hoquet et, d'accroupie, tomba sur ses genoux, dans la terre sablonneuse et mouillée du chemin. Ce geste lui parut absurde. Les cris des passereaux et des merles bleus se firent plus perçants. Ouvrant ses mains, elle vit que la pluie avait cessé. Il lui sembla que dans l'odeur de gazon tondu, dans l'herbe brève qu'elle sentait sous sa main, c'était absurdement une nuque tondue qui se cachait, une nuque tondue qu'elle aimait plus que tout au monde. Son frère avait les cheveux courts mais ce n'était pas son frère, ce n'était pas son père, ce n'était pas Yves, ce n'était pas Edward. C'était plus proche d'elle et plus aimé encore : les cheveux ras et grumeleux un peu piquants sous les doigts et sous les lèvres, comme une sorte de gazon bleuté et noir et qui sent le savon. C'était une joue qui piquait. Elle aurait aimé avoir une barbe. Elle aurait aussi aimé avoir une pomme d'Adam.

Elle aurait aimé avoir des cheveux courts et une nuque assez rase qui aurait piqué les doigts. Elle aurait aimé avoir un vrai sexe d'homme pendant entre ses jambes. Elle aurait aimé que son père l'aimât et qu'elle ne fût pas le fantôme d'un garçon englouti.

Il venait de commander une bière au comptoir. La nuit commençait à engloutir les arbres et les maisons. Il serait à Quiqueville pour dîner. C'était un restaurant orange. La mer était à quinze kilomètres. Il pleuvotait. Le ciel devint obscur. Laurence possédait trop de lieux. Edouard ne connaissait ni la maison de Sologne, ni la villa de Marbella, ni la tour et la piscine dans le Var, ni Quiqueville. Il ne possédait pas assez de lieux. Il fallait qu'il acquît un appartement ou une maison à Paris. Un lieu qui fût à lui, un lieu non séduit, non conquis, vivable, chaud. Laurence ne lui avait pas soufflé mot de Matteo Frire. Il ne lui avait pas dit qu'il avait surpris ce déjeuner. Il ne savait plus s'il aimait l'amour. Les parades, la dépendance, le désir et les caquets, les joutes de domination — dans le fond ce sentiment peu humain était, depuis plus de deux siècles, parfaitement surestimé.

Il avait vu tante Otti tôt le matin. Ils avaient marché dans le petit jour, en direction de Bracieux, puis de la Héronnière. Pour la première fois, il lui avait parlé de Laurence. Tante Otti lui avait montré un point au loin, sur la rive du Cosson. Un épervier survolant des étourneaux qui cherchaient précipitamment un refuge dans les roseaux afin de s'y blottir et de ne plus paraître.

La solitude, le silence, la nature étaient les véritables repaires.

Tante Otti avait refusé de parler davantage. Plus tard, vers huit heures du matin, en revenant à la Hannetière, prenant un ton plus emphatique, celle qui venait d'être nommée la présidente pour la France de l'Association pour la Survie et l'Etude des Falconiformes avait suggéré :

— Les êtres rapaces sont menacés de disparaître à jamais. La solitude est menacée de disparaître à jamais. On risque, mon petit, de rompre le cycle alimentaire.

Edouard avait frémi. Il ne supportait pas l'idée qu'on touchât au cycle alimentaire. Il avait posé sa main sur la main de sa tante. Celle-ci se déchaînait peu à peu : les végétaux, les animaux domestiques — c'est-à-dire les hommes civilisés — et les bactéries pullulaient. Et on tirait à vue sur les petits animaux volants ! On aurait été mieux inspiré de se défaire des musicologues et des virus. La disparition de la cruauté à l'air libre menaçait l'équilibre écologique et la régulation cessant de s'opérer quotidiennement provoquerait les conséquences les plus désavantageuses : massacres, suicides collectifs, épidémies mystérieuses, exterminations...

— Nous manifestons le 7. Tu viendras ?

— Oh, tu sais, ma tante... Je déteste les manifestations. Dès qu'on est plus de trois ou quatre, toutes les choses collectives...

— Mais c'est exactement pour cela, mon petit, que nous manifestons. Pour défendre la solitude. Il faut que tu viennes.

Il avait rechigné. Elle avait insisté. Il consentit. Dans la salle à manger de la maison Renaissance Napoléon III, après avoir tiré les rideaux de peluche, elle lui avait montré, sur la table en vieil acajou, une banderole rouge et blanc, assez belle, qu'elle avait confectionnée elle-même avec un drap de lit et où elle avait écrit en grosses lettres gothiques, visiblement en traçant préalablement le contour des lettres en écrasant un tube de rouge à lèvres :

LA CRUAUTÉ EN PÉRIL

Il reposa le verre de bière sur le comptoir, quitta le restaurant. Il reprit la voiture. Il roulait lentement. Il se disait qu'il aurait pu vivre à Anvers, travailler dans les bureaux de la société paternelle comme ses frères avaient fait, c'est-à-dire jouer aux dominos en mangeant des moules, aller fumer une cigarette au comité de direction, jouer aux fléchettes en buvant une bière, faire un tour sur les quais, serrer la main de Silvius Brabo, aimer une femme toutes les six heures, changer de voiture tous les six mois, aller fumer une cigarette au conseil d'administration... Il roulait lentement. Il songeait à une incursion de minuscules Noordman parmi les fleurs de matricaires sous la pluie, à la limite des vagues et des plages. Il songea à un fantôme de petite femme dans les chardons de mer. Il songea à une petite grenouille bleu coassant à l'ombre d'un cep de vigne, près d'un paquet de cigarettes rouge et vide, dans la décharge de Civitavecchia. Pourquoi tant d'ombres sans nom dont les traits devançaient toujours les femmes qu'il aimait ? Ces attributs de héros de conte, ces barrettes, ces nattes invisibles, l'ascenseur au bruit si doux de la rue de Lille, le tapis usé, un pommeau d'argent, un cabochon de rubis, ces instants sans âge, abandonnés dans le temps comme des déchets miraculeux — des détritus de l'éternité ou de la peur — semblaient brusquement revenir dans le monde. C'étaient des *revenants*. Un revenant, ou plutôt une revenante. Il freina violemment : le fantôme de Laurence raide, de dos, sous la pluie, avec des bottes jaunes, semblait marcher le long de la route départementale. Il laissa la portière ouverte. Il l'étreignit. Ses cheveux trempés sentaient l'herbe coupée, l'herbe fraîchement tondue et la pomme.

CHAPITRE XI

> *Nous sommes dans la main des dieux comme des*
> *petites mouches qui les nettoient d'une ordure minuscule.*
>
> Shakespeare

Quand Edouard se réveilla, il était seul. Il ne sut plus où il était. On sentait dans les étages de Quiqueville le plus souvent un vague et minuscule relent de café moulu, une odeur de quelques centimètres cubes. Le nez cherchait dans l'espace, revenait sur elle, l'égarait — le nez cherchait de nouveau à la reproduire en hissant la tête hors des draps qui protégeaient du jour, comme si ce petit message de café chancelant dans l'air était lui-même une effigie miniature, un petit être silencieux qui se promenait dans la maison pour séduire les rêveurs, les dormeurs et les attirer dans le plaisir et la lumière du jour.

Il se leva. Il passa à la salle de bains où il trouva Laurence somnolant, de l'eau jusqu'au cou. Edouard la baisa au front. Il descendit.

A midi, la pluie avait cessé. Le jardin était silencieux. Pas d'oiseaux. Pas de vent. L'herbe grasse, touffue,

195

brillait. Il regarda le petit pont recourbé. Il regarda les fleurs. Laurence le retrouva devant les pois de senteur. Il lui dit qu'il voulait sortir. Qu'il avait faim. Laurence souhaitait qu'ils déjeunent avec Roza. Edouard répéta qu'il voulait rester seul avec elle, ne tenait pas à voir Roza et voulait manger dans un restaurant.

— Je n'aime pas la cuisine de femme.

Laurence le maudit intérieurement. Ils quittèrent le jardin par la porte du fond. C'était presque un fragment de Bretagne. La petite ravine où coulait le ruisseau — le fleuve minuscule —, peu d'herbe, des cailloux, les rochers couverts de lichens jaunes. Des saules. Une oseraie.

Ils passèrent des vaches sombres et brunes, plus lentes encore qu'elles n'ont accoutumé d'être, broutant, regardant sans voir comme des déesses de paix pas très vivantes et de ce fait à deux doigts d'être immortelles.

Ils prirent un chemin de traverse obscurci par la voûte des prunelliers sauvages. Le restaurant était ouvert. Il y avait du feu dans l'âtre, un feu âcre de bois humide geignant et crachant. Ils s'installèrent près de la cheminée. Ils bavardèrent. En parlant, ils se touchaient les mains et le visage.

Il regardait ce gros homme qui tirait sur sa pipe. C'était devenu si rare de voir des fumeurs de pipe. Les fumeurs de pipe s'étaient peu à peu eux-mêmes transformés en objets de collection. Cet instrument à faire cuire le tabac paraissait aussi insolite qu'une serinette dans la main d'un chanteur de rock — dans la main de

Juliaan Van Weijden — ou aussi saugrenu qu'une compagnie d'archers investissant Cap Canaveral en battant chamade.

Il eut tout à coup si froid qu'il hallucina une couverture en laine de yack. Il se dit brusquement : « Je m'ennuie. J'ai froid. Je suis la ferme de Hougoumont dans la plaine de Waterloo. Je suis un mur criblé de points d'impact. Mais je ne sais pas qui a *canardé*. Etranges rafales de l'ennui. Etranges hâtes à vide. Etranges impatiences à ne plus être de ce monde. » Il eut tout à coup dans la bouche l'envie de boire une bière Moinette et il prit la tasse de café que lui tendait le prince.

Il se trouvait à Paris, quai de Bourbon. Il était dix heures du matin. Pierre Moerentorf l'avait appelé à Quiqueville et lui avait dit que Péquenot (c'est ainsi que ses amis surnommaient le prince, encore que certains dissent Monseigneur) avait décidé de travailler pour Edouard et désirait le rencontrer de toute urgence. Pierre avait ajouté que si le prince de Reul était engagé, il démissionnerait sur-le-champ. Edouard l'avait rassuré.

Le prince lui tendit une soucoupe remplie de petits morceaux de nougat italien. Visiblement Matteo Frire avait signalé au prince le moindre de ses goûts. Il mangea ces petites pierres blanches. Il eut l'impression qu'il mangeait des petites parcelles de la lanterne du grand escalier monumental du château de Chambord, au centre du donjon.

Ils étaient assis sur des chaises longues anguleuses, à roulettes, façon Star Trek. Une patte posée sur la chaussure d'Edouard, un petit chien minuscule — un coton de Tuléar —, l'esprit visiblement dérangé par les voyages où l'entraînait son maître, pleurait. Il fit pipi par terre et tira une langue rose. Péquenot se leva et alla chercher une serviette de toilette.

Le prince était milliardaire. Après l'argent, l'art moderne était sa passion. Il s'était assis dans un fauteuil en bois blanc vernissé, style 1950, recouvert d'une tapisserie. Il s'agissait de petites violettes et de petites jonquilles. Les deux genoux du prince se touchaient. L'ourlet de son pantalon était haut de six centimètres. Derrière lui une cheminée en briques roses et blanches était adossée au mur, sans qu'il y eût d'âtre.

— Vous ne trouvez pas ce salon tordant ?

Le prince plia avec soin la serviette-éponge et se mit à manier un shaker devant un meuble de série extrêmement ingénieux dont un panneau s'ouvrait et qui servait à la fois de bibliothèque, de bar, de porte-disques, de porte-radio et de porte-téléviseur. Par la porte entrouverte, on voyait la salle à manger, les meubles en bois cérusé, les assiettes en faïence accrochées au mur, la verrerie rustique verte. Il y avait un bouquet de freezias sur la table.

— Comme c'est coquet, mon intérieur, vous ne trouvez pas ? dit le prince.

Il cracha dans sa pipe et la braise grésilla bruyamment.

— Dans trois siècles, dit-il, les intérieurs petits-bourgeois 1950 seront sous nos yeux comme la Sainte-Chapelle.

Edouard Furfooz répondit non.

Le prince le prit par la manche de la veste, le tira.

— C'est l'avant-garde la plus pure, chuchotait-il.

Précisément celle qui vieillit en deux semaines. La plus touchante !

Il avait montré à Edouard Furfooz une petite table à oreilles Mickey Mouse. Edouard ne savait que dire. Il leva son regard vers le prince. Il découvrit qu'il portait une cravate noire sur un tee-shirt où figurait la tête tranchée de saint Jean-Baptiste, dégouttant de sang. Le prince était violent, battait sa femme. La marquise de Miremire avait témoigné à deux reprises contre le prince. Ce dernier avait le nez cassé. Il disait sans arrêt : « J'ai l'impression d'être Cendrillon ! » alors que cela faisait cinq siècles que sa famille titubait sous le poids des châteaux, des fermes, des forêts, des industries diverses, des chasses à courre.

— J'ai besoin de pognon, cher Edward.

Et il posa la main sur la main d'Edouard. Edouard écouta avec respect ce milliardaire qui avait besoin de quelques « tulipes » de plus tout à coup et qui trahissait avec tant de promptitude son ami Matteo Frire. Le prince de Reul lui fit une offre sans exemple. Tout ce qui restait de l'œuvre de Myrmecides, les *minuta opera* de Myrmecides. Edouard acheta les six statuettes pour presque rien — pour un peu plus d'un million de francs. Myrmecides était un sculpteur que Varron, que Cicéron, que Pline, qu'Apulée avaient couvert d'éloges. Un sculpteur de l'Antiquité dont les œuvres, depuis l'Antiquité, n'avaient jamais fait l'objet de ventes publiques. Myrmecides sculptait des ivoires si menus que les Romains qui achetaient ses œuvres les plaçaient devant un fond noir, pour qu'ils pussent percevoir le détail, le fini extrême des pieds, des sexes, des oreilles et des doigts d'un Achille haut comme une phalange, d'un groupe représentant Cassandre échevelée, étreignant une colonne, Ajax la violant. Edouard était accroupi devant la table basse. Ajax avait la taille d'une narine d'enfant. Edouard acheta tout. Ils convinrent du plus inviolable secret. Ils parlèrent de l'état de santé de Matteo Frire.

— Je voudrais travailler pour vous, lui dit enfin le prince.

Edouard ne répondit pas. Il se leva. Il tâta dans sa poche une petite barrette. Il dit :

— Je ne crois pas encore, Monseigneur.

— Je divorce.

— C'est la centième fois. Tu ne trouves pas qu'il fait froid ?

— J'ai mis le chauffage. Laisse-moi parler. Pour le divorce avec Yves, on a trouvé un accord.

— Laurence, ne compte pas sur moi. Je ne cherche pas à me marier avec qui que ce soit.

— Tu es bien prétentieux. Je ne cherche pas de mari. Mais je découvre avec plaisir l'étendue de la passion que tu éprouves pour moi. Je t'en remercie.

Sa voix sifflait mais ses yeux étaient pleins d'or. Edouard était de retour à Quiqueville. Il faisait beau. Le soleil illuminait la chambre. Elle lui saisit les deux mains. Leurs lèvres se touchaient. Elle était si proche que ses yeux gris et or se dédoublaient.

— Je divorce.

— C'est la cent et unième fois que tu m'apprends ton divorce.

Laurence était impatiente. Elle souffrait. Elle était angoissée. Elle l'aimait comme un exilé aime sa patrie, encore qu'elle eût l'impression que c'était peut-être l'exil qui était sa patrie. Sa mère s'était « absentée » d'une façon qui était plus cruelle que l'abandon de la mort. Elle vit sa mère soudain. C'était l'exil de l'asile et la vision d'un corps qui était aussi absent qu'il était vivant et qu'il paraissait indemne.

— Edward, tu dois !

L'émotion rendit sa voix inhabituelle, perçante. C'était comme la voix d'une enfant qui parle tout haut dans l'épouvante d'un rêve. Elle bégaya encore :

— Edward, tu dois ! Edward, tu dois !

Il se retourna enfin. Laurence reprit :

— Il faut vivre ensemble.

— Nous vivons ensemble.

Elle avait les yeux les plus fous qu'il lui eût jamais vus. Elle avait lâché ses mains. Elle lui avait saisi le bras.

— Je divorce.

— Nous savons.

Ses yeux furent de nouveau si proches que son visage se dédoubla une nouvelle fois. Edouard se recula alors dans le désir de ne pas perdre l'unité de ce visage qui paraissait tout à coup affolé.

— On parle sérieusement. On reprend tout à zéro.

— Cela ne nous éloignera pas de nous-mêmes.

— J'ai dix-sept millions de francs sous forme d'immeubles. J'ai à peu près cinquante millions de francs sous forme d'actions. Je suis fille unique. Mon père est la vingt-deuxième fortune de France. J'ai...

— C'est repartir de zéro avec beaucoup de zéros. Je ne

suis pas pauvre. J'ai cinq boutiques, bientôt six. J'ai une réserve sur une île que je ne t'ai pas dite. Sans doute sommes-nous neuf enfants... Et puis *zut*, Laurence.

Il s'interrompit. Ils étaient debout, face à face. Leurs nez se touchaient presque. Elle lui agrippa le bras. Il la repoussa, se libéra de ses mains, s'assit sur le canapé de jonc qui se mit à grincer. Il renversa sa tête en arrière puis la regarda dans les yeux et dit plus bas, très vite :

— Tu as dit ce qu'il ne fallait pas.

Le visage de Laurence se décomposa. Elle était restée debout, penchée vers lui.

— Qu'est-ce que j'ai dit ?

— Tu as mis sur un plateau de balance soixante-deux kilogrammes de viande. Sur l'autre plateau tu as mis soixante-deux kilogrammes de dollars. Tu es complètement idiote.

— Je sais bien.

Elle était pâle, le regard plein d'angoisse. Elle s'assit en face de lui dans un petit fauteuil de rotin bleu. Le soleil vint toucher son visage. Ses yeux étaient devenus noirs. Elle voulut se reculer. Le fauteuil était plus ou moins accroché à une dalle du carrelage et elle ne parvenait pas à le déplacer quelque effort qu'elle fît. Elle avait les larmes aux yeux en se levant, en dépliant son long corps de mannequin raide. Elle essaya de plaisanter.

— Dis-moi, soixante-deux kilos de dollars ! Tu ne te prends pas pour de la *roupie de sansonnet* !

Il la regarda pousser le fauteuil, fuir le soleil, fuir sa vie. Il regarda s'enfuir le goût qu'il avait d'elle.

Finalement, ne parvenant pas à déplacer le fauteuil, Laurence se décida à s'asseoir sur le tabouret jaune.

— Je n'en peux plus de chaleur. Muriel a encore oublié de fermer les volets.

Elle lui montra de loin ses mains — ses mains si belles aux ongles ras, avec la bague au cabochon rouge — mais visqueuses. Elle mettait de l'écran total sur ses mains avant de les exposer au soleil, sans quoi elle était persuadée qu'elle aurait dans l'avenir des fleurs des morts proliférantes. Elle était soucieuse de garder la maison aussi fraîche que possible. Elle était maniaque. Elle surveillait sans cesse du coin de l'œil que tout fût clos — les volets, les portes. Il la regarda se maquiller. Il essaya d'imaginer quel bouquet de tulipes et de glaïeuls pouvaient former soixante-deux kilogrammes de dollars. Puis il chercha à imaginer quel pouvait être le change entre le dollar et la roupie pakistanaise. Il la regarda avec gêne : le dos raide, assise toute droite sur le ridicule tabouret en peluche jaune. Elle posa le tube de crème. Elle prit une petite brosse, pinça ses lèvres et, immobile, tendue, fit ses cils. Deux gouttes de parfum coulaient lentement à partir des aisselles et elles brillaient en descendant dans l'ombre où doucement elles se dérobaient à la vue.

Edouard était à Chambord aux côtés de tante Otti. Chacun d'entre eux tenait avec vigueur un des deux manches de balai qui soutenaient la banderole, chacun tirant avec force dans le sens opposé afin de la tenir déployée et qu'on pût lire nettement :

LA CRUAUTÉ EN PÉRIL

Il pleuvait. Alors que la manifestation pour la survie des falconidés était prévue à dix heures, il était arrivé à six heures trente. Tante Otti était encore en cheveux. C'était un jour où la parole était autorisée. Tante Otti avait entraîné son neveu dans sa chambre à coucher. Elle s'était assise devant un petit miroir et lui avait dit :

— Attends, mon petit, le temps que je me *pomponne*.

Tante Otti s'était longuement maquillée, avait édifié son immense chignon puis s'était enfariné les joues de poudre de riz transparente, l'ôtant doucement avec des houppes de velours puis avec un pinceau. Le visage peu à peu coloré et rajeuni, elle ressemblait à Barbe Arent, la grand-mère de Rubens, lorsqu'elle avait vingt ans, en 1530, quand elle était heureuse — telle qu'on la voit toujours dans la chambre à coucher de Rubens sur la Wapperstraat, à Anvers.

Tandis qu'elle passait dans la salle de bains, elle lui donna à lire une pétition qu'elle était en train de rédiger et sur laquelle elle souhaitait avoir son avis. Ce serait sa prochaine « action ».

— Pour la rentrée de septembre, dit-elle.

Le brouillon du tract était intitulé : « Campagne contre la persécution des rapaces. » Il expliquait avec beaucoup de chiffres à l'appui que les espèces européennes s'éteignaient les unes après les autres. Il n'y avait eu en Europe que deux périodes de répit : la Première et la Seconde Guerre mondiale. Périodes bénies où, on ne sait pourquoi, les hommes avaient été bons avec les rapaces au point de leur consentir à deux reprises une trêve de quatre ans. Dans son tract, tante Otti réclamait une troisième guerre mondiale par respect pour les falconidés.

A dix heures, ils étaient partis. Il pleuvait de plus en plus fort. Les manifestants approchaient enfin du château. La joie de tante Otti ensevelie sous son K Way, avec son fichu en plastique à pois roses qui enveloppait son chignon, se lisait sur son visage. La manifestation était un succès : sept personnes en tout, y compris eux-mêmes. Le curé de la chapelle était là, le boucher, deux représentantes de la ligue féministe, un rocker aux cheveux verts venu d'Orléans.

Elle courait sur le sable en chemise de nuit, passait sa chemise de nuit par-dessus sa tête, la lançait sur le sable humide et nageait droit jusqu'au radeau.

Roza Van Weijden comptait au nombre de ces femmes qui dorment partout. Sans cesse un quart d'heure. Sur le canapé. En voiture. A table. Sur un coin de sable. Elle buvait à l'excès, ne restait pas en place.

Edouard avait rappelé Laurence. Ils avaient conclu un pacte de paix. De retour à Quiqueville, il fut présenté à Adriana, une petite fille de quatre ans, rouge, aux joues rondes et rouges, grave, haute comme un guéridon. Elle était vêtue d'une petite robe de coton gris, avec à la main un petit sac rouge en plastique — le fantôme miniature de celui que portait sa mère. Elle ne s'était pas approchée d'Edouard. Elle n'avait pas voulu se déshabiller. Elle s'était assise sagement sur un tas de sable marron près des vagues et regardait la mer. Visiblement elle était tour à tour la mer, l'écume, les détritus que les vagues roulaient; elle sursautait aux cris des mouettes ou aux abois des chiens. Elle était assourdie par le bruit que font depuis l'éternité les vagues de la mer. Elle le tira par la manche — la manche de laine du mois de juillet.

— Regarde bien, dit-elle. Je vais faire une galipette.

Elle s'accroupit. La petite robe en coton léger fit un grand rond à ses pieds et les recouvrit, retombant comme un cercle gris et blanc sur le sable humide. Adriana étendit les deux mains minuscules et les posa bien à plat sur le sable, dressa son derrière et tomba sur le côté. Elle se releva brusquement et partit furieuse.

Il la voyait au loin sur la plage, avec la démarche saccadée de la fureur, avec son sac à main rouge qui ballottait à contretemps.

Rester au même endroit plusieurs journées de suite, cela n'était pas arrivé à Edouard depuis le pensionnat, lors de son retour à Anvers, après la dépression qu'il avait faite enfant. A huit ans, on l'avait endormi durant deux semaines puis on l'avais mis dans une pension catholique à Ekeren. Demeurer trois jours d'affilée à Quiqueville, c'était le pensionnat. C'était Ekeren. Une nuit, aux côtés de Laurence, le souvenir d'Ekeren le réveilla. Il entendit le réveille-matin. C'était un bruit de vieux moulin à café mettant un temps infini à grincer sur un grain. Tout à coup ce bruit lui fut insupportable. Il se leva. Il alla jeter le réveille-matin dans la poubelle de la cuisine. Se recoucha auprès de Laurence.

Laurence ne se sentait pas bien. Elle avait eu son père au téléphone qui la pressait de venir le rejoindre à Marbella mais Laurence redoutait qu'il y fît trop chaud. Elle souffrait de la chaleur qui s'était abattue la veille sur la Manche. Edouard dormait à ses côtés. Elle se leva.

Dans la cuisine, en larmes, Laurence extirpa des déchets et des épluchures le réveille-matin. Elle le lava, le récura, l'astiqua. C'était un cadeau de son père. Edouard lui demanda de le pardonner. Elle lui refusa son pardon. Il alla acheter un radio-réveil extrêmement laid et perfectionné et le lui offrit. Elle défit le paquet-cadeau, regarda l'objet avec haine, ordonna à Edouard de la suivre, l'entraîna à la cuisine, ouvrit la poubelle, posa l'objet dans la poubelle avec jubilation, se tourna vers Edouard, le regarda droit dans les yeux sans un mot.

— Tu peux pardonner, disait-il.

Ils sortirent de la cuisine. Adriana fonçait sur son vélo à pneus pleins et manqua se heurter à eux, vira sur les graviers, chevaucha dans la pelouse humide et se perdit derrière le mur de la maison.

— Tu ne penses pas aux autres. Tu ne penses pas à moi, lui disait-elle. Tu es indifférent. Tu es un indifférent.

— Je ne prétends pas penser aux autres. Je ne prétends pas être les autres. Ni avoir le don de me glisser dans leur cœur. Ni penser à leur place. Ni exercer un pouvoir sur eux. Je m'efforce de penser à moi et d'éloigner le malheur. Je n'aime pas le malheur.

— Tu aimes comme un petit bébé manger, boire, pousser des petites voitures, dormir, jouir... Je n'ai pas besoin d'un baigneur en celluloïd.

Edouard lui tournait déjà le dos et se dirigeait vers la maison. Elle courut vers lui. Elle lui prit le bras.

— Pardonne-moi ! Pardonne-moi ! Mais pourquoi es-tu aussi indifférent ?

Il lui demanda de retirer le mot « celluloïd ». Elle accepta d'ôter le mot « celluloïd ». Mais il ne convint pas qu'il fût indifférent.

— Je suis sûr d'aimer, dit-il. Du moins je suis sûr d'aimer un jour. Quelque chose me l'indiquera, j'en suis sûr. Je cherche quelqu'un. Je ne sais pas comment exprimer la façon dont je le ressens. Je cherche. C'est peut-être toi. Je ne sais pas si c'est toi. Je sais qu'il y aura comme une sorte de signe, comme une sorte de nom. Je sais qu'un jour, d'un seul coup, tout *s'écrabouillera*. Je sais que j'aimerai.

— Tous tes jouets s'écrabouilleront ?

— A mon avis c'est le mot le plus ancien de l'amour. Deux personnes s'écrabouillent.

— Qu'est-ce qui reste ?

— Une sorte de glu blanche qui est comme un lait maigrichon. C'est tout le sang de l'amour. Maintenant je pars.

— Pars donc !

Laurence rentra en courant dans la maison. Elle alla directement au salon, ouvrit le piano droit, plaqua un violent accord aigre. Les bobèches sursautèrent en cliquetant dans les girandoles des deux chandeliers à quatre branches qui se dépliaient sur le fronton de l'instrument.

Dans le même temps, Edouard descendait à la plage. Il resta debout, les pieds dans la poudre brûlante. Il regarda Roza qui sortait de l'eau en s'ébrouant, qui ruisselait encore d'eau et de gouttes de lumière. Roza était de loin la plus sportive des femmes qu'il eût connues et il la regardait revenir magnifique, musclée, noire de hâle, le corps qui luisait d'eau. Le soleil portait sur ses petits seins et sur son cou un rayon un peu rouge.

Ce corps était un concentré de vie, de muscle, de lumière, de plaisir. Roza s'approcha de lui, saisit une serviette, se moucha, se frotta les yeux, lui sourit. Elle songeait, tandis qu'elle s'essuyait : « Il est trop maigre. » Elle cria :

— Laurence !

Laurence arrivait vers eux, en jean, en tee-shirt blanc, sous un chapeau de paille panaméen, une partition de musique sous le bras. Laurence regarda Edouard.

— Tu es encore là ?

— Oui. Il fait beau.

— On dort mal. Il fait trop chaud, dit Roza.

— Il ne fait jamais trop chaud, dit Edouard.

— En ce moment j'ai des insomnies, dit Laurence.

— J'ai des insomnies, répéta Edouard qui s'assit dans le sable.

— Maman, j'ai une poussière dans l'œil, dit Adriana qui s'approchait.

— J'ai une poussière dans le cœur, dit Laurence.

— Montre-moi, dit Roza.

— J'ai mal, maman, dit Adriana.

— Mais tiens donc ta paupière ouverte pour que je puisse l'ôter !

— Maman ! Ma paupière se ferme toute seule !

— Voilà pourquoi la lucidité est une chose difficile, dit Edouard.

209

— Je le vois. C'est un cil, dit Roza.

— Tu me fais mal, dit Adriana.

— Je l'ai ! Je l'ai ! dit Roza Van Weijden en tendant vers sa fille le coin de son mouchoir où reposait le cil.

— Bravo, bravo ! crièrent Adriana et Edouard.

— Il y a des gens qui n'ont d'attention que pour les petites choses dérisoires, infantiles, ridicules. Ils ne voient pas l'amour des autres et un cil suffit à anéantir tout l'univers qui les entoure, dit Laurence.

— Je me demande à qui tu peux bien faire allusion, dit Edouard en étendant ses jambes sur le sable brûlant.

— On se *fout* de la lucidité, dit Roza en s'essuyant les pieds et en s'allongeant sur la serviette de bain.

— La lucidité est une maladie, dit Edouard en extirpant son pied d'une espadrille blanche dont le bord était crevé.

— J'ai faim, dit Roza.

— J'ai très faim, dit Edouard.

— Je n'ai pas faim, dit Laurence.

Il faisait sa valise. Il était remonté de la plage avec Adriana Van Weijden, qu'on surnommait Adri. Dans le petit sentier poudreux, l'enfant avait glissé la main dans sa main et il en avait ressenti de la joie. Ils avaient fait un détour par la petite ville pour acheter une glace. C'était jour de marché. Il acheta une glace pour Adri. Il s'offrit une gaufre. Près de la halle, il acheta aussi, pour dix francs — dans un carton plein de saletés —, deux petites voitures, la Juvaquatre break de la gendarmerie bleu foncé et cette pièce sans prix, introuvable : la

Quatre-chevaux spéciale noir et blanc dite Pie qu'il était en train de ranger dans sa valise.

La pluie s'était mise à tomber. Ils étaient rentrés en courant. L'enfant avait de nouveau glissé la main dans la main d'Edouard et il ne connaissait rien de plus délicieux que ce bout de chair tiède qui s'insinuait à l'improviste sous les doigts.

Il partit. Il s'arrêta pour dîner dans un hôtel-restaurant qui surplombait la mer. Il demanda s'il y pouvait.dormir. On lui dit qu'une petite chambre, peu luxueuse, sous les combles, était encore libre. Il accepta. La pluie avait cessé. La nuit n'était pas tombée encore. Après avoir dîné, il tira une chaise longue sur la terrasse devant une aubépine rouge dans un pot, au plus près du petit muret de ciment qui la bornait, entre la salle du restaurant et la mer. Il faisait doux. Il alla chercher dans la voiture des catalogues de ventes et des revues. Face à la mer, les pieds sur le muret, dans la dernière lumière du soleil, il feignit d'annoter un catalogue de ventes. Il entendait bruire la mer.

A dix siècles de là la mer qu'il contemplait était pleine de vaisseaux vikings. A dix mille kilomètres de là, John Edmund se révélait en mer d'Osman, dans l'océan Indien, un prodigieux pilleur et naufrageur. Il se découvrait violent, brutal. Edouard avait hâte de retrouver Paris, New York, Bruxelles, Rome, Londres. Il se disait qu'en vieil islandais, Edouard se disait Jatvardr. Il se disait : « Hésiter, c'est perdre. Tergiverser, c'est offrir sa gorge ou la veine cave au couteau. Rien ne se contemple sans perdre pied. Qu'est-ce que je fais ici, entre la mer et l'aubépine rouge ? Tout doit être agité sans cesse. De même la mer aux pieds d'Antwerpen, à

211

Quelen ou à Hachinohe, à Lerwick, à Dhahran. Tout être doit courir à toute vitesse au-devant des deux défis de son silence et de sa mort. Ou la condition est un abordage plein de surprises et de coups, ou elle est un naufrage qui accroît le lest de l'angoisse ! »

« Fonçons, se répétait-il comme pour se convaincre. Ne mesurons pas les forces. Ne comptons pas le temps. Je sens qu'un retour sur moi tente de me tuer. De même les anciens Bondi des sagas de l'Islande : pas un mot de trop, un coup de couteau, mort contre mort. Le dieu Tyr a perdu la main droite pour avoir pactisé avec la mort. C'est le nom de la ville de ma naissance. Il faut toujours assurer l'équilibre du sang : cinquante pour cent de prédation et cinquante pour cent de commerce, une trahison hèle un coup de traître comme son ombre, l'amour doit s'octroyer cinquante pour cent de la plus douce bestialité, cinquante pour cent de sentiment humain. Tout mot doit renvoyer à une chose. Il n'y a rien de beau qui soit seulement à voir, mais à prendre. Toute parole engage. On s'expose sans cesse dans l'ordalie de sa mort au vent, à la faim, à l'énergie qu'il faut amasser et concentrer, aux banquets de bière, aux pillages des plus belles choses, aux plus belles laines du monde où on s'emmitoufle, au silence, à la merveille du silence, aux grognements de plaisir dans le silence, à la fatigue qui protège même de la peur — à la chaleur et à l'hébétude miséricordieuse de la fatigue. »

Il entendait bruire la mer. L'aubépine bruissait dans son dos. Il repoussa de ses genoux les catalogues de la *Galerie de Chartres* (il était abonné à *Polichinelle*), la *Gazette des Jeux*, *International Toy and Doll*, *Puppen und Spielzeug*, l'*Annuaire des Poupetiers*. Et il éprouva l'intense plaisir des yeux qui se ferment, des pages qui retombent sur les genoux, du regard qui quitte la vue, du rêve qui vient, qui est doux et qui ignore encore qu'il va rejoindre, après avoir rencontré les êtres du sommeil, l'évanouissement du monde, l'autre monde du monde et, dans le pelotonnement extrême du corps sur lui-même, au fond de tout, un peu de l'obscurité liquide, chaude et sourde avant qu'on fût.

CHAPITRE XII

Pour l'enfant qu'elle a mis au jour,
Une mère a moins de tendresse.

Racine

L'avion s'inclina sur l'aile droite. Le soleil éblouit Edouard. Il porta la main à ses yeux. Il cacha ses yeux. Un minuscule Dieu avait eu l'idée de susciter à son usage un petit peuple, qu'il avait séparé de toutes les autres nations, dont il avait pris à cœur d'exterminer tous les ennemis, qu'il avait conduit dans un lieu doux, et auprès duquel il avait pris l'engagement d'une promesse éternelle. Ce petit peuple, c'étaient les collectionneurs. Ils étaient en guerre — sans que la promesse fût en cause. Il allait bientôt atterrir à Rome. Il se revit, avec ses frères, préparant les guerres de « pepernotes », le mardi gras, à Anvers. Ses frères et lui investissaient la cuisine, amoncelaient la farine, les grains de poivre et les épices, tortillaient le ruban de pâte avec la paume de la main, agglutinaient les petits grêlons épicés et partaient en guerre contre les amis des rues voisines,

215

Jodenstraat, Huidevetters, le Meir, Rubensstraat, Lange Gasthuisstraat.

Il faisait un froid très vif dans l'avion. L'air conditionné ne fonctionnait pas. Edouard entrouvrit ses doigts : le soleil était toujours face à lui, au travers du hublot. Il était glacé en dépit de la lumière.

De même la lueur de sang dans le regard de l'ami le plus fidèle c'est-à-dire dans le regard de Judas. Le monde le plus ancien se retissait sans cesse dans les fonctions les plus primitives comme toucher son corps, inventer des jouets, tortiller la pâte, polir des cailloux, comme filer la laine. Il se disait : « Le premier fil est une nervosité éternelle qui n'est pas distante du plaisir des êtres qui sont seuls, du plaisir qu'on prend du bout des doigts au sortir du sommeil dans la première enfance. Etirer des fibres doucement et les faire tourner entre le pouce et l'index, lier par torsion incessante ces fibres et les bobiner autour d'une baguette jusqu'à ce qu'on puisse les appeler vraiment un fil, une ficelle, une natte ! » S'habiller, c'était entourer son corps d'un fil. Francesca s'entravait dans ce fil. Francesca voulait racheter la boutique et entendait se consacrer à la vente de vestes et de jupes en lin naturel. L'amour avait tourné en haine — à supposer qu'il eût besoin de tourner pour cela. Il n'irait pas directement chez elle. Il ne vendrait pas. Avant tout, il verrait le prince de Reul. Puis il gagnerait Florence. Il irait d'abord à l'atelier d'Antonella et s'efforcerait de lui faire entendre raison. C'est dire qu'il la menacerait. Il était difficile de distinguer entre montrer les dents et rire. Ils collectionnaient les pepernotes des ancêtres.

216

Deux, trois rebonds. L'avion avait touché terre, freinait. Edouard détacha sa ceinture, se leva, prit son sac. Il piétina, piaffa dans la travée. Il songea à Renata qu'il allait voir dans quelques minutes. Il songea à sa tante Otti qui était comme une mère Angélique dans son ermitage de Chambord. Ils étaient tous des solitaires. Ils collectionnaient les miettes de la croûte du pain qui étaient tombées sur la nappe quand Dieu le rompit, la veille du jour où il mourut. Ils se disputaient âprement des miettes de plus en plus microscopiques et de plus en plus rassises.

Il prit un taxi. Il était trop tôt. Renata n'était pas là. Il se fit déposer via dei Coronari (car les petites voitures sont aussi des grains de chapelet que les mains saintes et cruelles tripotent). Il prit un café à un coin de ruelle, assis devant une petite table de fer.

Il songeait à sa tante. Il pensa acheter un couvent, une vieille église. Encore que ce ne fût pas Dieu, encore que ce ne fût pas la beauté qu'il cherchait. Il répéta les noms de Florence et de Rome. Ce n'était pas la beauté qui animait ses débauches de courses à pied, de voyages, de kilomètres, de commandes, de collections. Ce n'était qu'une quête sans nom, même pas de débris de pain. Peut-être, au fond de la bouche, à l'égal d'un goût ou d'une faim imprécis qui persistent et ne trouvent pas à s'assouvir, la nostalgie de prononcer un nom perdu. C'était peut-être cela, la beauté. A un coin de ruelle dans Rome, tout près du pont Saint-Ange, la main posée sur une table de fer, un marchand de petits objets ayant appartenu à des enfants songeait à la beauté. Peut-être,

217

au fond de la mémoire, nourrissait-il la nostalgie du continent de toutes choses au monde avant qu'elles ne se nomment, avant qu'elles ne s'échangent, ne se monnaient, ne circulent. La nostalgie de ce qui ne se trouve pas, d'un objet introuvable, d'une présence qu'on ne parvient pas à surprendre. C'était aussi rudimentaire qu'une faim. Une faim furtive et obsédée de mettre hors d'usage un objet en sorte de le garder pour soi. Tous les collectionneurs qu'il connaissait étaient des jaloux malades. Toute leur convoitise se résumait dans ce désir d'extraire l'objet inestimable du circuit économique et du regard même de ceux qui auraient joui de le voir. Par là un appartement devenait un temple. Par là chacun devenait soi-même un prêtre, un roi assis sur son trésor. Plus encore, on devenait une part de la chair de Dieu, on était vraiment en contact avec l'objet sacré, avec la relique — quelques noms qu'on lui donnât —, c'est-à-dire avec l'objet qui avait été en contact avec le dieu lui-même, ou l'enfance, ou la pureté, ou le non-langage.

Il repoussa la petite tasse de café jusqu'à l'extrême bord de la table de fer. Le ciel de Rome était une pâte laineuse et jaune. Il posa les deux mains sur la table glacée. Puis il les associa comme s'il priait. Il songea qu'il existait des êtres dont la possession physique était interdite. Des êtres dont on ne pouvait jouir qu'en les contemplant. La contemplation de l'objet hors d'usage, c'était ce qui avait lentement transformé le guet vorace en admiration de la proie lointaine. Ils étaient deux cents ou trois cents en train de contempler sans fin un objet sans usage qui venait de l'enfance. Ils lui sacrifiaient des amours, des plaisirs, du temps, des fortunes. Il eut très froid subitement. Il ôta les mains du fer de la table. Il eut si froid qu'en plein mois de juillet il rêva de marrons grillés, crevés, odorants, noircis : ils sont chauds et ils brûlent la paume et les lèvres.

Peut-être Laurence avait-elle raison. Il était demeuré enseveli sous les décombres de ses jouets. Une fortune plus médiocre, en lui laissant plus de modération, lui eût laissé plus d'innocence. Mais non : on pouvait être maniaque de boîtes à chaussures, de sucres frappés aux noms des hôtels. On pouvait collectionner des bleus, des parures, des tatouages, des blessures de guerre, des décorations, des barrettes en plastique, des morts, des symptômes.

Il hurla. Il s'arc-boutait à l'établi. Antonella maintenait enfoncé le tournevis à la base de l'estomac, jusqu'à la garde. Il pesa de tout son corps en s'arc-boutant à l'établi et parvint à le faire verser sur Antonella. L'énorme pièce de bois commença par osciller lentement puis bascula avec une rapidité extrême. Antonella se recula mais son pied fut pris sous le tablier de l'établi. Elle hurla à son tour.

Edouard était plié en deux. L'odeur d'écaille cuite suffoquait. Il parvint à sortir dans la cour. Il saignait. Il reprenait souffle difficilement. Il prit appui sur les fûts d'huile empilés les uns sur les autres. Il gagna sa voiture, monta. Au garage, par la fenêtre de la portière, il demanda au pompiste d'appeler un médecin pour Antonella, dont il indiqua l'adresse. Assis, il souffrait peu. Il saignait abondamment. Il alla jusqu'à Florence. Il avait devant les yeux l'air égaré d'Antonella quand il avait poussé la porte de l'atelier. Elle faisait « non » avec des grands mouvements de la tête, avec les deux mains, avec le buste, avec les cheveux. Il parlait doucement, s'efforçait de la convaincre. A peine eut-il posé la tête sur un petit lit de camp à roulettes, dans la cour de la clinique, qu'il s'évanouit.

Tante Otti se tenait dans un grand fauteuil à oreillettes violet foncé, devant la cheminée sans feu. C'était jour de silence. Edouard était à demi allongé en face d'elle sur une chaise longue, les pieds sur deux pose-pieds mis l'un sur l'autre. Il était en convalescence à Chambord. Après que les premiers soins eurent été donnés, Edouard Furfooz avait été conduit à Rome où il avait été hospitalisé durant cinq jours.

Assez vite, avec l'aide d'une canne, il put aller au jardin et suivre les processions de tante Otti. Il suivit la procession aux Noisettes naissantes, la procession aux Fraises.

Ils allèrent jusqu'à la lisière du bois, longèrent la rive du Cosson, passèrent l'étang des Bonshommes. Assise sur la levée de l'étang Neuf, le doigt sur les lèvres en signe qu'il gardât le silence, elle lui montra le ciel. Il leva son visage, il entendit pour la première fois de sa vie le sifflement du vol en piqué — ou du moins le piqué était si rapide qu'il émettait un sifflement aigu — propre au faucon pèlerin quand il fond. Un faucon pèlerin fondait sur un canard colvert. Le sifflement sidérait le canard bleu et vert — c'était du moins l'analyse de tante Otti — qui semblait en effet presque tendre le dos aux griffes extrêmement prochaines.

Edouard était fasciné par la pointe à chapeau de sa tante. Le chapeau de la mère abbesse de la réserve de Chambord, quand elle sortait en forêt, était singulier et tout petit : une sorte de petit chapeau Louis XI avec des plumes de perdreaux rouges et de faisans qu'elle dépliait au sommet de son chignon Empire State Building et qu'elle fixait à l'aide de l'épingle.

Un jour, tante Otti et Edouard Furfooz se turent à l'unisson et ils virent Dieu. Un faucon de Kobez à l'affût dans un hêtre déploya un instant, nerveusement, ses ailes. Ce fut un brusque éclat blanc dans les feuilles tombantes d'un saule sur la rive de l'étang des Bonshommes. Dieu apparaît toujours dans les brises légères, dans les étoiles quand elles sont indistinctes dans le jour, dans les fantômes des songes pour peu qu'on n'en ait pas gardé le souvenir.

Ils vinrent tous à Chambord pour accélérer son rétablissement. Adriana sautait à pieds joints. Laurence sauta. Roza, Juliaan sautèrent sur le carrelage de la cuisine pour ôter la boue demeurée sous les semelles. Etrange ballet archaïque à l'embouchure de la caverne sur la rive de la Lomme au bas de l'escarpement que dominait la colline de Furfooz.

Par malheur le jour où ils arrivèrent était jour de silence. Laurence et Juliaan furent très impressionnés par cette vieille femme dont les yeux lançaient des éclairs et qui ne disait pas un mot. Ils sortirent dès que la pluie cessa. La petite Adriana tapait dans ses mains pour se réchauffer. Elle avait un anorak vert avec de la fourrure jaune et douce autour de la capuche. Roza portait sur ses cheveux courts un bob militaire vert bronze et regardait sa fille brusquement accroupie par terre. Il pleuvait de nouveau.

— Je jouais exactement comme elle, chuchota-t-elle à Laurence, le visage trempé de pluie.

Adriana, sous sa capuche, les genoux nus dans l'herbe, affûtait la lame de son canif longuement sur une pierre. En chantonnant, elle alternait le côté de la lame qu'elle présentait à la pierre. Puis elle la nettoyait en enfouissant la lame dans la terre. Et elle recommençait cent cinquante à cent soixante fois.

— Tu ne boites plus, dit Roza.

— Je n'ai pas chaud, dit Edouard.

— Regardez bien. Je vais faire une galipette, dit Adri.

— Tu vas mettre plein de boue sur les tapis de Madame Furfooz, dit Laurence.

Tante Otti, sous son chapeau Louis XI, bougonnait en haussant les épaules.

Adriana s'accroupit, étendit ses deux mains minuscules et les posa bien à plat sur la mousse et la terre humides, dressa son derrière et tomba sur le côté, dans des grandes fougères.

— Merde ! dit alors Adriana Van Weijden.

Elle courait en pleurant en direction de la maison.

Roza ouvrit les portes-fenêtres, ferma les volets, referma les portes-fenêtres. Edouard entassait du petit bois dans l'âtre, allumait le feu. Juliaan attendait auprès de lui, les yeux grands ouverts, la flamme jouant sur le visage, en tenant, les deux bras en avant, une bûche.

On criait dans le jardin. Tous s'immobilisèrent. Ils se regardèrent. Laurence frémit. Ils entendirent le bruit si particulier que font les graviers quand le pneu d'une bicyclette les écrase.

Le facteur frappa à la porte de la cuisine. Tante Otti était dans sa chambre. Laurence devança Edouard qui boitillait, courut, prit le télégramme. Elle soupira de satisfaction en voyant qu'il ne lui était pas adressé. Il lui semblait qu'elle craignait depuis qu'elle était née qu'on lui annonçât que son père était mort. Elle tendit le télégramme à Edouard. Il le décacheta avec violence sous les yeux de tous. C'était Pierre Moerentorf.

Monsieur. En quelque état que vous soyez, venez.
N'appelez pas. Venez. Pierre Moerentorf.

Edouard dit qu'il partirait après dîner. Il convint avec Laurence qu'elle le conduirait. Il n'avait pas de voiture. Sa blessure le faisait encore souffrir. Il rejoignit Juliaan près de l'âtre et s'assit dans le grand fauteuil à oreillettes violet foncé. Adri vint près de lui. Elle papotait en prenant appui sur les genoux d'Edouard. Un fantôme plaçait des poids imaginaires sur une balance imaginaire.

Adri peu à peu s'était glissée entre ses genoux, s'était hissée, s'était installée confortablement et écrivait dans l'air avec une plume de balbuzard que lui avait donnée tante Otti. Edouard regardait Adri, lèvres pincées, qui écrivait avec de grands gestes sur un papier qu'on ne percevait pas. Il se parlait à l'intérieur de lui-même. Il se disait : « L'encre barbouillait tour à tour le pouce, le métal du porte-plume, l'index et le majeur. L'encre était plus noire sur la peau qu'elle ne semblait violette — sur la peau rose qui blanchissait et souffrait sous la pression du bord de la plume. C'était une odeur de fer suant et de craie, de peau sale, de feuilles mortes. C'était l'odeur aussi d'encaustique des salles de l'école de la rue Michelet. C'était aussi une odeur de silence. Au silence éternel et vide s'est confondu ce silence anxieux et sentant l'encre et le fer des dictées dans l'après-midi, ce silence gratté de plumes qui écorchaient le papier et qui toquaient sur la bordure cassée et tachée des encriers de faïence. »

Adri le tirait par la manche de son chandail. Elle était la petite voisine des dictées de jadis, assise sur le même banc que lui. La manche devenait informe à force d'être tirée. Elle sortait de la poche de sa blouse un petit bonbon violet et le lui mettait d'autorité dans la bouche. La main était poisseuse et le bonbon était poisseux. Il se souvint que s'y était collé un brin de laine.

— Tu vas voir, lui avait-elle dit. La musique, c'est l'horreur.

Elle eut du mal à grimper sur le tabouret du piano. Elle se tenait très droite. C'était un peu Laurence Guéneau se déplaçant dans les salons d'essayage de la place Vendôme. La petite fille inconnue posait ses mains sur ses genoux. Elle avait le visage tout blanc. Elle mit en avant sa lèvre inférieure. Sa mère lui enjoignit de commencer. Elle retroussa lentement les manches de son pull-over vert sur ses poignets. Edouard crut qu'elle allait pleurer.

Il se déplaça pour ne pas la voir. Il se mit derrière elle. Il vit sa natte se secouer. Il vit la petite barrette bleue qui retenait les cheveux et qui était douloureuse.

Mais Adri tapait sur la cuisse d'Edouard, requérant son attention. Adri lui montra comment il fallait aplatir de la main le papier imaginaire dans l'air. Elle plissa les lèvres. Elle plissa le front. Elle crispa trois doigts sur la plume de balbuzard. Elle écrivit. Au bout de deux à trois minutes d'écriture silencieuse dans le vide de l'air, Edouard lui demanda :

— A qui écris-tu, Adriana ?

— A Dieu, répondit-elle.

Il s'appuya contre ... je vais ...
Il dira encore ... il n'y a pens... suis le banni
... rentra. Les travaux et qu'ont de la liberté.
Jean Andréa, ... et ... Edouard ... on
... Adélaïde, ... reconnut ... faute ...
... faute le jour, imagina... dans cette inter-
... à la chose ... Elle ... tous ...
... de la bibliothèque. Elle ... Au bout de deux ...
... quelques ... silencieuse ... elle ...
lorsqu'il lui demanda :

— À qui ... ?
— Dieu, répondit-elle.

CHAPITRE XIII

*A l'origine il y avait si peu d'est et d'ouest
qu'il n'y a toujours pas de nord et de sud.*

O-Hisa

Edouard Furfooz était assis par terre. Il était
pour ainsi dire attablé devant un gros érable de
Bürger haut de cinquante-six centimètres avec un
groupe de feuilles inutiles, au tronc gris malade,
qui se desquamait et laissait apparaître un flanc
orangé. C'était le minuscule millimètre carré en
ébullition d'une lave sur le flanc noirci d'une
minuscule colline volcanique. L'érable agrippait la
terre noire, parmi quelques graviers, dans un vase
en grès de Cochin gris-blanc qui luisait dans la faible lumière.

Tandis qu'il regardait l'érable, il sentit une main
qui serrait sa main.

Pierre Moerentorf lui tenait la main. Il était
déprimé. Il ne parlait pas. Il n'avait encore rien
dit. Il susurra enfin :

— Ce n'est pas pour être à la mode, Monsieur.

227

Mais je suis sans doute atteint d'une maladie qui connaît un peu de notoriété.

Sa voix tremblait. Pierre Moerentorf porta vivement la main à ses yeux. Edouard vit les bords des lèvres qui frémissaient un peu. Il ne sut quoi dire. Il regarda passionnément l'érable de Bürger. Il dit :

— Vous ne trouvez pas qu'il fait un froid polaire ?

— Non, Monsieur.

— Vous ne pourriez pas monter le chauffage ?

— Oui, bien sûr. Mais...

Pierre Moerentorf était rouge comme un coq. Edouard regarda Pierre avec violence, puis demanda tout bas :

— Vous mourrez quand ?

— Ils situent... Ils pensent... Ils ne savent pas. Je ne sais pas.

— Envisagez-vous d'arrêter de travailler ?

— Franchement non, Monsieur, à moins que vous ne souhaitiez...

— Vous travaillez. Vous travaillerez. Tout d'abord il faut que vous acceptiez de prendre l'avion. Il faut que vous partiez un mois ou deux aux Etats-Unis.

— Non, Monsieur.

— Si.

— Je préférerais me tuer plutôt que prendre l'avion.

Edouard ne parvint pas à le faire consentir.

— Je voudrais vous demander quelque chose, Monsieur.

— Oui.

— Je voudrais vous léguer mes bonsaïs.

— Je vous en prie, Pierre. Il n'en est pas question.

— Donnez-moi votre main, Monsieur.

228

— Oui.

Ils se turent. Puis Pierre ôta sa main, se leva en disant :

— Je veux vous montrer quelque chose.

— Vous m'apportez une bière ?

Pierre Moerentorf revint avec un verre de bière japonaise qu'il posa près de l'érable. Il tenait la main gauche refermée. Le colosse s'assit auprès d'Edouard. Il ouvrit la main. Au creux de la paume plissée, il y avait des petites graines.

— Si Monsieur acceptait d'être lui-même jusqu'au bout de lui-même, la beauté minuscule des semis de bonsaï lui suffirait. Il suffirait que Monsieur pose sur le gras de son index une graine de pin noir de Thunberg. Ou une graine d'orme à feuilles dentelées du Japon. Monsieur verrait leurs plants. Monsieur imaginerait la croissance de ces formes et le développement de ces troncs. Monsieur verrait se déployer les ramifications souterraines des racines. Vous verriez se déployer la ramification aérienne des feuillages. Vous verriez l'oiseau y nicher. Brusquement il chanterait. Monsieur sortirait une chaise longue. Monsieur s'installerait dans son ombre... Vous ouvririez un livre ou bien vous en auriez l'idée...

— Puis je reposerais la graine sur un petit lit de coton dans un dé à coudre. Là je m'exclamerais : que la nature est immense !

Le lendemain matin, à six heures, Edouard Furfooz était au Siège à l'angle du quai Anatole-France et de la rue de Solférino. Il téléphonait au prince de Reul.

— Monseigneur, vous avez toujours le désir de travailler pour moi?

— Plus que jamais, cher ami.

— Je vais vous demander deux choses. Tout d'abord le secret aussi bien à l'égard de Matteo Frire, bien sûr, qu'à l'égard de mon propre groupe, à commencer par Pierre Moerentorf.

— Jusqu'à quand?

— Jusqu'à l'instant où je vous dirai de le rompre.

— Et le second point?

— Un gage. Que vous me donniez un gage, n'importe quoi, quelque chose qui vous compromette.

— De quelle nature, cher ami?

— Une transaction qui lierait nos noms. Vous savez que je cherche un appartement ou une petite maison à Paris. Ou bien un lot d'objets précieux que vous dérouteriez vers ici. Mais avec quelque chose d'écrit, quelque chose où votre nom apparaisse. Pas une transaction invisible comme lors de la revente des Myrmecides.

— J'ai bien un lot de Jean-Baptiste Lainé, auquel Matteo tient beaucoup et qu'il sait en ma possession.

— Je ne connais pas.

— XVIIIe siècle, Québec. Jean-Baptiste Lainé a inventé la miniature à poils.

— Pardonnez-moi, Monseigneur, de ne pas vous suivre.

— Ce sont des petites scènes érotiques dans une clarté un peu triste et lunaire. J'ai sous les yeux une montre, un paysage avec un pont formé par cinq ou six... cheveux qui ne sont pas des cheveux. Ces poils que je vous indique comme étant des cheveux étaient des espèces de charmes. Ils étaient épilés au plus près du sexe de la femme que le commanditaire aimait...

— Monseigneur, si vous travaillez avec moi, je vous en prie, faites court. L'érudition me choque. En premier lieu, résumez les sujets. En deuxième lieu, précisez les dates. En troisième lieu, formulez les prix.

— Une femme tenant un chien en laisse, la laisse étant ce poil que je disais. Amour tirant une flèche. La corde de l'arc de Cupidon étant ce...

— Je ne suis pas convaincu. Trouvez autre chose.

— Mais ce sont des miniatures admirables !

— C'est trop loin de l'enfance. C'est même angoissant.

— C'est angoissant et c'est admirable, cher ami. Voilà ce que c'est qu'aimer. Voilà des miniatures *attachantes*.

— Ce qui m'attache me fait fuir. Trouvez autre chose.

— Combien on est à dîner ? demanda Adriana.

— Compte les couverts, dit Roza.

— On est cinq. Qui sera là en plus ? J'espère que c'est Edward.

— C'est Edward.

— Pourquoi tu dis « varte » ? Et pourquoi Laurence dit « édvar » ? Et pourquoi lui dit « édouar » ?

— Demande à Laurence.

— Comment on dit chez nous ?

231

— Chez nous on dit « Varte ».

Mais il ne fut pas là pour dîner. Roza, Juliaan et Adriana quittèrent Chambord. Le père de Laurence n'allait pas bien. Laurence, accompagnée de Muriel, était en route pour Marbella. Roza, Juliaan et Adriana rejoignirent Quiqueville.

Quand Edouard Furfooz regagna Chambord, quand il pénétra en boitillant dans le jardin touffu de la Hannetière, ils étaient partis. Ottilia Furfooz était en train d'enterrer un petit aiglon mort. Elle entraîna son neveu au fond du jardin, loin derrière la maison Napoléon III, au lieu-dit le Cimetière des Dieux. Comme elle enveloppait avec précaution l'oisillon dans son foulard de soie vert et bleu clair, elle expliquait à Edouard brusquement attentif les luttes rituelles fratricides chez les falconidés. L'habitant de l'œuf le premier éclos devait faire tomber du nid l'imposteur du second éclos. Les luttes fratricides et pour ainsi dire éducatives entre l'aîné et le cadet étaient inévitablement mortelles parce qu'elles étaient affamées. La mère n'intervenait jamais lors de ces luttes qu'elle contemplait dans l'excitation. Elle regardait la curée et la mise à mort non seulement d'un bon œil mais avec fierté. Sauf quand il pleuvait : elle abritait alors les deux petits sous ses ailes afin qu'ils pussent se battre au sec.

Tante Otti déposa l'aiglon près du cadavre d'un busard à queue blanche et les recouvrit de terre.

C'est à Bruxelles que Péquenot l'appela. Le prince venait de visiter un long et bel appartement de cent soixante mètres carrés, relativement lumineux, avenue de l'Observatoire. Edouard prit le train toutes affaires cessantes, le vit, tressaillit, arrêta l'affaire illico.

Laurence rapatria son père de Marbella jusque dans la maison de Sologne puis regagna Quiqueville.

Lorsqu'il fut revenu de Bruxelles, Edouard partit pour Florence où il céda la boutique à Francesca.

A Paris après qu'il eut signé chez le notaire l'acte de vente avec le précédent propriétaire, quand il alla revoir l'appartement, il fut contraint de passer par le jardin du palais du Luxembourg, dans la partie anglaise, à l'ouest du jardin. Il s'arrêta inexplicablement dans une allée, à deux pas d'un discobole moussu et baigné de lumière. Puis Edouard regarda longuement, au bas des haies touffues et grises qui bornaient l'allée, des pelotes de brindilles et d'épines, des petits paquets de feuilles sèches et jaunes.

Il s'assit sur une chaise de fer, devant le fourré, tournant à peu près le dos au discobole. Son cœur battait. Mais il avait beau fouiller sa mémoire, aucun souvenir ne revenait en lui. Ce fut dans l'ascenseur qui montait au deuxième étage qu'Edouard se rappela un son, un mouvement de son corps. Il se retournait. Il avait cinq ans peut-être. Dans le jardin du Luxembourg, au bas des marches, il lui sembla qu'elle l'appelait :

— Viens ! Viens ! Suis-moi !

Il courait. Il la doublait. Elle suivait la culotte courte grise. Elle parvenait à regagner du terrain. Il passait devant les statues des reines, détalait sous les marronniers. Il arrivait au jardin anglais, aux buissons, il se glissait derrière les chaises de fer, dans l'ombre, dans le buisson, pas loin de Massenet et de Branly.

Elle était à quatre pattes et elle le suivait. La terre était pleine de feuilles mortes, de cailloux, de crottes de pigeon. Les branches les plus basses étaient remplies de toiles d'araignées où des gouttes d'eau tremblaient.

— Il fait froid ici ! chuchota-t-elle.

— Oui, dit-il. Il fait froid.

Il trouvait que cette expression était la plus belle du monde. Ils se regardèrent tout à coup muets, dans l'ombre. Il désira répéter cette phrase qui lui paraissait d'une puissance exceptionnelle :

— Il fait froid ici.

Il risqua :

— Il faudrait une couverture.

Ils étaient seuls dans le buisson. Les grands fauteuils de fer immenses les protégeaient des regards des promeneurs. Personne au monde ne connaissait cette cachette. Ils étaient les premiers êtres qui découvraient cette ombre, ces feuilles mortes, cette terre. Il poussa un petit cri. Les pointes d'une bogue venaient de toucher son genou nu.

— Regarde ! chuchota-t-il et elle le regarda.

Il ouvrit la bogue avec difficulté. Il sortit le marron humide tout nu, luisant, brillant comme de l'eau. Il le lui donna.

Elle touchait sa main. Il ressentit que la main de la petite fille était mouillée. Plus que mouillée, étrange. Elle prit le marron, le tenait serré dans son poing.

Tout à coup apparut une flaque de lumière, à la limite des grands fauteuils de fer aux pieds bruns de rouille.

— Regarde ! dit-elle. Le soleil !

Il la prit par le poignet et ils marchaient à quatre pattes et ils avaient des feuilles et des toiles d'araignées plein les genoux, le dos et les cheveux. Ils se levaient, se nettoyaient en tapant l'une sur sa jupe, l'autre sur sa culotte courte et ses cuisses. Ils étaient en plein soleil. Ils étaient gênés d'être debout. Ils avaient les yeux éblouis.

— Salut ! dit-elle brusquement et elle disparut à toute vitesse.

Elle dormait. Elle avait senti Edouard qui venait se coucher auprès d'elle, son corps nu qui s'allongeait et se rapprochait d'elle, sa bouche lui embrassant l'épaule, sa main se portant vers son ventre. Dans son demi-sommeil, elle avait senti son corps s'appesantir. Sa main avait glissé sur sa cuisse, ses lèvres avaient glissé de son épaule, les doigts avaient changé de position, s'étaient alourdis.

Elle sentit que ses doigts se dénouaient dans ses cheveux, que tout son corps tombait dans le sommeil. Et c'est alors qu'il était descendu dans l'autre monde qu'elle s'était découverte tout à fait réveillée et qu'elle eut l'impression très nette qu'elle le désirait.

Elle resta sans un mouvement, sans pouvoir retrouver le sommeil. Elle pensa à son père et à sa maladie. Elle était allée à Marbella. La chaleur était insupportable. Avec l'aide de Muriel elle avait raccompagné son père dans la maison de Sologne. Muriel était restée près de lui. Seule, Laurence avait rejoint Quiqueville. « Edward » était là et dormait.

En pleine nuit, ils entendirent geindre sur la pelouse. Ils se réveillèrent. Edouard ouvrit la fenêtre. C'était Roza qui était ivre. Elle ne parvenait pas à retrouver la maison. Elle était à quatre pattes sur la pelouse et appelait sa mère. Elle avait voulu passer la soirée au casino le plus proche. Qui l'avait reconduite ? Edouard enfila un pantalon de toile, descendit, la porta jusqu'à sa chambre et l'allongea sur le lit. Il ôta ses souliers. Laurence défaisait ses jarretelles, roulait ses bas. Ils parvinrent à ôter l'imperméable et la robe. Elle sentait mauvais. Ils la glissèrent dans les draps. Elle entrouvrit les yeux. Roza dit avec beaucoup de difficulté en français :

— Saperlilopette ! Salerpipopette !

Laurence lui lava les yeux et la bouche puis elle alla remouiller dans la salle d'eau le gant de toilette avec lequel elle lui avait nettoyé le visage. Roza se pencha et se mit à vomir dans les mains d'Edouard.

Roza, tout en vomissant, parvint à se lever. Elle riait très fort. Soudain elle pissa debout et cela coula dans ses souliers qui étaient posés près du lit. Roza les montrait à Laurence et riait de plus en plus fort.

Edouard, tenant ses mains dégoûtantes au-devant de lui, était fasciné. Roza Van Weijden était ivre, puante mais paraissait enduite d'un halo de vie et de luminosité qu'il ne lui avait jamais vu. Comme une déesse recouverte d'or.

— Cela lui arrive parfois, chuchotait Laurence.

— Elle est complètement *ouillée*.

— Ça veut dire quoi, *ouillée* ?

— Cela veut dire qu'elle est remplie jusqu'à l'*œil*.

— C'est du belge ?

— Non. C'est humain.

236

L'été était médiocre. Le vent dispersait en rafales la pluie, entassait les nuages les plus noirs. Les gouttes de pluie avaient une odeur de poisson. On n'avançait pas dans le vent. On luttait en s'épuisant contre le vent et on ne progressait que de quelques centimètres. Les cheveux étaient poisseux de pluie salée, comme des petites algues. Ils étaient à l'Hôtel de la Plage. Le tapis grenat de l'escalier était crissant de sable et usé. La chambre était froide, les volets durs à mouvoir, pleins de rouille. Ils n'avaient pas allumé. Roza Van Weijden portait des culottes blanches de petite fille, en coton, très larges.

Sur l'un des miroirs de l'armoire à glace, il vit les ombres grises du lit défait, le reflet de sa nuque presque rase, de ses cheveux noirs. Elle était de dos. Elle faisait des exercices de gymnastique pour s'assouplir. Après qu'ils s'étaient aimés, elle faisait toujours ainsi et il en ressentait du dépit. La chambre était tapissée de fleurs de couleurs qui accroissaient le froid à force de chercher à être colorées et gaies. Un fauteuil était tapissé d'iris jaune et vert, les murs tapissés de roses et de grappes de lilas. Des rideaux à rayures jaunes et bleues. Sur la petite table de l'hôtel un pot à lait, blanc, deux tasses à café, un confiturier transparent rempli de confiture d'orange.

Il entendait le bruit de la mer, au loin, derrière les rideaux à larges rayures jaunes et bleues qu'ils avaient tirés. Il écoutait, beaucoup plus proche, derrière les rideaux tirés, le son de la pluie battant en rafales sur les volets de fer dépliés en partie. Les mouettes criaient, des voitures passaient. Edouard haïssait le bruit de la mer violente. Il avait peur. Il songeait au frère de Laurence qui se débattait dans l'eau en mourant. Roza et Edouard restaient très peu de temps ensemble. Il y avait des grains de sable sur le tapis et sur le parquet. Quand ils remettaient leurs chaussures ou leurs bottes de caoutchouc, en quittant la chambre, ces grains de sable crissaient très désagréablement et ils serraient leurs dents plus fort encore.

La première fois, dans le lit-cage en cuivre de la chambre d'hôtel jaune, bleu et vert, tout à coup embarrassé, il avait dit :

— Tu crois que pour Laurence...

— Tais-toi !

Roza avait fait le vieux signe de la jettatura. Elle le faisait sans cesse. Sans cesse elle tendait deux doigts en avant comme une sorte de fourche pour conjurer la mort qui guette dans l'heure qui suit.

CHAPITRE XIV

*On se dispute des dépouilles possédées dans des rêves
jadis, et cédées à des fantômes.*

Antoine Thomas

Roza et Edouard montaient le flanc de la petite
colline. Le vent rabattait sa jupe sur ses cuisses. Ils
s'arrêtèrent près du lavoir en contrebas de la colline bien
avant que la colline se rompît brusquement en falaise
sur la mer. Le sentier qui conduisait au lavoir était pure
poussière — un mélange d'argile en poudre et de sable
rouge. Il se perdait cinquante mètres plus haut entre les
buissons. Le vent froid ébouriffait les cheveux.

— Tu aimes les combats de boxe?

Roza Van Weijden releva sa jupe et trempa ses
jambes rougies dans l'eau du lavoir. Plus personne ne
venait à ce point d'eau. Il était épargné par le vent. Le
bosquet, à vingt mètres de là, servait à déposer des
bouteilles vides, des vieilles machines agricoles inutili-
sables, d'antiques machines à laver et de grands réfrigé-
rateurs aux portes bombées grandes ouvertes.

Roza et Edouard étaient allongés sur le ventre sur le

bord du lavoir, leurs vêtements défaits, entassés autour d'eux. Ils s'étaient aimés. Ils étaient nus et, avec des bouts de bois, jouaient à pousser des araignées d'eau dans les mousses brunes qui recouvraient le rebord humide — à pousser et à irriter des espèces de petites ablettes blanchâtres et très promptes qui lançaient de brusques reflets de lumière blanche dans l'eau sombre.

Roza — à plat ventre sur l'extrême rebord du lavoir — mettait à l'eau une petite goélette merveilleuse : une feuille d'hélicoptère au centre de laquelle elle avait planté un petit bout d'allumette. Roza appelait « hélicoptères » les akènes des sycomores. Edouard regardait ses seins qui s'écrasaient sur le bois mouillé et obscur, ses mains qui précautionneusement installaient l'embarcation de rêve sur l'eau. Il regardait un patineur d'eau qui s'approchait sur ses longues pattes fines. Il embrassait Roza au creux des reins. Dans l'ombre sur l'eau du lavoir une hirondelle happait un ou deux éphémères. Il faisait lourd.

Elle plissait les yeux pour voir. Laurence voyait mal. Elle ne portait pas ses lunettes. La scène était trop lointaine. Assise près d'une roche, à l'abri de genêts sans fleur, sans qu'elle pût être vue, cinquante ou soixante mètres plus haut, au-dessus du bosquet qui servait aux villageois de dépotoir, les yeux dans les feuilles, Laurence épiait deux petites formes nues et roses allongées sur le ponton de bois du lavoir.

L'une d'entre elles semblait se laver les mains dans

l'eau. L'autre se relevait, embrassait son dos puis ses fesses.

Alors, la forme féminine se retournait, parlait vivement à l'homme, en faisant de grands gestes, en lui secouant le bras.

Laurence n'entendait pas ce que Roza disait à Edouard. Elle voyait une bouche qui remuait, les mouvements des mains qui ponctuaient le propos véhément. Laurence s'efforçait de comprendre. Elle plissait davantage les yeux mais elle voyait de moins en moins distinctement les deux corps qui, maintenant, s'étreignaient.

Une larme, des larmes vinrent se mêler à ce qu'elle voyait et brouillèrent complètement, décomposèrent ces corps nus qui s'enlaçaient, désorganisèrent les mains de Roza Van Weijden qui s'étaient posées sur le sexe d'Edouard. Puis Laurence se laissa tomber, ramena ses genoux à son menton, se blottit dans l'ombre du buisson de genêt. Elle tenait ses deux mains sur ses yeux et sur son nez. Elle reniflait.

Il était sept heures du matin, à Londres. Il avait froid. Le jour était levé mais il ressemblait à la nuit : un brouillard jaune et noir qui engloutissait la ville en plein mois d'août. Il s'était juré que sa vie ne serait que joies, jouets, plaisirs et il éprouvait une espèce de mécontentement et de remords. Il tenait à l'idée toute flamande de la vie humaine conçue comme un dimanche éblouissant, continu, vorace, grossier, coloré, raffiné, minutieux. Sa gorge se serra.

Il loua une voiture, gagna Kilburn, se gara devant une cabine téléphonique en ruine. La rue pouvait inquiéter à force de saleté sans âge et de brouillard. Il poussa une porte qui ne reposait plus que sur un gond et enjamba le corps endormi d'une femme ivre. Sur chaque palier les lavabos ébréchés étaient pleins d'urine stagnante. L'odeur suffoquait. Par les carreaux brisés, la brume envahissait la maison. Comme des morceaux de coton ou de laine qui ne bougeaient pas.

Arrivé au quatrième étage, il ouvrit la porte. C'était un petit appartement de quatre pièces sans chauffage, sans électricité et sans eau, les murs pelaient, de vieux lés de papiers peints s'effilochaient, un lit glacé, les couvertures sentaient le moisi, des cartons entassés les uns sur les autres. Ces cartons étaient remplis de jouets difficilement écoulables et fabuleux. C'était une caverne d'Ali Baba que le quartier et la misère protégeaient plus sûrement que des portes de fonte et des combinaisons de coffre-fort. C'était sa réserve. C'était le trésor de la guerre qu'il menait. Il y venait coucher une nuit tous les mois.

Il fouilla dans les cartons. Il emmaillota pour Tom — qui devait rencontrer à midi un lord collectionneur d'automates — un joueur de billard à ressort, vert, noir et grenat, deux centimètres de haut, produit par Kellermann en 1920. Il emmaillota une marchande des quatre-saisons mécanique, jaune et brun, poussant son chariot bleu et rouge, 1890. Il emmaillota une vache noir et blanc à roulettes tirant un tombereau jaune, la tête et les mamelles articulées, une oie volante en tôle peinte en jaune avec moteur à spirale remonté par une clef, un rouge-gorge en tôle brun et rouge sortant et rentrant dans sa cage blanche tout en chantant. Il songea aux oiseaux de sa tante, aux rapaces, à ces jouets vivants et silencieux, ternes résidus des petits dinosaures du mésozoïque. C'était l'instinct de fondre et de ravir. Il acheta un duvet.

Le lendemain il roula jusqu'à Epping Forest, au nord de Londres. Il arrêta la voiture sur un chemin, ouvrit la portière et respira jusqu'à en être étourdi. Il marcha dans l'odeur puissante, trempée, âcre, terreuse des arbres, des feuilles, des mousses, des vers gras, des champignons. Il erra dans le bois en songeant à deux femmes. Il erra dans cette couleur presque bleue des arbres de neuf heures du matin jusqu'au coucher du soleil — c'est-à-dire jusqu'à ce que la clarté obscure et bleue se fût faite gris et jaune, puis marron et se transformât peu à peu en quelque chose d'indistinct et de noir. Il regagna pour la nuit Kilburn, se recroquevilla dans le duvet et s'endormit en écoutant les rats.

— Une glace! Une glace à deux boules! hurlait Adriana.

Adriana et Edouard léchaient une glace. Ils venaient d'entrer dans le zoo de Vincennes. Il faisait chaud. La petite Adriana voulait impatiemment qu'ils arrivassent aux singes. Elle courait devant lui.

Il s'assit sur un muret de ciment à quelques mètres d'elle, regardant les enfants et des religieuses jeter des arachides aux singes. Ils allaient de branche en branche, s'épouillaient, s'agressaient. Ils hurlaient. L'un d'entre eux, tout près d'Adriana, claqua des lèvres et tendit sa main. Adri hésita puis recula. Elle se tourna vers Edouard, l'air anxieux. Le singe continuait de tendre sa main au travers de la grille et il s'assit. Il regardait Adri les yeux mi-clos et en découvrant ses dents. Adriana hésitait à tendre sa main vers sa main. Elle courut plus loin à toute allure. Edouard n'aimait rien tant que les zoos. Il songea au zoo le plus beau qu'il sût au monde, celui d'Anvers, à deux pas de la gare centrale. Souvent, quand il avait quelques heures de libre, le dimanche, il parcourait Saint-Vrain, Attilly, Thoiry ou Emancé. La veille, ils étaient tous rentrés à Paris. Roza était partie conduire Juliaan à la gare : son père l'attendait à Heerenveen, pour les vacances. Laurence passait le week-end en Sologne, chez son propre père. Edouard avait refusé. Il était exclu qu'elle insistât pour qu'il l'accompagnât. Il avait la charge d'Adriana pour l'après-midi.

Soudain, il regarda autour de lui : Adri n'était plus là. Il fut pris de panique. Il bondit. Il la retrouva à dix mètres de là, masquée par un court monsieur qui portait un chapeau tyrolien. Elle avait le pouce dans la bouche et était en train de contempler, soucieuse, deux babouins hamadryas qui s'aimaient lentement et grognaient doucement. Le sourire de la Joconde de Léonard de Vinci, plus tendre, plus miséricordieux, flottait sur les lèvres de la femelle. Brusquement ils poussèrent un profond soupir et ils se séparèrent.

— Ne m'appelez pas monsieur.
— Il n'en est pas question un instant, Monsieur.

Monsieur est le patron. En vous prénommant j'aurais l'impression de ne plus vous servir en affaires. Je ne négocierais plus avec aisance. Et je n'aurais plus, chaque année, le plaisir de vous demander une augmentation.

— Ecoutez...

Furfooz lui prit le bras.

— Ecoutez : au moins tutoyons-nous.

— Il n'en est pas davantage question, Monsieur. Le tutoiement, cela sied aux scènes d'humiliation, aux insultes dans la rue quand on baisse la glace de la portière de sa voiture, aux scènes de ménage quand on se déshabille et qu'on se lave à l'instant de se coucher, aux surveillants pour punir les prisonniers ou les petits enfants, les petits élèves, les...

— Pierre, je dois vous dire que j'apprécie cette défense des tout-petits. Jésus a dit qu'à partir de cinquante centimètres on n'entrait plus dans le Royaume de Dieu.

— Peu d'appelés, peu d'élus.

— Non pas *peu* d'élus mais *pas* d'élus à partir de six ans pour les filles, à partir de huit ans pour les garçons. Le paradis est tout petit.

— Une descente de lit.

— Pas une descente de lit : une boîte à chaussures.

— Monsieur voit toujours trop grand. Pas une boîte à chaussures : une boîte d'allumettes.

— Tout l'univers est contenu entre l'ongle et le gras du petit doigt de Dieu.

— Hélas, Monsieur parle de la main gauche.

C'était le soir, chez Pierre Moerentorf, pour un dîner frugal, étrange. Pierre Moerentorf avait perdu une vingtaine de kilos. Il avait plu. La soirée était très fraîche. Edouard demanda une couverture. Moerentorf revint avec une couverture écossaise pleine de jaunes d'une étrange acidité.

Pierre avait posé sur la table de la cuisine un pin à feuilles quinées, en forme literati, battu par un vent immobile, à trois ramures superposées, dans un minuscule vase rose sculpté en . relief. Il avait soixante centimètres de haut. Moerentorf réfléchissait.

— Battu par un vent très ancien disait-il lentement, et qui a soufflé une fois en tempête, durant quelques secondes, il y a deux millénaires et trois siècles.

— Deux millénaires, trois siècles et quatre mois, dit Edouard.

— Deux millénaires, trois siècles, quatre mois et, à mon avis, une semaine.

— Deux millénaires, trois siècles, quatre mois, une semaine, à dix-sept heures trente.

Edouard Furfooz avait le bout des doigts frigorifié.

Le Lungotevere Pratici est bruyant, étouffant et sinistre. Les voitures défilaient et klaxonnaient dans son dos d'une manière persécutante. Il regardait le Tibre presque stagnant. Il s'arrêta. Les voitures dans son dos cornaient. Il regarda la berge grise et ensablée. Un bateau pourrissait sur place dans le petit cours d'eau jaune.

Il baissa la vitre de la voiture. Il allait rejoindre Laurence dans sa maison du Var. Il contempla les bouteilles en plastique, les poissons morts, une bottine de femme rongée, noire. Il songea à Francesca tout d'abord, qui venait enfin de signer à Rome et de verser le premier acompte, puis à Laurence qui l'attendait dans la maison au-dessus de Saint-Raphaël, à tante Otti enfermée dans sa maison Napoléon III de Chambord, à Roza Van Weijden qu'il n'avait pas vue depuis Quiqueville, à la petite Adri au zoo de Vincennes, qui avait tenu à écrire à un singe hamadryas dans le vide des airs avec beaucoup de gravité.

Il regarda l'eau jaune du Tibre et cette bottine noire à la limite de l'eau jaune. Il déplia ses doigts dans la lumière. « Oh ! se murmura-t-il à lui-même en remontant la vitre de la portière, nous sommes des erreurs. Des morceaux d'erreur errant parmi des grands fantômes et des jouets d'enfants. Chaque sexe, tout seul, est un très vieux jouet dépareillé. La lumière même du soleil est une sorte d'ombre. »

CHAPITRE XV

La vie lui est d'un poids énorme
Comme aile d'abeille morte
A la fourmi qui la traîne.

Ungaretti

— Les poumons sont à jeter.

Louis Chemin avait toussé dans le téléphone en disant ces mots. La douleur était venue sur elle deux heures après qu'elle eut raccroché, au point qu'elle dut s'asseoir. Elle était montée dans sa chambre. Laurence était dans la maison qu'elle possédait dans le Var, au-dessus de Saint-Raphaël. Son père avait un cancer des poumons. Il resterait dans la maison de Sologne tout l'été. De façon absurde, il lui avait ordonné de ne pas aller à Lausanne, de ne rien dire à sa mère. Il lui avait dit qu'elle était seule à savoir. Il entendait qu'elle restât seule à savoir. Et il désirait qu'elle ne vînt pas. Elle lui avait laissé Muriel. Il lui avait juré qu'il lui ferait signe quand il faudrait venir. Mais elle ne voulait pas de ce signe. Elle ne voulait pas venir. Elle ne voulait pas que l'idée même de la mort pour son père, pour elle, pour qui que ce fût au monde fût possible.

249

Edouard n'était pas là. Tous les hommes la lâchaient. Tous les hommes la trompaient. Le soleil donnait le cancer : elle le sentit peu à peu gagner sa peau. Plus jamais elle ne se montrerait au soleil. Jour après jour, la forme de Laurence Guéneau s'engloutit dans l'ombre des arbres et dans l'obscurité des pièces.

A Roza, à Adri, elle tint des propos étranges avec conviction. Le soleil tuait. C'était un petit feu très lointain et généreux et gratuit avec lequel on jouait jusqu'à ce qu'il s'étendît en lèpre sur le visage, sur les seins, sur le ventre. Elle avait lu cent articles sur l'ensoleillement et elle décrivait longuement à Roza et à Adri le dessèchement de la peau, la brûlure progressive, la desquamation, les débuts de la flétrissure et enfin l'inévitable nécrose où l'astre abandonnait. Entourée d'ombre, entourée de façon de plus en plus inquiétante de tubes d'huile, de filtres, Laurence se découvrit une capacité exceptionnelle. Elle prétendit qu'elle percevait à l'œil nu les rayons ultraviolets : les mélanocytes, une bonne part des cinnamates, quelques benzylidènes.

Dans l'ombre, le dos raide, des petites baskets noires aux pieds, les deux mains en avant elle s'approcha du piano. C'était aujourd'hui que devait arriver Ward. Elle s'assit. Elle mit à nu les touches du clavier.

Ward suivait le Var. Il s'arrêta, gara la voiture. Il marcha avec difficulté sur le grand lit de cailloux. Il cherchait des yeux les deux petits filets d'eau presque invisibles.

Il faisait très chaud et il en éprouvait de la gaieté. La

colline au-dessus de lui paraissait blanche. Il était las de conduire. Il avait longé la côte. Au sortir de Rome, il était passé par Civitavecchia et il ne s'était pas arrêté. La tête en plein soleil, assis sur les galets, les yeux fermés, il écoutait dans son dos le bruissement tenace et doux des bourdons dans les fleurs.

Quand il ouvrit les yeux ce fut l'Ombrie. C'était la lumière de l'Ombrie. C'était la Provence sèche, la cime déboisée et ronde, les pins sombres au tronc noirci comme sortant du feu, quelques oliviers, cette minuscule rivière ou plutôt ce lit de galets où, en tendant l'oreille par-delà le bourdonnement des bourdons dans les taillis, on entendait s'égoutter faiblement sous les pierres un souvenir de l'eau ou un appel très fatigué et très chuchoté vers la mer.

Il reprit la voiture, se perdit parmi les autoroutes. La Provence ne produit rien sinon des cubes de béton et des autoroutes. Autrefois la Provence produisait des fleurs, des personnes âgées, des incendies et des olives. Edouard ne nourrissait pas d'affection pour cette province mais il aimait la chaleur.

Il trouva enfin une villa féerique, dans un bois, au-dessus de Saint-Raphaël. Il était midi. Le portail était ouvert. Il parcourut en voiture une allée bordée de lauriers. Il déboucha sur des carrés de gravillons entourant une piscine, au pied d'une demeure du XIXᵉ siècle à deux étages et une tour à trois étages. Il n'y avait personne. Edouard s'arrêta devant un petit perron de deux marches. Il n'était pas descendu de la voiture que la porte s'était ouverte. Laurence surgit en maillot de bain noir, un bonnet de bain en plastique rose sur le crâne, des petites baskets noires aux pieds. Elle lui parut très grande. Les os du bassin et les côtes saillaient. Elle n'était pas bronzée. Les jambes étaient fines et blanches comme du lait. Elle n'arracha pas son bonnet de bain. Elle se précipita dans ses bras.

Il était allongé sur le bord brûlant de la piscine. Adriana, couchée sur un crocodile en caoutchouc, faisait traîner ses pieds et ses mains dans l'eau en chantant. De l'autre côté de la piscine il vit arriver Roza Van Weijden en courant. Il ouvrit les yeux tout à fait. Elle ôtait une robe de soie très décolletée en V, avec des grands pois violet passé, presque roses, et des petites manches et, complètement nue, se jeta dans l'eau.

Huit ongles de femme, puis huit doigts agrippèrent le rebord de la piscine. La tête de Roza Van Weijden, puis les épaules, puis les seins surgirent brusquement hors de l'eau. Elle ruisselait. Elle l'éclaboussa. Il cria. Elle était d'une beauté énergique, musculaire. Le regard brillant, robuste, couverte d'eau, elle se mit debout au-dessus de lui sur le ciment poreux et rosâtre. Elle posa le pied sur son ventre. Edouard cria et voulut l'attirer à lui. Mais arrivaient un costume de bain noir, des petites baskets noires, un chapeau de soleil enturbanné d'un voile gris, des lunettes noires, une paire de gants gris. Ce ne pouvait être que Laurence.

— Vous êtes tous des fous. Et le mélanome?

— Et le bistouri électrique? rétorqua Roza.

— Il me semble que je n'ai jamais trouvé un peu de chaleur humaine que dans les rayons du soleil, avoua Edouard.

— Imbécile.

— Crétin ! Stommerik ! Snotneus !

— Qu'est-ce que c'est, maman, la chaleur humaine ? demanda Adri.

Elle était remontée sur le bord de la piscine et était en train d'éplucher une feuille de mûrier. Elle déshabillait les fibres une à une. Elle s'adossa contre les genoux d'Edouard. Il ne resta bientôt que la corde centrale de la feuille du mûrier. Alors, longuement, les doigts verts de sève fraîche crispés sur la corde centrale, elle écrivait dans l'air.

— Dis-moi, ma vieille, peut-on savoir à qui donc tu écris ? demanda Edouard Furfooz au bout de dix minutes.

— A Dieu, murmura-t-elle tout en continuant sa tâche sans fin dans l'air brûlant.

Edouard Furfooz s'éveilla lentement, entendit un son qui était anormal, un bruit de gorge saccadé, comprimé. Comme un début de fou rire qu'on cherche à masquer en le comprimant dans son nez et dans sa gorge. Puis il comprit que c'était un sanglot. C'était désormais le refrain des nuits. Il bougeait dans le lit, déplaçait son corps, se tournait vers Laurence. Il ne supportait pas cette femme qui pleurait durant la nuit. Elle laissait allumée la lumière blanchâtre d'un photophore. Laurence s'était mise à redouter l'obscurité complète. Plusieurs fois Edouard se surprit à écouter ne pas dormir celle qui reposait à ses côtés. A donner toute son attention à cette fugue étrange, faite de rejets de souffles, de minuscules soupirs de quelqu'un qui ne dort pas.

Une heure plus tard, quand il se réveilla, c'était le bruit des larmes. Il étreignit celle qui sanglotait en silence.

— Qu'est-ce qu'il y a?

— Non. Rien.

— C'est moi?

— Non. Ce n'est pas toi. Tu ne peux rien faire.

Roza buvait dès le matin. Le tee-shirt de Roza Van Weijden s'auréolait de sueur entre les seins. Elle s'éloigna de lui. Il entendit le bruit du corps d'une femme qui s'écrasait dans l'eau de la piscine. Il vit un lézard qui courut à toute allure.

Enfant, les deux fois où il était allé en vacances en Italie, il restait des heures à contempler sur les tuiles chaudes, sur le crépi rongé du mur ces dinosauriens miniatures, ces vrais crocodiles de huit ou neuf centimètres traversant à toute vitesse une petite bande de soleil puis, immobiles, qui happent brusquement un homme transformé en mouche.

Il faisait très chaud. L'air était lourd. Le soir, on ouvrait la bouche pour respirer : on avalait du feu. Les bras nus, les jambes nues sous la robe, les cheveux noirs collés qui luisaient comme de l'eau — il désirait Roza.

Roza monta à sa chambre prendre sa dixième douche. Il l'accompagna. Ils s'étreignirent.

— Je veux... dit-il.

Il embrassait ses aisselles en sueur, ses épaules, ses

seins. Elle sentit contre son ventre trop précisément son sexe, le repoussa.

— Je ne veux pas ici, dit-elle.

Il se fit plus insistant. Elle s'emporta et le repoussa.

— Pas question ici. Pas chez Laurence.

— Roza, je pars demain! Je dois être demain à Lisbonne!

Edouard parut furieux. Il était ivre de chaleur. Son corps ne masquait pas son désir.

— Tu entends conserver deux femmes? Tu ne surestimes pas tes possibilités? A mon avis, tu serais bien inspiré de choisir.

— Je ne veux rien de tout cela.

— Tu as des torts envers Laurence. Commence par ne plus toucher Laurence.

— Quel temps fait-il? demanda Laurence.

— Il pleut. Une pluie fine, orageuse, dit Edouard en nouant les lacets de ses chaussures.

— Quelle heure est-il?

— Cinq heures et demie.

— Il fait jour?

— Non.

Laurence se leva, passa un chemisier de soie et enfila un jean, alla préparer du café, le monta dans la chambre.

— Je déteste la pluie. Tu t'habilles trop vite.

— Je ne m'habille pas trop vite.

— Tu pars tout le temps. Tu vis trop vite. Tu manges trop vite. Tu...

— Le soleil est trop chaud, l'océan trop mouillé, le ciel trop bleu, l'herbe trop verte, la vie trop courte. Tu m'embêtes.

Elle se tut, ramassa ses cheveux en arrière et les fit bouffer avec ses doigts.

— Tu es forcé d'aller à Lisbonne ?

— Oui.

Edouard était plein de colère. Sa colère cherchait une victime. Il avait juré à Roza de ne plus toucher Laurence et il avait passé la nuit avec Laurence. Il prit une cigarette dans le paquet de Roza Van Weijden qui était resté sur l'abattant du petit secrétaire de la chambre de Laurence.

— Tu fumes ? dit Laurence. C'est la première fois que je te vois fumer. Tu as tort de fumer à jeun. Mon père...

— Tu as tort ! Oui, j'ai tort. Je n'ai jamais eu de ma vie la conviction intime que j'avais raison. Ou alors je n'ai raison que quand je suis dans un train...

Il s'était mis à crier. Elle pleurait.

— Je n'ai jamais eu de ma vie l'impression d'arriver quelque part que quand je quittais une femme. Tu veux que je quitte une femme ?

Laurence pleurait silencieusement. Elle avait ramassé les cheveux sur son visage au point qu'Edouard ne pouvait plus voir ni ses mains ni son visage. Il ne voyait que cette boule blonde qui sanglotait en silence.

— On arrête, Laurence, dit-il. Tu reveux du café ?

La grande boule blonde hocha la tête.

— Deux sucres toujours ?

— Deux sucres toujours, dit-elle en écartant ses cheveux et en écarquillant ses yeux gris et dorés, sinon le café m'angoisse.

Il s'assit près d'elle, entoura de son bras ses épaules, enfouit son visage dans ses cheveux.

— Mon amour, lui dit-elle doucement, je voulais te dire depuis longtemps quelque chose. Cela pèse sur moi. Je t'ai vu avec...

Mais Adri criait dans l'escalier, bondissait dans l'escalier. Se dressa sur ses doigts de pieds, atteignit la clenche fraîche de la porte, la tourna, ouvrit la porte de la chambre, s'avança toute rouge, tout excitée et, tire-bouchonnant l'ourlet de sa jupe, cria à tue-tête, de même le soldat athénien encore couvert du sang des Perses, levant le bras au milieu de l'agora en annonçant la nouvelle de la victoire dans la plaine de Marathon :

— Il y a ton papa qui est mort ! Il y a ton papa qui est mort et qui veut te dire quelque chose !

CHAPITRE XVI

Le lit sera trop court pour qu'on s'y étende.
La couverture sera trop étroite pour qu'on s'en
couvre.

Isaïe

La chambre devint rouge. Laurence chercha à se
lever. Elle avait la main sur le dossier d'une chaise
bleu passé en rotin. Elle ne parvenait pas à se lever.
Elle avait extrêmement chaud. Elle entendait grésiller
la lumière. Roza arriva, gifla Adri, enlaça Laurence.

— Ton père... Cela ne va pas. Il faut que tu y
ailles.

Adri pleurait. Laurence s'assit par terre en faisant
tomber la chaise bleue sur laquelle elle s'était
appuyée. Elle se tassa par terre. Puis elle prit l'enfant
à l'intérieur de ses jambes. Elle la caressa. Elle pleura
avec elle, enfouissant son visage dans son cou, dans
cette odeur douce de crasse, de lait, de cheveux, de
sucre qui est propre aux enfants.

Puis elle éprouva ce qu'on entendait par le mot
« mort ». L'émotion vint sur elle — ou plutôt son sang
parut se cristalliser à ses tempes, dans son front, au

259

bout de ses joues, dans son dos, en des milliers de petites aiguilles. Elle se tenait toute droite. Elle disait :

— Mon papa !

— Je t'accompagne, dit Edouard.

— Non.

— Je t'accompagne, répéta-t-il.

— Absolument pas. Va à Lisbonne !

— Je t'accompagne, dit Roza, mais d'abord il faut que je confie Adri...

— Non, cria Laurence en se relevant. De toute façon Muriel est là-bas. Et puis je veux être seule. Je me donne une seconde et j'y vais.

— J'appelle l'aéroport. Je t'accompagne.

— Non et non. J'y vais en voiture. Je veux être seule. Je veux partir tout de suite et seule.

Ce fut son tour de prélever une cigarette dans le paquet que Roza avait laissé sur le secrétaire. Elle chassa brusquement d'un signe de la main Adri et Roza et prit Edouard par la tête, pleura dans son cou, trempa son cou, lui chuchotant que son père était mort.

— Je t'accompagne, répétait-il.

— Je n'ai pas envie, vraiment.

— Je te dépose en voiture. Je ne monte pas si tu ne le veux pas. Personne ne me verra.

— Ce n'est pas cela. Merci, Edward. Je n'ai absolument pas envie que tu sois là. Va à Lisbonne. Va à New York. Va à l'autre bout de la terre où tu es si bien chez toi. J'aimais mon père, Ward. Mon père m'aimait comme tu ne m'as jamais aimée. Je veux être seule avec papa.

— Papa !

Elle répétait ces deux syllabes. Laurence était partie aussitôt. Seule, au volant de la grande Mercedes blanche, elle pleurait en prononçant à haute voix ces deux syllabes si pauvres, si premières, si persistantes au fond de la gorge.

La lune était devant elle. Elle brillait à droite du pare-brise. Elle n'avait pas mangé de toute la journée. Elle avait pris des cafés. Elle était entrée dans une église en sortant d'un de ces cafés. Elle s'était agenouillée, avait joint les mains, avait prié le dieu immense qu'inventait sa douleur.

Elle tenait le volant à deux mains, la tête en avant. Elle enfonçait le pied sur l'accélérateur. Elle boudait. « La lune est à son deuxième quartier », se dit-elle. Elle approchait de la maison de Sologne. Elle songeait à Edouard. Elle avait faim. Elle était lasse, très lasse.

La grille était ouverte. Elle pénétra à vive allure dans le parc, parmi les chênes. Elle rêva de feu, de grand feu dans la cheminée du salon, de son père auprès de sa mère, de Hugues, d'elle, tous quatre devant le feu.

Elle pénétra dans la demeure, gravit le large escalier de marbre. Personne n'était là à l'attendre. Le silence et la nuit régnaient partout. Les grands massacres des sangliers, des loups et des cerfs jetaient leurs ombres obscures sur les murs. Le bruit de ses propres pas l'effraya. Non seulement elle faisait grincer le plancher mais, même sur le tapis, elle entendait sonner ses pas. Comme des clous qui pénètrent dans le bois.

Plus elle avançait, plus l'odeur tiède et fade, pourrissante, mêlée d'éther très faible, ou d'eau de Daquin très forte l'envahissait. Laurence, en passant, ouvrit la grande fenêtre du salon. Elle vit la pièce d'eau jaunie. Le calme du parc noirâtre vint vers elle. La nuit était pleine d'une douceur lumineuse. Les masses des platanes et des chênes étaient enveloppées d'une espèce de petite couche de cuivre. La lune était à son deuxième quartier. Elle s'avança sur le balcon d'honneur. Elle geignit en se penchant. Puis elle se laissa aller à gémir. Elle gémissait comme une petite bête blessée, comme un mulot pris au piège. En étreignant des deux mains la balustrade dorée du balcon, en balançant violemment d'avant en arrière sa tête, elle couinait.

— Madame !

Nicolas — le valet de chambre de Louis Chemin — avait posé sa main sur son avant-bras, la tirait en arrière.

— Madame, ne restez pas ici. Venez !

Nicolas referma la porte-fenêtre. Il la précédait. Elle regardait ses fesses qui montaient l'escalier devant elle. Elle trouvait ses fesses étonnantes.

Elle ne voulait pas monter l'escalier. Ils suivirent le couloir. Elle ne voulait pas suivre le couloir. Elle s'arrêta un instant, avait trop chaud, ôta son imperméable, s'appuya au mur. Nicolas revint sur ses pas, se saisit de l'imperméable et lui prit de nouveau le bras. Ils arrivèrent à la porte qui la terrifiait quand elle était une toute petite enfant.

— Non ! Non ! gémit-elle en pleurant.

Nicolas la poussa. Ils traversèrent l'antichambre. Une odeur de pharmacie et d'urine la prit à la gorge. Nicolas posa le manteau imperméable dans un des fauteuils. Ils pénétrèrent dans la chambre illuminée. Laurence hurla.

Il n'était pas mort. Elle réfléchit en hâte. Personne ne lui avait dit que son père était mort mais, dans le souvenir des mots que criait la petite Adriana, elle avait cru comprendre que son père n'était plus, et dans le souvenir des phrases que prononçait Roza elle avait eu le sentiment qu'il s'agissait de ces sortes de précautions ou d'euphémismes qui visent à apaiser les proches mais qui ne trompent pas un instant.

Son père la regardait hurler. Laurence hurla quelques instants encore, s'avança, se mit à genoux et prit les doigts de son père. Elle embrassa ces doigts. Elle ne voulait pas le regarder. Elle voulait partir. Elle ne supportait pas de lever son regard sur le regard de son père.

— Papa !

Sa main tremblait et il la leva dans la lumière. Il la passa lentement au-dessus de sa tête et caressa ses cheveux.

— Ne pleure pas, Laurence, chuchota-t-il.

Elle enfouissait sa tête dans le drap, pour ne pas sentir l'odeur, pour ne pas être là.

— Je t'aime, ma petite fille, lui dit-il. Tu es gentille d'être venue. C'est moi qui t'ai fait appeler.

Elle leva la tête et lui sourit derrière ses larmes. Ils se regardèrent.

— Je ne pensais pas te faire appeler. Je me suis toujours dit : je veux mourir seul...

Laurence s'effondra de nouveau en sanglots, enfouit la tête dans le drap, agrippa la main de son père qui caressait ses cheveux.

Il y avait une sorte de bourdonnement dans la chambre. La chambre était violemment éclairée. Son père renifla.

Le corps de son père, cette chambre, la pendule monumentale verte, les odeurs si fortes d'urine et d'éther qui se mêlaient, le pyjama bleu de son père, la présence de Nicolas puis l'arrivée de Muriel qu'elle alla embrasser — tout inspirait à Laurence une répulsion si violente qu'elle se sentit pétrifiée dans le dégoût comme si elle était devant un serpent inconnu ou quelque chose de monstrueux. Elle se sentit affreusement coupable d'avoir une telle horreur de son père quand il allait mourir.

— C'est ton frère que j'aurais voulu ici. Ce n'est pas toi.

— Oui, papa.

Elle pleurait. Elle ne parlait pas. Elle gémissait ses réponses.

— Tu l'aimais comme je l'aimais, n'est-ce pas ?

— Oui, papa. Mais je t'aime !

— Mais tu aimais Hugues ?

— Oui, je l'aimais. Je l'aimais comme tu l'aimais.

— Et c'est pourquoi tu es ici et que je puis mourir.

Il fit un signe avec l'index et le majeur de la main. Laurence releva la tête et regarda Nicolas qui se dirigeait vers la porte.

— Papa !

Elle embrassait la manche cotonneuse du pyjama de son père.

La porte de la chambre s'ouvrit à nouveau. Nicolas rentra avec un homme d'une quarantaine d'années qui portait une trousse de médecin.

— Parlez-lui, dit le médecin.

Laurence ne comprenait rien à ce qui se passait. Elle regarda Muriel qui détourna son regard, qui s'approcha. Laurence resta à genoux auprès de son père. Le médecin emplit une seringue.

— Je n'ai pas peur, répétait le vieil homme. Je n'ai jamais eu peur.

Laurence comprit soudain, examina tout avidement : la seringue, le pantalon de pyjama de coton bleu de son père que prit Muriel, qu'elle plia et qu'elle posa sur une douillette, les trois ampoules, la pendule verte, le vautour qui picorait le foie de Prométhée les deux bras enchaînés au cadran, Nicolas, Muriel plus loin, si blancs et graves, son père, les poils qui débordaient le bord des narines, la beauté stupéfiante, presque blanche, de ses yeux bleus.

— Buvez un peu d'eau, Monsieur, disait le médecin.

— Donne-moi l'eau, Laurence. L'eau.

Laurence ne comprenait pas ces mots qui s'égaraient les uns sur les autres. Muriel vint vers eux, tendit un verre d'eau à Laurence qui s'en saisit et qui l'approcha des lèvres de son père. Elle en renversa sur le drap et se sentit rougir. Le médecin passa sa main sous la nuque du vieillard et le tira en avant. Laurence porta le verre à ses lèvres une nouvelle fois. L'eau dégoulinait sur le menton.

— Je n'ai pas peur, répétait-il.

Tandis que Laurence tendait le verre à Muriel, elle en renversa encore un peu sur sa propre robe. Elle regarda sa robe : elle découvrit qu'elle était en jean. Elle espéra que Louis Chemin ne s'en était pas aperçu.

— Je n'ai pas peur. Je n'ai pas… répétait-il d'une voix très douce et effrayée.

Elle regardait son père mourir. Elle voulait partir. Elle

pria l'espace d'une seconde : « Oh! mon Dieu! Faites que mon père meure à toute allure! » Et elle le crut mort. Mais la gorge de son père se contracta. Après un petit spasme de la pomme d'Adam, une glaire siffla dans sa gorge.

Ce bruit persista et la gêna. Elle pensa s'évanouir. « Pourquoi *moi*, pensait-elle. Pourquoi me faire assister à ta mort? A ton suicide? » Il leva la tête. Il regarda en direction de la fenêtre. Son regard chercha quelque chose. Le médecin s'était assis près de la porte. Il attendait.

— J'ai chaud, dit Louis Chemin. Dis à Nik d'ouvrir la fenêtre.

Nicolas s'approcha, leva la crémone, ouvrit la fenêtre et revint près de Laurence. Laurence pleurait dans la manche du pyjama de son père.

— Arcturus est dans le ciel?

Laurence ne comprenait pas. La voix de son père s'élevait. Il parlait difficilement. Il répéta avec un peu de colère. Elle comprit : « Arthur russe est dans le ciel » et elle songea à la présence dans le ciel d'un spoutnik sans doute habité par un cosmonaute prénommé Arthur. Elle songea à la comète de Halley. Puis elle comprit.

Elle se leva, elle alla à la fenêtre et s'avança sur le balcon. Elle vit la pièce d'eau. Elle vit les chênes. Elle leva la tête. Pas un nuage. La lune était à son deuxième quartier. Elle chercha. Elle vit Arcturus qui brillait dans le ciel.

266

Elle revint, s'accroupit, enfouit la tête dans le coton bleu du pyjama et dit :

— Papa, Arcturus est dans le ciel.

Ce fut son père qui ne comprenait plus. Louis Chemin regarda sa fille avec un air égaré.

— Arcturus est là. L'étoile est dans le ciel. Arcturus brille, répétait Laurence.

Son père haussa les épaules.

— Je suis dans un tube noir.

Il souriait. Il remuait les doigts.

— Maman ! dit-il en lui serrant la main.

Il parlait avec difficulté.

— Papa, c'est moi. C'est Laurence. C'est ta fille. C'est ta petite Laurence.

Elle pleurait. Elle avait enfoui son visage dans la veste si douce de son père, sur la poitrine de son père. Elle pria, en l'espace d'une seconde : « Oh ! Je t'en prie, meurs plus vite que cela ! » Et elle le regarda. La pendule se mit à sonner onze heures. Laurence détourna les yeux, regarda le vautour, regarda Prométhée tout nu les bras tirés vers l'arrière. Elle songeait : « Papa, meurs ! Papa, tais-toi. »

Enfin la pendule se tut. Il y eut un moment de répit. Louis Chemin reprenait souffle. Son souffle s'égalisa peu à peu. Elle le contemplait intensément. Soudain, dans la lumière qui baignait son visage, elle perçut que son propre visage se décomposait dans les traits du visage de son père. Que son visage mourait. Que la ressemblance de son visage mourait.

Et elle cessa de le regarder mourir. Elle agrippa les petits cheveux blancs de la tête de son père. Elle enfouit son visage dans les draps. Elle étouffait. Mais elle ne voulait à aucun prix relever son visage. La ressemblance de son visage mourait. Elle sentit tout à coup qu'on détachait ses doigts de la main de son père. Elle leva les yeux au-dessus du drap. Le médecin détricotait ses doigts. Muriel l'avait prise aux épaules.

— C'est fini, Madame.

Elle se dressa elle-même. Raide, comme un mannequin avant d'entrer dans la salle, elle se recoiffa devant la cheminée, contournant la pendule vert et noir. Il était onze heures dix.

« Enfin ! Enfin ! » éprouva-t-elle.

— Votre chambre est prête, lui dit Muriel.

— Bonsoir, dit-elle au médecin, sans qu'elle lui tendît la main.

Il la salua. Il la devança. Il sortit.

Nicolas remit à Laurence une grande enveloppe où son père avait inscrit son nom. Elle la prit. Elle demanda qu'on lui préparât un dîner au salon. Elle dit qu'elle avait envie de vin rouge.

Elle ne put dormir dans sa chambre d'adolescente. Elle fit préparer un lit dans une chambre d'ami. Edouard l'étonna. Il l'appela de Lisbonne. Il avait interrompu une partie de billard dans le Pavilhao Chinês — un étrange café de Lisbonne dont il lui avait parlé, qu'il idolâtrait, aux murs couverts de petites étagères surchargées de jouets d'enfant, de poupées, de petites voitures. Au plafond de la salle de billard, une multitude de modèles réduits d'avions étaient suspendus, sans le moindre espace libre. Il abandonna la partie qu'il était en train de perdre contre John Edmund Dend, reprit l'avion pour Paris et retrouva Laurence le lendemain après-midi. Il crut qu'il fallait l'occuper nuit et jour. Tout au long des préparatifs des funérailles et des visites des familiers, ils firent des reversis et des crapettes dans les larmes, des parties de mikado dans les larmes.

L'enveloppe que lui avait remise Nicolas de la part de son père s'ajoutant à la part légale d'héritage, Laurence, en pleurant, confia à Ward qu'elle était « milliardaire en francs lourds ». Et aussitôt elle voyait ces deux yeux bleus presque blancs de son père quand il répétait qu'il n'avait point de peur, ce regard des petites bêtes surprises par un fauve.

Laurence ne voulut pas qu'ils partagent le même lit. Elle lui demanda qu'il acceptât de dormir dans la chambre qui avait été la sienne, quand elle sortait de l'enfance. Le soir, il lui faisait prendre des somnifères, il la bordait. Il murmurait auprès d'elle jusqu'à ce qu'elle fût endormie.

Edouard s'éveilla. Il avait entendu crier. Ce cri se répéta. Il provenait du parc. C'était la voix de Laurence. Il sauta de son lit, tomba en arrêt devant la porte de sa chambre, hésitant parce qu'il était nu, puis se précipita, traversa les salons les mains tendues en avant, heurtant les chaises, se guidant aux rebords des commodes et des tables, du piano à queue, dévala le plus vite qu'il pouvait l'escalier central, blanchâtre, sorte d'escalier de Chambord en réduction, en plâtre, aux moulures aussi

269

anciennes que celles de l'escalier en porphyre de la maison de la Korte Gasthuisstraat. Les marches étaient froides sous ses pieds. Son sexe l'embarrassait et battait entre ses cuisses. Le cri se répéta.

Il avait trouvé la grande porte entrouverte, avait descendu en hâte le perron, avait marché en frémissant sur les graviers glacés et pointus. La nuit était noire. Le vent le fit frissonner. Il avait froid. Il marchait absurdement, nu, dans la nuit, en direction d'un cri qu'il croyait reconnaître. Il lui semblait avec lassitude que durant toute sa vie il éprouverait cette impression si pénible d'être hélé, d'être halé comme une péniche le long d'un fleuve, au bout d'une corde inusable, au bout d'une corde aussi tressée et serrée qu'une natte. Toujours à la traîne d'un nom, de syllabes inintelligibles, d'un cri. Mais le cri s'était émietté dans l'air. Maintenant il n'entendait plus que le vent dans les feuilles des platanes et des chênes. Il entendit le hululement d'une dame blanche.

Le cri de nouveau retentit. Il provenait de la pièce d'eau derrière le massif. Il s'approcha. Sa cheville heurta le rebord du bassin et il ne put réprimer un gloussement de douleur. Alors il la vit.

Une forme jaune, une chemise jaune qui flottait dans l'eau. Il se précipita dans l'eau visqueuse, sur le sol glissant. Elle était sur le ventre, en chemise de nuit avec une veste de tailleur beige clair, les cheveux dénoués, la tête dans l'eau. Il agrippa cette forme ruisselante, l'enserra. Elle était glacée. Il la sortit de l'eau, la tira sur le rebord du bassin, la prit dans ses bras. Là, sur ses lèvres, il sentit qu'elle respirait. Il s'agenouilla pour mieux l'installer dans ses bras. Puis courut le plus vite qu'il lui fut possible vers le profil massif et noir de la demeure.

Il la réchauffa. Il frissonnait, il la désirait. Il passa par sa chambre, se vêtit pour que ce désir ne pût être visible. Il boitillait. La blessure que lui avait faite Antonella le faisait de nouveau souffrir. Il appela Muriel qui prépara un bain. Il frictionna Laurence avec une brosse dans le bain, demanda à Muriel qu'elle éveillât aussi Nicolas pour qu'il se mît en quête d'un médecin. Il approchait ses lèvres de cette bouche, s'attardait à sentir cette haleine si tiède, si triste, si légère. Il sentait le souffle doux qui sortait de ces narines, il plongeait les yeux ouverts, le nez dans la matière soyeuse et chaude de ce souffle qui était la preuve même de la vie de Laurence. Il aida Muriel à sortir Laurence de l'eau. Laurence avait l'air totalement absent, assise sur le rebord de la baignoire, un gant de toilette à la main, les paumes ouvertes, la bouche ouverte.

Edouard passa la main devant ses yeux. Laurence ne réagit pas. Ils la portèrent jusqu'à son lit. Il avait mal à la blessure faite à son ventre. Il la prit dans ses bras. Laurence ne réagissait pas. Il lui prit la tête et la posa dans son épaule et il sentit sur son cou des petites gouttes chaudes. Il lui dit :

— Pleure. Pleure.

Et ce fut, venu de très loin, un bruit de petits cris. Des espèces de piaillements qui ne venaient pas d'elle, qui montaient de nulle part. Puis elle détacha les bras d'Edouard, se détacha de lui, sanglota à plat ventre. Il la laissa pour aller boire. Les cris au loin devinrent perçants. On l'entendait crier dans la grande maison de Sologne. Edouard avait honte des cris de Laurence. Il montait la voir tous les quarts d'heure, rouvrait une à une toutes les portes. Il la retrouvait les genoux repliés touchant ses seins, tenant à la main toujours le gant de toilette. Il relayait Muriel. Il prenait des mouchoirs en papier, il la mouchait. Il nettoyait son visage. Il la caressait. Elle avait le visage aussi boursouflé, aussi plissé, aussi rouge, aussi peu séduisant et aussi vieux que celui d'une nouveau-née âgée de quelques minutes. Mais ses cris étaient si perçants et si inhumains qu'il la quittait de nouveau au bout de peu d'instants.

CHAPITRE XVII

Certains se nourrissent des parfums des fleurs, de racines et de pommes des bois. D'autres, par le moyen du regard. D'autres se nourrissent de chaleur. D'autres s'illuminent à force de penser.

Pline l'Ancien.

Il était à Dhahran. Il attendait un arrivage de jouets de provenance chinoise et vietnamienne. Il était monté loin au-dessus de la piscine, dans la palmeraie située au sommet de la colline artificielle.

Deux mois s'étaient écoulés. C'était la fin octobre, dans la lumière épaisse et délicieuse du Golfe. Laurence hurlante avait été hospitalisée dans une clinique de Neuilly. Elle ne hurlait plus : elle gémissait. Il vivait avec Roza. Il s'était pris de passion pour la petite Adri. Il meublait avec une passion égale l'appartement de l'avenue de l'Observatoire.

Au travers de la ramure des palmiers au-dessous de lui, il regardait les bungalows de ciment gris disposés en gradins. Le jardin de l'hôtel était lui-même en contrebas de la vaste piscine. La piscine était en contrebas de la terrasse. La terrasse était en contrebas de la palmeraie.

273

La piscine était carrelée de faïence verte. John Edmund Dend, sur le bord de la piscine, était en train de séduire deux jeunes Saoudiennes. C'étaient trois points minuscules et bleus sur le bord de la piscine.

L'eau était si transparente qu'elle jetait sur les peaux et la face émergée des baigneurs — presque tranchée à la surface de l'eau —, sur les corps de John Edmund et des deux jeunes Saoudiennes et sur les corps nus de ceux qui s'allongeaient sur la terrasse, loin pourtant au-dessus, une lumière d'outre-tombe. Une sorte de nacre enveloppait ces corps. Ils paraissaient des jouets fragiles et translucides, calcaires, friables, dorés. Soudain il lui parut que ces êtres ou ces jouets d'ambre ou de pierre allaient tomber en poudre. Ils allaient redevenir sable. Ces bungalows, cette piscine, cette palmeraie, cet hôtel saoudien formaient un escalier et il lui semblait que le pied d'un géant allait les écraser comme le fait un homme d'une feuille morte recroquevillée sur la chaussée humide, un soir d'automne.

La fenêtre du salon de Roza Van Weijden — qui donnait sur la rue des Poissonniers — était ouverte. Edouard sauta dans le salon, fit peur à Adriana qui contemplait des petits films publicitaires sur le poste de télévision en les accompagnant de ses chants. Il l'embrassa sur les deux yeux, posa sa valise. Ouvrit la porte de la chambre à coucher de Roza puis la porte de la salle de bains. Elle poussa un grand cri, l'embrassa, lui dit qu'elle était heureuse. Depuis combien de temps était-il là ? Elle s'étira. Elle lui lança son poing dans le ventre.

— Tiens ! Mets une cravate ! C'est l'anniversaire d'Adriana. Péquenot vient dîner !

Le prince de Reul était devenu un ami assidu de Roza Van Weijden. Ils étaient tous deux des êtres fanatiques de combats de boxe. Deux semaines plus tôt ils avaient entraîné Edouard au Palais Omnisport de Bercy. Edouard avait découvert les luttes de sumo — ces luttes d'obèses de légendes, de dieux colosses luisants et mamelus de plus de deux mètres de haut et de plus de deux cents kilogrammes volant sur le sable du podium, sous le dais en forme de toit d'un temple Shinto.

— Tu es tellement maigre, lui disait Roza. Je vais me reposer la vue.

C'était soudain le silence. Un dieu venait jeter une poignée de sel. Un autre dieu claquait vigoureusement ses mains sur ses cuisses. Un dieu arbitre brandissait un long éventail. Pierre ne supportait ni le sumo, ni Roza, ni le prince de Reul. Il avait prié Edouard de préserver le Siège de la rue de Solférino de la présence « loquace, bondissante et grossière » de Roza Van Weijden.

Edouard ne défit pas sa valise. Il ressortit aussitôt, cette fois par la porte. Il acheta des cadeaux, des gâteaux et des fleurs. Il ne mit pas de cravate.

Adriana grattait sa tête, près de la nuque, avec le majeur — le minuscule majeur. Elle était très contente du petit parapluie de poupée qu'Edouard venait de lui offrir. Elle l'ouvrait et le refermait sans finir. Elle chercha une idée. Elle prit le pouce et l'index et plissa le front juste au-dessus du nez pour le bourreler et former de cette manière deux grosses rides sérieuses. Elle est une personne vieille et savante. Soudain des deux doigts elle prend le petit parapluie et elle écrit dans l'air en formant des grandes lettres liées.

Edouard se penche vers elle et lui chuchote à l'oreille :

— A qui tu écris ?

— Chut ! répond-elle en s'appliquant.

Il consacra le début de l'hiver à aménager l'appartement de l'avenue de l'Observatoire. Il s'aimait peu. Il ne se donnait pas. Il s'ignorait volontiers. Il ne comprenait pas ce qui guidait sa vie. Il cherchait à ne pas se souvenir de Laurence hurlante. « J'achète ! Je vends ! », ces mots répétés en refrain étaient aussi laids et aussi fastidieux que les artichauts de Maurice Vlaminck. Le moindre instant libre, il l'utilisait à l'achat d'une nappe, d'un fauteuil, d'une statue, d'une table. Il voulait que tout l'espace fût suroccupé — tout entier à la convoitise d'avoir chaud. C'était un long appartement 1880, avec des couloirs étroits et sinueux, à bow-windows garnis de verres de couleurs — ce qui l'emplissait d'une lumière d'église humide et rouge.

Il fit refaire l'installation de chauffage. Il arrangea la salle à manger en sorte qu'elle fût typiquement flamande : trois verdures d'Audenarde anciennes hélas dans un état très usé, très jaune, sur les trois murs, entourées d'une large bordure à fond noir avec le chiffre CHS, une épée ondulée dite flamard et la devise NESPOIR NE PEUR du cardinal de Bourbon. Face à la tapisserie qui avait été fixée sur le mur le plus vaste, un buffet flamand médiocrement sculpté ; sur les deux murs plus exigus de belles porcelaines anversoises et brugeoises ; au sol un carrelage rouge et noir ; deux colonnes en entours de porte pour joindre la cuisine.

Ce n'était plus une femme qu'il aimait : durant un mois il fut obsédé de ce long et sinueux labyrinthe de cent soixante mètres carrés. Il le vêtit dans l'étoffe la plus épaisse qui fût. Il ne montra à personne cette espèce de capharnaüm dont il avait un peu honte : jardin d'hiver d'une vingtaine de mètres carrés regorgeant d'arbres, d'énormes statues rongées de mousse et de grandes statues en terre cuite plus orangées, plus douces, plus poreuses à la lumière. Pour passer d'un salon à un couloir, d'un couloir à une chambre, d'une chambre à une salle d'eau, il fallait avancer prudemment. Consoles de marbre Louis XVI, petits canapés asymétriques, défoncés, verdâtres, rougeâtres, blanchâtres, miroirs extrêmement ouvragés, verdis, flous et piqués, fauteuils anglais de bois peint, fauteuils Viollet-le-Duc en fonte verte, porcelaines de Meissen et de Sèvres diposées à même le sol, lampes en porcelaine polychromes sur les tables ou en pâte de verre, tableaux huileux des deux Empires dont les moulures inférieures à hauteur du visage entravaient la marche ou éborgnaient.

Sur tous les murs, sous les toiles peintes, des velours tendus, des tapisseries à pompons, de la soie peinte. L'essentiel était vert et rouge et plein de fleurs, de fougères, de potiches des Flandres, de faïences de Delft.

Plafonds gris, ou bleus, ou jaunes, stores à la vénitienne ou grands velours à embrasses, corniches peintes en bleu, en vert, en noir. Il mettait un soin infini pour que tout parût vieux, un peu sale, très lourd — aussi lourd que la main du Dieu des Juifs, ou que la main du Dieu des Akkadiens, ou que la main du Dieu des Solitaires, des Jansénistes et de tante Otti — La Hannetière, Chambord, 41250 Bracieux, Loir-et-Cher — s'appesantissant sur la nuque des hommes retranchés du clan ou de la grâce. Un appartement vert et rouge comme l'enfer. Même les cuivres étaient rouges.

— Un lot de tabatières, de dessus de montres, de boîtiers étranges, de boutons de King Set. Ou plutôt de Klingset.

— Vous voulez dire de Klingstedt? Vous voulez parler du plus grand peintre qui fût? Pierre, vous m'écoutez? Vous voulez parler de celui que l'Europe entière appelait le Raphaël des tabatières?

— Sans doute, Monsieur. Je lis Klingset sur la notice que j'ai devant les yeux.

— Quelles sont les années qui sont indiquées? Ce sont des grisailles?

Edouard Furfooz était pris d'une véritable excitation. Sa voix chevauchait. Il en oubliait la maladie de Pierre. Ce dernier lui répondit :

— Paris, années 1770.

— C'est lui. N'ébruitez rien. J'arrive. Il faut acheter le lot entier. A n'importe quel prix. Silence total. Ne marquez aucun désir mais surveillez. Surveillez, vous entendez, Pierre. Autrefois, je vous aurais dit : Envoyez illico douze tulipes rouges. Je veux bien aller jusqu'à 60 000 dollars. J'arrive.

Tandis que Pierre — toujours au téléphone —

278

détaillait les acomptes, Edouard songeait à cet homme qu'il avait rencontré à Londres alors qu'il ressemblait à un moine corpulent et chauve — presque un champion de sumo — et qui était devenu en trois mois long, hâve. Il était devenu comme la longue tige nue d'un narcisse dans un vase vide. Tout est tombé. Reste un vase vide, une tige, l'eau de la pourriture — dont la pourriture a formé comme un gel à la surface. Edouard Furfooz chercha à repousser cette image. Il avait le désir de raccrocher. En trois mois Pierre était passé de cent dix kilos à soixante-dix. Il craignit que Pierre eût ressenti l'impression qui venait de le visiter.

— Je ne vous ai pas dit que Péquenot me proposait un beau lot de santons. Philippe Soffet les achèterait aussitôt pour Chatou.

— Pardonnez-moi, Monsieur. Mais si Monsieur fait entrer le prince dans la société, c'est moi qui en sors.

— Ne vous inquiétez pas, Pierre. Monseigneur me propose un petit santon tout à fait exceptionnel, fabriqué par Ponce Pilate à la fin de sa vie, à Rome, tandis qu'il préparait, entouré de ses petits-enfants, sa crèche pour Noël.

— Monsieur est d'une extrême drôlerie dont je le remercie.

— Vous ne saviez pas que Ponce Pilate était bricoleur? Les mains toujours pleines de glaise ou de colle de poisson? On raconte qu'il était contraint de se laver fréquemment les mains avant d'entrer au...

— Monsieur est vraiment d'une extrême et irrésistible drôlerie. Je puis assurer Monsieur que je suis en ce moment littéralement plié en deux devant mon poste téléphonique. Monsieur me permettra-t-il de raccrocher pour reprendre mon souffle ?

— Ne prends plus l'avion.
— Tu es où, Laurence ? Tu appelles d'où ?
— Ne prends plus l'avion.
— Qu'est-ce qui te prend ?
— Je sens que tu tombes. En ce moment tu tombes. Cesse de prendre l'avion. J'ai peur. J'ai peur que tu meures.
— Tu délires. Tu veux que je te passe Roza ? Il est deux heures du matin.
— Promets de ne plus prendre l'avion et je raccroche.
— Mais c'est impossible ! Je te passe Roza.
— Quand tu es dans l'avion, je tombe. Je suis forcée de m'accrocher à un bras de fauteuil. Et je dis durant des heures : il meurt !
— Mais tu l'espères ? Je te passe Roza.

Le psychiatre qui la suivait avait estimé qu'elle était en état de rejoindre son appartement. Roza et Edouard y allèrent le lendemain dans la fin de l'après-midi. Laurence Chemin — Laurence, après la mort de son père, avait décidé de reprendre sans attendre le jugement de divorce le nom qu'elle portait jeune fille — avait le visage tendu, les yeux effrayés, rouges, les lèvres amincies, crispées. Même, elle avalait ses lèvres en parlant. Edouard songea à ces poupées de Berlin des années 1850. Le public leur avait donné le nom de « Charlotte congelée » tant elles évoquaient par leur brillant et par

280

leur apparence figée la légende de la ravissante petite fille morte de froid pour avoir voulu mettre sa belle robe d'été un jour d'hiver. Il songea qu'il n'était pas sûr qu'on s'abritât vraiment de la mort en mettant une laide robe d'hiver en hiver.

— Non ! Non !

Laurence repoussait Roza en lui serrant le bras, un sanglot cassait sa voix sans cesse, elle disait avec sa voix rompue en pleurnichant :

— Tout de même c'est moi qui l'ai aimé le premier. C'est moi qui l'ai aimé la première. Il n'y a que moi qui l'aime ici.

— Tais-toi.

— Alors explique-moi : pourquoi veut-il me tuer ? Pourquoi prend-il l'avion ?

Roza enfouissait son visage dans le cou de son amie, l'embrassait. Se séparant d'elle, tout en la tenant par l'épaule, pour que son amie ne la vît pas pleurer, elle cherchait sur une table basse un paquet de mouchoirs en papier.

Edouard ne voulut pas rester. Puis, avec deux infirmières, Muriel et le secours infatigable du chauffeur, avec enfin le consentement du médecin psychiatre qui ne voyait dans les symptômes que présentait Laurence qu'une légère dépression convenable et comme appropriée à la mort d'un père, Roza emmena Laurence dans sa maison de Quiqueville.

Les ascètes n'étaient plus hirsutes. Ils avaient des chignons qui ressemblaient à l'Empire State Building.

281

Un dimanche après-midi, alors qu'il se trouvait à Chambord — jour où la parole était libre dans ce sévère Port-Royal des Falconidés — Edouard évoqua auprès de sa tante la mort du père de Laurence et la dépression nerveuse de la jeune femme qu'il avait aimée. Tante Otti farfouilla de la main dans la boîte à gâteaux — la règle n'imposait aucune limite à l'usage des signes de la bonté de Dieu — et dit tout à trac en grignotant une tuile cuivrée :

— Mais qu'elle vienne ici, mon petit ! J'aime bien ton amie. Qu'elle vienne sans infirmière. Je la recueille quand tu veux.

Edouard en parla à Roza — et tous deux en parlèrent à Laurence. Elle accepta sans un mot, en souriant. Ce fut son premier sourire. Puis elle replongea dans la douleur. Ils la conduisirent et l'installèrent. Muriel et le chauffeur logèrent à l'hôtel. Peu à peu, sans qu'elle renouât beaucoup avec les goûts qu'elle avait avant que son père ne mourût, elle alla mieux, parla davantage. En revanche elle était sale, vêtue d'un jean immuable, d'un tee-shirt noir et d'une veste en velours côtelé jaune qui avait appartenu à Louis Chemin et dont elle avait roulé les manches. Elle se mit à sucer son pouce. Elle fit venir deux cents packs de bière amère. « Au cas où Edward viendrait », expliqua-t-elle à tante Otti. Elle croyait en Dieu, parlait avec vénération d'Ottilia Furfooz comme s'il s'était agi d'un directeur de conscience qui ne passait pas la moindre vétille mais qui était juste. Enfin elle voulut un chat.

Roza lui procura un persan blanc, très doux, très méprisant, comme revêtu de soie. Laurence appela aussitôt Edouard.

— Edward, je ne sais pas comment l'appeler.

— Appeler quoi donc?

— Je ne sais pas comment appeler le petit chat.

Finalement « Pouce » fut son nom. « Minnekepoes » est le petit nom du chat en Flandre. « Pouce ! » avaient coutume de dire les enfants quand ils souhaitaient d'arrêter de jouer. Il souhaitait d'arrêter de jouer. Il vint un matin, très tôt. Il sut brusquement en voyant Laurence qu'il fallait qu'il s'éloigne à jamais du souffle dangereux et à certains égards mortel qui s'était substitué au souffle si doux qui s'échappait jadis de ses lèvres nues. Il n'y avait qu'un poète qui fût sur terre. Et il avait la chance de vivre quand il était vivant. Il s'appelait Rutger Kopland. Il était né à Goor, en 1934. Il vivait à Groningue et venait parfois à Anvers. Ils parlaient la même langue. Edouard récita tout haut, en néerlandais, ce vers de Rutger Kopland :

> *Wie wat vindt heeft slecht gezocht.*
> (Qui trouve a mal cherché.)

Laurence le tira par la manche et, mettant le doigt à ses lèvres, fit signe de faire silence. C'était jour de silence. Laurence respectait scrupuleusement la règle aussi simple qu'elle était stricte que tante Otti avait instituée dans son ermitage. Laurence lui montra du doigt, près de la porte de la cuisine, la petite corbeille d'osier où le chat reposait, tout blanc, comme des cheveux de vieillard, une petite boule de neige, une moustache de Père Noël. Edouard s'agenouilla et se dit que son nom n'aurait pas dû être Pouce — encore qu'il fût gros comme Tom Pouce — et qu'il aurait dû suggérer à Laurence de le nommer Tithon. Il se souvint

283

d'une tabatière qu'il possédait dans le tiroir de la commode, dans sa chambre, à Anvers, dont l'avers portait en médaillon Tithon jeune, d'une beauté si éblouissante que l'Aurore l'enlève, et sur le revers Tithon devenu une cigale pathétique avec des cheveux blancs et une barbe blanche dans une petite cage d'osier. La légende disait qu'Aurore était allée trouver Dieu. Elle avait obtenu l'immortalité pour son amant sans qu'elle eût songé à spécifier qu'elle fût accompagnée d'une jeunesse éternelle. Alors, l'Aurore, toujours identique à elle-même, toujours neuve, retrouvait chaque jour un homme de plus en plus vieux et de plus en plus ratatiné et de plus en plus fragile au point qu'elle avait été contrainte de le mettre, pour ne point l'égarer, dans une corbeille d'osier. En se promenant, elle l'accrochait à la branche des arbres. Il y devint cigale. La déesse pleurait le souvenir d'un corps et de ses faveurs. Ses larmes, touchant la terre, inventaient la rosée.

Edouard ne pouvait nier que la rosée fût liée à l'aurore — qui naissait dans l'entrebâillement de la porte de la cuisine et qui avait trempé ses pieds et le bas de son pantalon quand il était sorti de la voiture. La clarté blanchissait peu à peu la fourrure du petit persan blanc. Ce qu'Edouard admirait dans les chats — au contraire des chiens ou des amis ou de lui-même — était qu'ils ne cherchaient pas à plaire. Ils n'étaient pas comme ils croyaient qu'ils devaient être. Ils sont. Ils se taisent comme à jamais, comme définitivement. Ils triomphent. Même quand ils dorment, ils triomphent. Il se redressa. Il ouvrit la porte pour se promener près du château avec Laurence. Sur le pas de la porte de la cuisine, parmi les feuilles humides arrachées par le vent, écrasées dans la rosée, il y avait un petit papillon inopiné, un petit papillon d'hiver, gros comme un pétale de bleuet. Il le lui montra du doigt.

— Dieu ! Dieu ! dit Laurence.

Puis elle mordit ses lèvres parce qu'elle avait rompu le vœu en parlant. Elle engouffra son pouce dans sa bouche.

Edouard entraîna Laurence devant le château blanc. Il n'y avait pas de brume. Le palais grand et laiteux se détachait lentement dans la lumière de l'aurore. Ils s'étaient approchés du plan d'eau qui accroît le Cosson sur un kilomètre. Il regardait l'eau. Puis il vit Laurence regarder derrière elle, de tous les côtés, s'assurant que tante Otti ne pouvait pas la voir et elle rompit le silence.

— Elle ne veut pas que je fasse venir un piano !

Il lui expliqua quelle avait été la vie de sa tante, les travaux du musicien Schradrer sur Monteverdi, combien il y avait peu de chances que son désir fût réalisable. Et tandis qu'ils rentraient tous les deux vers la petite gare Napoléon III de la Hannetière, alors qu'ils longeaient la levée de l'étang du Périou, il se souvint d'une petite fille aussi petite que Pouce, que Tom Pouce ou que le dieu Tithon. Une petite fille qui portait une robe bleue comme les pétales des bleuets. Un petit bout de femme avec une robe bleue. Une robe bleue devant un piano pourpre. Un piano où il y avait marqué en lettres d'or : PLEYEL.

Cette petite fille, le dos de cette petite fille pleuraient. C'étaient d'immenses sanglots.

— Je ne veux plus faire de piano. Maman m'a fait mal. Je ne mettrai plus jamais les doigts sur un piano.

Il lui avait juré qu'elle ne ferait plus jamais de piano,

qu'il la défendrait, qu'il étranglerait sa mère (elle n'y consentit pas), qu'il assourdirait à jamais la musique, qu'elle ne mettrait plus jamais les doigts sur des touches d'ivoire. Et lui-même arrêta du jour au lendemain — lui semblait-il —, à la surprise de tante Otti, le piano. En arrivant à la Hannetière, il eut le désir de demander à sa tante ce qu'il pouvait y avoir de vrai dans ce souvenir qui remontait en lui. Et si elle se souvenait du prénom de cette petite fille que revêtait une robe bleue, qui portait des escarpins, et qui avait une natte. Il s'approcha d'elle mais c'était jour de silence. Elle mit son doigt sur la bouche tout en se détournant de lui.

Pierre Moerentorf avait installé près de la fenêtre de l'ouest, dans l'appartement de la rue de Charonne, trois petits pins bonsaïs hauts, respectivement, de dix, de vingt et de trente centimètres. Le moins élevé était le plus proche de l'ouest. Pierre Moerentorf avait beaucoup maigri. Le soir, si amaigri et faible qu'il fût, il s'asseyait en lotus, il priait.

Il s'assit en lotus. Il ferma les yeux. Il murmura comme chaque soir : « O dieux des morts qui jouez au go en buvant du saké sous les pins ! O extrêmes vieillards qui habitez le royaume du crépuscule ! O extrêmes et minuscules vieillards qui jouez au go en buvant du saké sous les pins à l'instant où le soleil meurt ! Allongez mes jours ! »

Les yeux fermés, il lui semblait qu'il se recroquevillait. Il lui semblait qu'il s'endormait sur un centimètre carré de terre de l'extrême Occident, au pied des deux

vieillards qui jouaient au go en buvant du saké au
pied du plus petit des pins.

Edouard traversait le Luxembourg pour rentrer
dans son nouvel appartement de l'avenue de l'Observatoire. Traverser le jardin du Luxembourg, traverser
son enfance, c'était une seule et même chose. A la fin
des années quarante tante Otti habitait sur la place
du théâtre de l'Odéon, au numéro 4. Chaque fois qu'il
traversait le Luxembourg, comme jadis chaque matin,
chaque soir, lorsqu'il allait en classe ou revenait chez
sa tante, il observait passionnément au bas des haies
touffues et grises des allées des brindilles, des plumes,
des feuilles sèches, des paquets de cigarettes vides, des
trésors abandonnés par mégarde par des légionnaires
de l'empereur Julien, par des Vikings de Rollon, par
le maréchal Sperrle ou par la reine Marie.
   C'était presque un tic. Il avait l'impression qu'il
cherchait depuis l'enfance quelque chose au bas des
taillis, quelque chose de petit et de précieux, qu'il
allait être grondé, et peut-être mis à mort, s'il ne le
retrouvait pas au plus tôt. Ou il lui semblait qu'une
main, au-dessus de lui, désignait quelque chose dans
l'ombre qu'il ne voyait pas. Il en était mortifié.
   Il est vrai qu'une fois, jadis, traversant le jardin du
Luxembourg, la petite condisciple de l'école de la rue
Michelet avait montré du doigt un reflet de clarté
dans les buissons. Elle avait été plus rapide que lui.
Elle avait dégagé, accroupie, un petit fragment
d'émail bleu, ou de laiton, un morceau de lumière.

Elle n'avait jamais accepté de le lui donner, quelques prières qu'il lui en fît.

Il avait une pomme de pin. Elle pleurait. Edouard la guidait par la main vers les fourrés qui sont à l'ombre de la statue de Théodore de Banville. Il se mit à pluvioter. Elle avait des escarpins noirs vernis couverts de boue. Plus elle reniflait, plus elle traînait, plus il la tirait, tirait sa main pour qu'on ne les vît pas.

Puis il eut le courage. Il leva le bras. Edouard entoura avec son bras le dos de la petite fille et la serra contre lui. Alors elle se tourna vers lui et pleura le front contre sa bouche, le nez dans son chandail.

— Il y a la pluie, disait-il. Les chandails vont être mouillés.

Il sursauta : un ballon rose crevé — un vieux ballon rouge usé qui avait blanchi — vint s'échouer à ses pieds. Il y avait aussi une boîte de craies avec des vieilles craies grises, poudreuses. Le ballon crevé avait tout à coup de nouveau sursauté. Edouard lui-même avait de nouveau sursauté : c'était un chat qui avait surgi et qui fila entre ses jambes. Son cœur battit. Il hâta le pas. Il approchait de la grille centrale qui donne sur l'avenue de l'Observatoire. Il était en train de se dire que les animaux n'avaient pas le droit de pénétrer dans le jardin du Luxembourg.

Elle le tirait par la manche de son chandail mouillé et informe. Elle lui disait qu'elle partait. A vrai dire il ne savait plus ce qu'elle lui disait. Son père était nommé au consulat de Tombouctou ou à l'ambassade de Berne ou bien ils retournaient en Tunisie. Ou à Lima.

Il ne voulait pas entendre ce qu'elle lui expliquait en parlant avec ses mains. Elle disait qu'elle était triste. Il ne la regardait pas. Il voulait qu'elle se taise. Il laissait tomber son ballon par terre. Il courait. Il courait. Il se retrouvait devant chez elle, avenue de l'Observatoire. Puis devant chez lui, place de l'Odéon. Il voyait trouble.

Il crut qu'il allait tomber. Il était tout à coup devenu rouge comme sont les crêtes des coqs. C'est ainsi qu'il se souvint une nouvelle fois qu'il avait aimé une petite fille, et qu'il découvrit que la petite fille sans visage, sans mains, sans nom — avec des escarpins noirs, ou des grosses chaussures jaunes avec des lacets défaits, une robe bleue, une natte — il avait même une impression de cheveux mouillés, très mouillés — avec une barrette de bakélite ou de jade en forme de grenouille avait habité avenue de l'Observatoire. Il se laissa guider par le souvenir. Son pied buta contre une grande porte vitrée. Elle avait habité dans l'immeuble qui était contigu à celui où il venait de commencer de vivre.

CHAPITRE XVIII

Le hasard seul a-t-il les yeux ouverts sur les mortels ?

Euripide

Charlemagne, fils de Pépin le Bref, était un homme tout petit. Jamais il ne porta la barbe. Il avait la voix grêle et une chevelure qui était abondante et blonde. Il fut fidèle durant toute sa vie aux rives de la Meuse. Quelque effort qu'il fît, il ne parvint jamais à écrire les lettres de son alphabet. Ce grand homme d'Etat était nain, polygame, superstitieux, dévot, craintif...

Roza était penchée en avant et lisait au-dessus de l'épaule d'Edouard. Il ne l'avait pas entendue venir.

— Tu lis ta vie ? demanda-t-elle. Au fait, le samedi 4 on va chez Péquenot.

Roza éclaira plus vivement la partie du loft où Edouard s'était réfugié. Elle empoigna une chaise et monta dessus. Tendant les bras en l'air, elle ôta les punaises qui retenaient une grande affiche annonçant un combat de catch.

291

— Le samedi 4, je suis là. Mais on avait promis à Adriana...

— Il n'y en a plus que pour Adriana. Le prince est plus important qu'Adriana.

— Je vais demander à Adriana si elle est moins importante que le prince.

— Tu m'ennuies. Tu aimes plus ma fille que moi.

Il alla trouver Adriana. Adriana n'était pas dans sa chambre. Il entendit du bruit dans la salle de bains, passa la tête. Adriana faisait couler un peu d'eau tiède dans la baignoire. Elle tapotait l'eau dans la baignoire pour en vérifier la température, soutenait doucement le baigneur en celluloïd sous la tête et le faisait glisser, en se dressant sur le bout de ses doigts de pied, sur le fond de la baignoire. Elle savonnait vigoureusement les jambes, penchait la tête en arrière pour lui laver les cheveux sans que le savon vînt à piquer les yeux.

Elle le sortit de l'eau. Elle l'essuya sur ses genoux puis, brusquement, cria :

— Où est le talc ?

Elle laissa tomber le baigneur par terre où il rebondit sur la tête. Elle courut vers le salon en hurlant à l'adresse de sa mère :

— Où est rangé le talc ?

Le coiffeur aida Pierre Moerentorf à enfiler une blouse en nylon bordeaux.

Il s'assit dans le fauteuil. Il entendait le bruit des ciseaux autour de lui. Deux fois par semaine, il venait se faire polir le crâne. Il songea : « Rasa et sida. Paraître et

292

mourir. » De minuscules fragments de poils plurent sur son nez et ils le chatouillaient.

Il voyait son visage. Il regardait devant lui sa tête épaisse, plus proche de celle d'un vétéran de la Légion étrangère que d'un homosexuel shintoïste malade. Il dînait le soir même avec Edouard Furfooz. Il songeait en regardant sa tête dans le miroir du salon de coiffure : « Maman prenait mon visage dans ses deux mains quand j'étais malheureux. Caresser un visage, est-ce contagieux ? » Il aperçut une petite larme d'enfant naître à l'un de ses cils, et rouler doucement, de façon irrégulière pour s'arrêter à un fragment de poil, près de sa narine. Et, elle aussi, elle le chatouilla. « Une larme, est-ce contagieux ? »

Le coiffeur égalisait les sourcils, passa le rasoir autour de l'oreille, balaya le cou avec un blaireau. Balaya les narines. Effaça la larme menue. Pierre Moerentorf se leva, lui donna deux pièces de monnaie et lui tendit sa carte de crédit.

Il rentra rue de Charonne. Il pria devant les trois pins longuement. Puis il se dévêtit, prit une douche, s'habilla. La sonnette vrilla. Il alla ouvrir. Edouard lui tendait deux paquets. Une tarte à l'orange. Des marrons glacés. Pierre Moerentorf détestait l'idée qu'on glaçât les marrons. Les marrons avaient une âme. C'était comme si Edouard Furfooz lui avait offert à grignoter les mains d'un enfant recouvertes de sucre semoule. Ils dînaient dans la cuisine blanche de Pierre Moerentorf.

— Il fait un froid à fendre pierre, dit Edouard.

Pierre leva les yeux et répondit sur un ton lugubre :

— Monsieur s'entend si bien à me faire rire.

— Je voulais dire qu'il fait un froid intense.

— Je ne vois pas que Monsieur ait les oreilles bleues.

— Je suis transi.

— Je vais monter le chauffage électrique.

Pierre se leva, s'approcha du radiateur, actionna la petite manette, tendit une nouvelle fois à Edouard les filets longilignes de canard en magret.

— Méfiez-vous de Péquenot, dit Pierre. Il bat sa femme. Il lâche Matteo Frire. Un jour vous recevrez un coup de poignard pendant votre sommeil.

— Avant tout, supprimer Matteo. Je songerai après au prince.

— Monsieur, il faut vendre Londres. Sans Perry, le chiffre se tasse.

— Non.

— Voulez-vous de la sauce verte de nouveau ?

— Non.

— Il est indispensable d'aider Renata à Rome. La boutique est surchargée. Peut-être vous faudra-t-il de nouveau acheter à Florence. Monsieur n'aurait pas dû céder si aisément devant Francesca. Les banques italiennes...

— Je vais attendre, dit Edouard sèchement.

Ils se turent. Edouard finit le petit filet rouge du canard.

— Monsieur, je voudrais vous demander une chose.

— Je vous en prie, Pierre.

— Pourriez-vous prendre mon visage entre vos deux mains ?

Edouard fut décontenancé. Durant quelques instants, il ne sut que faire. Puis il tendit les mains au-dessus de la table et les posa sur les joues de Pierre

Moerentorf une minute. Pierre Moerentorf tenait ses yeux fermés. Il ouvrit les yeux et regarda Edouard Furfooz.

— Je suis si seul, dit Pierre.

— Vous aussi ! répondit Edouard en souriant.

Edouard regarda sa montre, dit qu'il était l'heure pour lui de rentrer, que pour Londres il prendrait l'avis de John Edmund et de Frank, qu'ils se reverraient après l'Althing.

Il invita le prince au restaurant. Edouard payait toujours. Il n'avait jamais su donner. Il est vrai que le prince de Reul ne se faisait pas prier. Il est vrai aussi qu'il était si riche que l'argent avait du mal à se séparer de lui. Il fallait toujours qu'il eût plus. Il était de toutes les fripouilleries. Il lui dit que la dépression de Matteo Frire était si grave que les décisions qu'il prenait étaient devenues aussi languissantes que floues. Il désirait travailler avec lui.

Le prince tapa avec force le fourneau de sa pipe sur le cendrier de verre que le serveur avait posé près de son assiette. Edouard sursauta.

— Oui, oui, répondit-il.

Il sursit à l'embauche du prince. Il voyagea. Il était en Allemagne après qu'eut lieu l'incendie de l'usine Sandoz de la Schweizerhalle. Il était descendu de voiture. Il dévalait avec précaution un remblai qui conduisait à la rive. Il tomba nez à nez avec l'immense boue rouge de chlore et de soufre qui se déversait dans le Rhin, descendant lentement, inexorablement — à trois kilomètres à l'heure — vers la mer, vers Rotterdam. Il en fut bouleversé.

Il vit, dans l'odeur d'œuf pourri, les saumons morts, les cygnes morts, les algues pourrissantes, les canards morts, les anguilles mortes, les hérons morts, les petits crabes d'eau douce morts qui défilaient devant ses yeux sur l'eau rouge. Il alla jusqu'à téléphoner à sa tante Otti, à la solitaire du parc de Chambord, disant qu'il avait presque eu le désir de prier. De prier pour les fleuves comme elle priait pour les autours, les secrétaires et les faucons.

— Je ne prie pas, lui répondit-elle de sa voix précipitée et grave dans le combiné du téléphone. Ce n'est pas prier qu'il faut, mais haïr. Il faut haïr les hommes. Où est la différence entre un fleuve dont les hommes ont le soin et un égout ? Entre l'Europe et un seau d'ordures ?

Il voyagea en Suède, en Norvège, en Pologne, en RFA. Il fit provision pour l'hiver. Il meublait son appartement de l'avenue de l'Observatoire. Il entassait des capitons, des poufs à franges. Il acheta un paravent de Piero Fornasetti, *Didon pleurant parmi les cartes à jouer,* bois laqué, deux mètres sur deux, 1953. Les pompons se mirent à pulluler dans l'appartement de l'avenue de l'Observatoire comme des souvenirs de manège : embrasses à pompons, accoudoirs à pompons, galons de Van Lathem, miroirs ornés de passementerie, chaises en fonte à glands vert et or.

Mais il ne put supporter tant de chaleur et de lourdeur dans sa chambre à coucher. A son retour d'Allemagne il la transforma en une chambre à coucher nue, blanche comme une cuisine, avec un petit lit d'enfant perdu contre un mur et une poire pour éteindre la lumière.

A un mois on mesure cinq millimètres. A deux mois trois centimètres. A trois mois sept centimètres. A quatre mois, on mesurait treize centimètres et on pesait cent cinquante grammes. C'était la fin. L'enfance s'arrêtait là. Le gigantisme, la mégalomanie, l'angoisse prenaient le relais alors. A partir du double décimètre, c'était à hurler de prétention, de ridicule et de douleur. Les fleuves étaient en sang. La terre elle-même ne tournait plus tout à fait rond. Dans la part minuscule du ciel qui était le sien, elle oscillait sur son axe comme une toupie à l'instant de s'immobiliser. Elle dessinait autour du soleil une espèce d'ellipse ultime et chancelante. Il était possible que le désespoir de Laurence eût raison. C'est du moins ce que pensa Edouard à son retour de RFA. Il fallait se hâter. Il fallait réunir l'Althing plus tôt qu'il ne l'avait prévu, bien avant la fin de l'exercice, avant même que l'année finît, avant même son départ pour Tokyo.

L'Althing, chez les anciens Islandais, c'était l'assemblée annuelle, l'instance et le moment où on réglait les querelles, où on évaluait les amendes compensatrices des meurtres, où on fixait les projets qu'on escomptait pour l'année neuve. Edouard convoqua d'urgence l'assemblée. Cette année-là Edouard désigna pour site de l'Althing — non pas l'extrémité Nord du lac Olfusvath des temps anciens — mais la place du Grand-Sablon. Bien sûr Pierre Moerentorf ne vint pas ni, pour la première fois, Francesca ni Perry. Mario, Pietro, Frank, Solange de Miremire, Philippe Soffet, Tom, André Alaque se réunirent dans la boutique de Bruxelles. John Edmund Dend vint de Dhahran. Ils amenèrent à terre les drakkars — les vieux dreki à proue de dragons. Ils plantèrent l'étendard autour duquel ils amassèrent précautionneusement le butin. Edouard partagea. Il dit qu'il serait absent de nouveau vingt jours au cours desquels il ne serait pas joignable. La princesse de Reul — en remplacement de son mari — fut reçue à la dernière séance, au moment de prendre le café.

Sous la lampe, les mains longues, ridées, sèches et jaunes de tante Otti pliaient une nappe blanche qu'elle venait de repasser. Ses mains tapotaient longuement la nappe pour que n'y subsistât aucun pli. Puis, aussi longuement qu'elles l'avaient tapotée, elles la lissaient. Il crut qu'il l'entendait chuchoter en lissant la nappe :

— Considérez les oiseaux du ciel, ils ne sèment point, ils ne moissonnent point et ils n'amassent rien chez les antiquaires mais le Père qui est au ciel, et qui est entouré d'oiseaux, les nourrit. Mon neveu est tellement pire qu'eux !

Mais c'était jour de silence. Edouard sentit qu'il s'agissait là d'une pure hallucination due à un excès de thé (deux tasses).

Laurence était assise par terre, près de l'âtre, le dos raide, les lèvres pincées, silencieuse, les cheveux tirés en chignon. Ses yeux d'or regardaient dans le vide. Elle releva le col de sa veste en velours côtelé.

Tante Otti renversa tout à coup tasse de thé et théière sur le carrelage. Elle ne redressa pas le visage ni le torse. Elle demeura le nez sur le plateau par terre.

— Ma tante, n'es-tu pas bien? cria Edouard à sa tante en néerlandais.

Laurence s'était levée. Elle avait le visage effrayé. Le doigt sur les lèvres, elle lui faisait signe de se taire. Edouard prit sa tante par les épaules. Tante Otti resta la tête penchée, couchée sur le plateau pour murmurer elle-même, rompant le silence :

— Ce n'est rien, ce n'est rien, mon petit. C'est comme une sorte de fatigue. Un petit vertige...

Elle balbutiait ces mots. Elle eut un peu de salive qui coulait de ses lèvres. C'était un mélange de balbutiement, de thé et de silence. Il s'agenouilla. Le petit persan Pouce, tout blanc, était arrivé pour voir ce qui se passait. Il s'offrit à lécher le thé répandu sur le sol. Edouard avait porté son visage à la hauteur du visage de sa tante. Très lentement elle dit tout bas, le grand chignon écrasé sur la boîte des gâteaux secs :

— Chut! Mon petit! Ne rompons pas le vœu de silence. Regarde Laurence. Je veux bien une petite bière. C'est comme un de ces éblouissements qu'on a quand il fait chaud.

Le lendemain, à six heures, il put les avertir qu'il partait pour Tokyo. C'était jour de papotage à l'ermitage de Chambord. La mère Angélique possédait un nouveau fume-cigarette violet, seul sacrifice au goût du temps et aux mœurs du siècle. Une même passion pour les cimes, les hautes coiffures et les vols solitaires l'habitait. Tante Otti allait beaucoup mieux. Ils prenaient tous trois un café dans la grande pièce du bas de la Hannetière. Ward eut envie d'allumer une lampe puis décida de tout laisser — jusqu'à sa gêne — dans la pénombre.

— Je ne savais pas que tu allais partir, dit Laurence. Roza t'a dit ?

— Qu'est-ce qu'aurait dû me dire Roza ?

— Que j'allais mieux. Je ne m'occupe plus des bêtes. Je te remercie.

— Laurence, je n'ai pas vu Roza. De quoi pourrais-tu me remercier ?

— Roza m'a dit que tu ne prenais plus ni le train, ni la voiture, ni l'avion.

— Mais, Laurence...

— Comment vas-tu à Tokyo ? Tu vas à pied ?

— Ne t'inquiète pas, Laurence.

— Ce n'est pas trop fatigant ? A pied ?

— Ne t'inquiète pas. Pour être tout à fait franc j'y vais aussi en chaise à porteurs et sur une cigogne.

— On se reverra ? On ne se reverra plus jamais ?

— On se voit.

Ce fut Laurence qui alluma. Elle était debout, le cou cassé vers l'arrière, très raide. Elle tremblait. Muriel et le chauffeur ne venaient à la Hannetière qu'à partir de huit heures et demie. Laurence tirait avec force le fuseau noir qu'elle avait mis en se levant, le tirant entre ses fesses et sur son sexe comme une enfant de cinq ans. Elle cherchait visiblement à envelopper son ventre et à le faire saillir. Elle s'absorba dans la contemplation douloureuse de son ventre.

Au bout de dix minutes, elle pleura. Son visage était tout à coup terrifié. Au point qu'Edouard se retourna vers la porte qui donnait dans la cuisine, cherchant ce qui suscitait cet effroi. Il n'y avait rien. Cet effroi était intérieur. Elle avait les yeux battus. Elle était amaigrie.

— Je n'ai pas dormi. Je voudrais dormir, dit-elle, et ses yeux se mouillèrent.

Tante Otti marmonna, se leva, la serra contre elle. Les larmes de Laurence s'échappèrent tout d'un coup tandis qu'elle disait en sanglotant :

— Je n'arrive plus à faire pipi...

Le fuseau était trempé. Ils la lavèrent. Ils la couchèrent. Quand Muriel et le chauffeur furent arrivés, Edouard partit. Tout en roulant dans le jour gris et humide qui entourait la voiture, Edouard ne cessait de voir se refléter une pauvre image : quand ils l'avaient couchée après que tante Otti l'eut aidée à se déshabiller, Laurence Chemin avait le dos meurtri par les bretelles de son soutien-gorge trop serré. Cette petite ride rougeâtre dans le dos et sous les seins lui paraissait d'une tristesse poignante et incompréhensible. Comme une ride sur le sable humide quand la mer se retire.

Par le hublot il vit les îlots blancs. Il arriva à Tokyo dans un froid extrême. Il prit un taxi qui sentait le pruneau d'Agen. Il renifla avec joie ce pruneau d'Agen perdu à l'extrémité du monde. Il ne vit de Tokyo qu'un grand village en papier où fourmillaient les petits jardins pris sous le gel blanc.

Il demanda au chauffeur de taxi de l'attendre un

moment. Il poussa la porte, traversa une épicerie puis un appentis plein de sacs de riz et de vieilles jarres, s'agenouilla, salua, conserva son visage caché entre ses mains : il était en face du plus prodigieux artisan de l'ancien Japon. Ils chuchotèrent.

Il reprit le taxi qui sentait l'odeur des pruneaux de la ville d'Agen. Enfin le taxi s'arrêta. Edouard paya et descendit. Il s'engagea dans une ruelle.

A la sortie de la ruelle, en plein Tokyo, il y avait une longue maison en bois, couverte de chaume gris, qui était vide et qu'il avait louée pour un mois. Il y resta quinze jours, dans l'hébétude du froid et en compagnie d'une vieille théière. Il dormait sous un édredon matelassé de toutes les couleurs.

Il ne sortit que pour assister aux préparatifs du Marché de l'An traditionnel. Tous les artisans du Japon montaient à la capitale durant un mois et mettaient aux enchères les objets miniatures servant de talisman pour l'année. Nul ne savait où il était. Il s'enveloppait d'un grand manteau de serge verte fourrée que lui avait prêté la propriétaire de la maison au long toit de chaume. Il allait dans le parc de Kannon. Puis il rentrait et dormait.

Il y fut heureux. Il envoya de nombreuses fleurs meurtrières. Il avait mis à nu le réseau de Matteo Frire et mis à profit la maladie qui s'était abattue sur lui. Il creva çà et là la chair. Il commença aussi à désosser un peu.

Il réfléchit mais il réfléchit en vain à ce qu'il poursuivait sans le comprendre. La propriétaire venait le visiter tous les deux jours, par pure courtoisie, accompagnée d'une jeune femme qui faisait le ménage.

302

Un jour, dans un anglais très lent et difficile à suivre, elle essaya de lui raconter, à sa demande, les aventures du petit Poucet japonais. Elle le nommait « Issun bôshi ». Il était haut comme un pouce. Un dé à coudre lui servait tour à tour de bateau, de bol et de chapeau. Une aiguille lui servait de godille, de baguette ou d'épée. Avec l'aiguille il terrassait une fourmi. Il avait 1 234 ans. Un sanglot de femme lui était un océan qu'il traversait en plusieurs mois dans son dé à coudre.

— C'est vraiment moi, disait Edouard Furfooz à la propriétaire en s'inclinant sept fois. Vous êtes très aimable de faire mon portrait.

CHAPITRE XIX

Nous ressemblons à ces enfants qui courent après la bulle qu'ils ont soufflée dans l'air.

Gryphius

Il rentra par Venise. Il retrouva le froid, la pluie, la lumière tout à la fois glacée et cotonneuse de l'hiver sur la lagune et sur les ponts. L'empire de Matteo Frire s'effondrait de façon irréparable. Edouard savait que Matteo était alors à Florence, où il se reposait. C'était le dimanche 14 décembre. C'était la Sainte-Ottilia. Il appela Chambord brièvement. En attendant la tonalité, il s'approcha de la vitre du café. La pluie voilait le palais des Doges d'un voile presque noir. Il coucha chez Pietro, maître doreur dans le ghetto juif, dans le Cannaregio. Ils commentèrent l'Althing. Edouard l'entraîna manger des petits pigeons à la broche près de l'Arsenal. Ils portaient chacun un parapluie — qui est comme le symbole de Venise pour peu qu'on laisse de côté les bottes en caoutchouc. Ils virent les lions. Ils allèrent jusqu'à l'entrée de l'Arsenal, montèrent sur le pont en bois. Ils avaient bu un peu trop de vin blanc. Ils eurent l'impression, dégoulinant d'eau sur le pont, le parapluie à la main, de contempler une mare, une ruine de petit port qu'un enfant a édifié avec du sable et des verroteries rongées et adoucies par l'eau de mer et des vieilles algues et des bouts de pinces de crabe — et que la mer montante avait commencé depuis longtemps d'engloutir.

Il gagna Marco Polo. Deux heures plus tard il était à Paris et retrouvait l'appartement de l'avenue de l'Observatoire.

Il se mit à genoux, ajouta une bûche dans le foyer, frotta ses mains tout en soufflant sur les braises. Une flamme blanche tout à coup jaillit. Il recula brusquement son visage. Il se releva. La lumière blanc et or du feu, intermittente, mobile, joua sur les lourdes reliures de la bibliothèque, sur les piles de catalogues pelliculés entassés sur le bureau, sur les cuivres des tringles et des lampes, sur l'eau des miroirs. Il était heureux et oppressé. Il ne parvenait pas encore à s'installer tout à fait dans l'appartement et à y vivre. Il se sentait inapproprié et trop seul. Il accumulait des horreurs si ahurissantes qu'elles lui paraissaient des splendeurs.

Il s'accroupit de nouveau, près de la porte vitrée, déballa une vaste pendule en porphyre violet et noir surmontée du dieu taureau enlevant Europe dénudée parmi des tritons de cuivre vert. Il la porta sur le manteau de la cheminée — qui était en marbre vert et bleu. Le reflet du feu, le reflet de la scène luisante dans le miroir sombre en accroissaient les dimensions et la lourdeur.

Il but une bière amère. Il songea à cet appartement

acheté sur l'injonction silencieuse d'un fantôme d'enfant. Edouard était exaspéré d'avoir acquis ce lieu sous pareille domination. Il songea au mot « phagocyter ». Il songea : « Nous sommes des larves. Les appartements sont nos fourreaux. Des sortes de fourreaux faits de pierre et de soie que, larves désespérantes, larves sans métamorphoses suffisantes, nous tissons autour de nous dans le dessein de nous défendre de nos congénères et avec l'espoir de protéger nos différentes mues dans le sommeil, dans la sexualité et dans l'âge. Des larves grossières en train de chitiniser leurs fourreaux. Atterrées devant la mue de la mort. Durant quarante ans j'avais tellement raison de ne vouloir à aucun prix un lieu qui soit à moi. »

La salle de bains particulièrement l'angoissait. Pourtant il aimait cette salle ancienne et jaune, jouxtant un cabinet de toilette sombre, lourd, tendu de velours rouge, avec des vieux miroirs dans le reflet desquels on ne pouvait se raser, à peine se peigner, deux vieilles tables qui branlaient, jaune et noir.

Chaque matin, c'est là qu'il venait rêver devant une tasse de café. Il attendait que le courrier susurre sous la porte. Il se précipitait. Il déchirait des enveloppes. Il assistait au naufrage d'un ami et il n'éprouvait pas exactement l'exultation qu'il en avait attendue.

— Un autel portatif en tôle avec ciboire.
— Non.
— Une crucifixion articulée à ressort.
— Avec émission de cris ?

— Non.

— Alors je n'achète pas.

Edouard Furfooz entendit au téléphone le rire nasillé et devenu si grêle de Pierre Moerentorf. Pierre se contraignait à rire. Edouard se contraignait à paraître drôle. Tant de gaieté touchait à la tristesse de l'agonie. Edouard répugnait à le voir. Il l'appelait plus souvent. Pierre était si affaibli et si maigre, et si anxieux, qu'il lui avait demandé de lui procurer un peu de cocaïne. Edouard n'avait pas répondu à sa demande. Ils s'esclaffaient. Edouard ajoutait dans un hoquet de rire :

— Nous pouvons nous passer du sang mais nous ne nous passerons pas des cris.

Le matin, quand il couchait chez Roza, il aimait retrouver sur le plancher du vaste salon du loft les jouets encore nocturnes, les jouets délaissés de la petite Adri. Petite éponge jaune durcie, stylo bleu sans capuchon ni encre, balle en mousse orange si légère.

Ou encore, avant qu'il se levât, l'enfant en grimpant sur le lit, agrippant le drap, martyrisait les corps des dormeurs. Ses cheveux chatouillaient la figure. Dans la nuit noire, à quatre pattes, elle enfonçait le genou sur la joue, sur le sexe, sur le nez, sur le ventre et réveillait douloureusement.

— C'est moi, disait-elle tout bas.

Sans doute entendait-elle par là qu'il ne s'agissait pas d'une descente de police ni d'un paquebot transatlantique en train de s'échouer dans la chambre à coucher.

Roza s'éveillait. De grandes scènes rhétoriques,

rituelles, fréquentes, virulentes naissaient alors. Tout était motif de discorde. Le refus d'Edouard de faire du deltaplane, le refus d'Edouard de s'installer dans le nord de l'Europe, le refus d'Edouard de porter une cravate, le refus d'Edouard de faire de la politique, le refus d'Edouard d'arrêter de boire de la bière commençaient à passer pour des écarts impardonnables aux yeux de Roza Van Weijden.

Fin décembre, il avait été décidé que ni Adri ni Juliaan ni Edouard ne mangeraient plus de sucre. Roza prescrivit aussi qu'il fallait déguster deux douzaines d'huîtres deux fois par semaine, le manque de zinc plongeant dans la démence sénile.

Roza Van Weijden était toujours en retard. On dînait à vingt et une heures trente, ou à vingt-deux heures. Les yeux d'Adri se fermaient. Edouard venait moins fréquemment au loft de la rue des Poissonniers. Roza haïssait l'appartement d'Edouard qui ne lui avait pas demandé le plus petit conseil quant à son aménagement. Elle le trouvait vieux, sale, laid, « pelucheux », victorien, « lourdingue. »

Roza lui demanda de venir passer avec les enfants la semaine qui suivait Noël dans les Alpes bernoises. Edouard refusa.

— Ce soir, dit-elle, six huîtres par personne, deux œufs durs avec une salade de pissenlit.

Le peuple — Adri, Juliaan et Edouard — se mit à murmurer.

En dînant, Roza vanta les mérites du vin de Provence et couvrit de ridicule la bière. Edouard s'en choqua et le lui dit. Ils buvaient à l'excès. Quand ils criaient, Adriana se cachait dans le décrochement du mur.

Edouard Furfooz se leva dans la douleur. C'était Noël. Il était seul dans le long appartement de l'avenue de l'Observatoire. Huit mille hectares de sapins venaient d'être abattus. Il songea à tante Otti. Tout à coup il eut du mal à déglutir et porta ses mains à son cou. Il sentit qu'on tordait cent douze millions de fois le cou de cent douze millions de dindes.

— Un vrai Noël, avaient ordonné Roza et Juliaan.

Il sortit dans un jour tiède et porta jusqu'à la voiture de location de grands paquets. Matteo Frire venait d'être contraint de mettre en vente son entrepôt de Liverpool. Edouard hésitait à racheter, la crise aidant, une petite usine dans le Limbourg, à trente kilomètres de Hasselt. Usine pour ainsi dire neuve, mise en faillite. C'était le président du Vlaams Economisch Verbond, un ancien ami de son père, qui l'avait appelé. Il tergiversait pour savoir s'il rapatrierait le trésor de Kilburn. Le 22 décembre ils avaient à trois reprises dépassé le record du 29 mai 1984, date à laquelle chez Sotheby's, à Londres, une poupée Marcy de 1690 avait atteint cent quatre-vingt-cinq mille francs (six tulipes blanches).

L'appartement sentait le gâteau de pomme de terre. Roza lui mit entre les mains le verre de porto. Il le donna à Adriana. Adri s'approcha de la cheminée, ne voulut pas. C'est Juliaan qui prit le verre et le lança sur la bûche. Adriana pleurait. Edouard lui fit secouer le sapin mort plein de poupées miniatures, de petites pommes de sucre rouge, de bonbons, de jouets. Quand tout fut à terre — et à peu près toutes les aiguilles — ils s'assirent à même le tapis et déchirèrent à l'unisson des papiers de couleurs.

— Magnifique ! hurla Adri.

— Tu aurais pu mettre une cravate, dit Roza.

— Pas mal, dit à voix basse Juliaan.

— Qu'est-ce que c'est ? dit Roza.

— C'est un calao bicorne empaillé qui m'a tapé dans l'œil, dit Edouard. Oh ! Quelle bonne surprise ! Je te remercie pour cette belle cravate, Roza !

— Tu la mets.

Il la mit, se leva pour embrasser Roza et la retira. Il s'assit près de Juliaan. Il lui avait offert — encore qu'il craignît que cela ne parût un jouet de petit garçon, c'est-à-dire un jouet humiliant aux yeux de l'adolescent de treize ans — le nouveau train électrique Marklin à l'échelle de 1/200. Edouard prit entre ses doigts la merveilleuse petite locomotive de quatre centimètres noir et rouge — presque bleu et rose sous la lumière de l'abat-jour.

Juliaan dégagea le circuit, les aiguillages, le programme de télécommande. L'écartement des rails était de 6,5 millimètres. Juliaan et Edouard se mirent à plat ventre et travaillèrent.

Roza le poussait du pied pour qu'il vînt boire avec elle. Juliaan dit qu'il prendrait un grand verre de lait. Edouard dit qu'il ferait comme lui.

— Tu as été nourri au biberon. Je parie un billet de deux cents francs que tu n'as pas été nourri au sein.

Edouard se retourna et leva les yeux vers Roza.

— En effet. Pourquoi dis-tu cela ?

— Parce que ton cœur est un objet inerte.

311

Il s'assit et il tâta son cœur, palpa longuement.

— Non. Je ne crois pas, dit-il. Tu dis vraiment des choses désagréables.

— Au centre de ta vie, il n'y a que des jouets. Au centre de ta vie, il n'y a que du métal, du verre, du bois, du plâtre, de l'écaille...

— Non. Il y a de la peluche.

— Tu vois. Ce n'est pas de la peau ! Tu emboîtes le pas à mon raisonnement. Tu cours. Tu avoues. Allez ! Levez-vous. Tous à table. Les huîtres vont refroidir.

C'était le lundi 29 décembre. Edouard allait chez Pierre Moerentorf. Edouard fouillait dans ses poches pour payer le marchand de marrons à l'angle du petit pont qui mène à Notre-Dame. Edouard n'avait pas vu Roza depuis le 26. Il essaya de manger un marron. Il jeta le sachet brûlant dans le caniveau.

— Je me « désabuse », marmonnait-il. C'est le brasero, c'est l'odeur. C'est le plaisir de sentir les marrons brûlants dans le sachet. C'est l'attribut de l'hiver et la tristesse du temps. C'est *maronner* tout seul dans l'hiver...

Il sonna. Il tendit à Pierre un petit bosquet d'épicéas plantés sur une pierre, quarante-deux centimètres de haut, deux cent vingt ans, dans un plateau ovale en laiton.

Pierre avait encore maigri. Il pesait soixante-huit kilos. Edouard songea que tous ceux qu'il aimait avaient une nette tendance à rapetisser. Ils mangeaient des coques, des bigorneaux, des praires, des crabes.

— Aïe !

Edouard Furfooz venait de se blesser désagréablement à la lèvre supérieure avec un petit bâton de fer. Cette piqûre se passionna en lui. Elle fit diversion à la langueur et à la taciturnité de Pierre. C'était un souvenir aussi confus qu'il était pauvre. Mais il était aussi vivant qu'il était pauvre. Il était auprès de la petite fille qu'il avait aimée et qui n'avait pas de visage et qui était sans nom. Ils lisaient. Ils étaient assis sur les arceaux de fer qui bornaient la pelouse. Ils lisaient ensemble une bande dessinée qui s'appelait *Plick et Plock*. La petite fille riait dans une joie, une fièvre, une spontanéité sans nom. Ses yeux brillaient. Il sentait sa chaleur. Il sentait son odeur. Elle mangeait une tartine couverte de miel noir, qui avait l'odeur des acacias. Ses doigts collaient les pages. Elle posait son bras sur ses deux épaules puis le retirait. Il était pris d'une immense gêne. Elle reposait son bras. C'était une immense détresse qui se levait en lui. Il ne savait pas quoi faire, pas quoi dire. Le bras de la petite fille lui brûlait les épaules. Il aurait voulu mourir.

Il se souvint qu'il avait été invité à déjeuner chez elle, avenue de l'Observatoire. Ils avaient sept ans peut-être. Tante Otti l'avait conduit jusqu'à la porte. Il y avait un maître d'hôtel qui l'avait fait entrer. On lui parlait. Il se retournait : tante Otti n'était plus là. Il n'entendait pas les mots qui lui étaient adressés.

Ils mangeaient de la langue. La sauce était épaisse et blanchâtre et pleine de rondelles de cornichons craquantes et désagréables sous les dents. La langue ne passait pas. Il n'était pas possible qu'on eût le droit de mettre dans sa bouche les langues des autres. Les langues des vaches, les langues des bœufs, les langues

313

des femmes se mâchaient difficilement. Il n'arrivait pas à déglutir. La petite fille à la natte retenue par une barrette bleue disait très fort qu'en classe Elisabeth Verne avait déclaré qu'Edouard était le plus beau des garçons. Il rougissait et au même instant, comme il portait à sa bouche un morceau de langue au bout de sa fourchette, il se trompait, il piqua violemment le gras de la lèvre supérieure, près de son nez. Il cria très fort. Il était encore plus rouge, encore plus embarrassé. Sans raison il descendit de sa chaise. Il se mit à pleurer.

Edouard Furfooz était empli de fureur contre lui-même. Il se souvenait du nom d'Elisabeth Verne et il ne se souvenait pas du nom de la petite fille fantôme qui le hantait, de la petite sirène qui l'appelait si souvent à la bordure des flots, sur les rives du passé, parmi les détritus d'intonations éteintes, les plumes des oiseaux, les os blanchis. Pierre lui offrit un gilet noir en laine de vigogne. Pierre lui demanda qu'il prît son visage dans ses mains. Il tendit ses mains au-dessus des praires et des palourdes vides. Sa lèvre saignait.

Il toqua à la porte. Sa tante ne répondit pas. Il ouvrit, s'approcha du lit. Il était sept heures du matin et tante Otti, les cheveux dans une résille brune, dormait encore. Il l'embrassa sur le front, à la limite de la résille.

La vieille dame dressa la tête comme un animal aux aguets.

— Que se passe-t-il ?

— Ma tante, il est tard. Nous devons être à Anvers en fin d'après-midi. C'est le réveillon.

Elle se leva. Elle enfila un saut-de-lit de soie violet et jaune.

— Mon petit, tu es pâlot. Tu sembles fatigué.

— Dépêche-toi, ma tante. Il est très tard. Il est sept heures du matin. Il faut qu'on gagne la gare du Nord. La voiture que j'ai louée n'est pas prodigieuse.

Ils descendirent prendre un café. Laurence était déjà habillée. Un des genoux de son jean était troué. Elle portait un gros pull d'homme et la veste en velours côtelé de son père. Elle avait les cheveux défaits. Elle avait les doigts nus, les ongles pointus. Elle était plus raide que jamais, plus diaphane et plus belle que jamais.

Elle restait à la Hannetière avec Muriel. Le chauffeur avait pris une semaine de vacances pour les fêtes. Elle passerait le réveillon à entretenir un petit persan blanc qui portait le nom de Pouce des détresses qui la hantaient.

René, le garde du corps et le chauffeur de sa mère à Anvers, vint les chercher à la gare. René, plein de déférence et de cérémonie, courtaud, gras, la tête sans cou, les cheveux blancs très beaux et bouclés, avait pulvérisé sur ses cheveux un parfum délicieux mais tenace. Ils ouvrirent les fenêtres de la voiture. Ils grelottaient.

Il était *vermillon*. Il irradiait le bonheur. Il chercha sa sœur Amanda.

— Elle m'a embrassé, lui dit-il. Maman m'a embrassé !

Amanda pâlit de jalousie. Edouard lui expliqua qu'il avait guetté leur mère, perdue parmi les deux cents ou trois cents invités qui avaient investi depuis vingt heures l'hôtel de la Korte Gasthuisstraat. Il l'avait guettée au bas de l'escalier de marbre. Il guettait l'odeur de Player's. Elle s'était approchée de lui. Il lui avait fait signe et elle l'avait reconnu.

— Mon enfant ! avait-elle dit en néerlandais.

Elle l'avait pris par l'épaule et l'avait baisé au front en criant très fort :

— Cher enfant, il faut que je vous présente mon cher Hans, mon cher ministre.

Edouard avait serré la main que le ministre tendait.

— Ah ! Mon cher enfant ! poursuivit-elle (toujours avec cet air d'effarement à l'idée qu'elle ait pu avoir des enfants). Je ne puis malheureusement pas rester.

Et elle s'était de nouveau égarée dans la foule.

— J'en ai pour dix ans de bonheur, confiait-il à Amanda.

— Pour toute ta vie ! rétorqua Amanda, la bouche crispée par le dépit.

Il la quitta. Il chercha des yeux si Jofie était là. Il fallait boire. Il fallait fêter cette victoire. Il monta au premier, dans le salon qui était près du fumoir. Il prit une coupe de champagne qu'il fit remplir à ras bord. Il s'assit. Au-dessus du buffet, il y avait un admirable « Enfant mort parmi ses jouets », une des dernières toiles de Mathijs Van den Berghe, daté de 1686. Edouard but la coupe de champagne en la regardant avec une attention soutenue, les yeux fous de bonheur. Il songeait aux plaisanteries que n'auraient pas manqué de faire Roza ou Pierre ou Francesca, ou Laurence ou Péquenot ou John Edmund Dend s'ils avaient vu cette toile, cette Vanité aux couleurs si vives et douloureuses. Seul Matteo Frire la connaissait. Il la lui avait montrée la seule fois où il fût venu, en 1975.

— Maman m'a parlé ! Maman m'a parlé !

Edouard Furfooz avait quarante-six ans et il était si ému par la joie que sa voix était aiguë et chevrotait. Ses frères et ses sœurs eurent tous la confidence de son triomphe. Tous masquèrent mal le dépit où cette confidence les plongeait. Et leur envie ajoutait à son allégresse. Ses frères l'interrogeaient : « Pourquoi ne pas revenir ? Ou, si tu ne t'installes pas ici, pourquoi ne pas vendre tes parts ? » Il esquiva. Ils lui apprirent les difficultés où se trouvait Matteo Frire, lui demandant si ces nouvelles ne lui inspiraient pas d'inquiétude, si elles ne laissaient pas craindre un effondrement du marché mondial des miniatures. Il marqua beaucoup de surprise à l'annonce de la déroute de Matteo Frire. Il les remercia : il n'avait besoin d'aucun prêt. Ils ne comprenaient pas qu'il ne voulût pas mettre dans sa poche l'argent qu'ils offraient. Il alla s'asseoir près de tante Otti qui somnolait sur un canapé.

Il voyait l'océan, à vingt mètres de lui, qui se mourait. Il éprouvait de la terreur, toujours lui semblait-il, à contempler la mer, et une espèce de sidération se saisissait de lui quand il l'approchait. Quelque chose en elle l'appelait comme le vide appelle l'homme sujet aux vertiges. Les vagues qui gonflaient sous ses yeux étaient des mâchoires gigantesques. Depuis toujours elles mâchaient les falaises et les broyaient et les restituaient sous la forme des plages.

Il releva le col de son manteau. Il faisait très froid. Ses oreilles étaient en verre et elles auraient cassé s'il avait eu l'idée saugrenue de porter les mains vers elles dans le dessein de les réchauffer.

Il vivait comme s'il avait trois jours de temps à mettre à profit devant lui avant que la mer ne l'avale. Il était le fils de Grimr ou de Rollo. Le ciel et la mer devenaient indistincts, formaient une espèce de lait, là-bas, dans une étreinte confuse et éloignée, là où se rejoignaient au-dessus de la mer du Nord, symétriquement, l'Escaut et la Tamise.

C'était là qu'enfant il situait l'Amérique. Là où les eaux des estuaires se mêlaient à l'horizon, là où les eaux se nourrissaient d'elles-mêmes et, comme le jet d'eau d'un bassin sans cesse resurgit, reproduisaient continûment la mer.

Cette contemplation peu à peu l'angoissa. Il vit sur l'eau une boîte de Coca-Cola. Il pencha la tête et il perçut des bois d'allumettes calcinées qui flottaient. Il se dit : « Ce n'est pas la mer : c'est du mercure. C'est là où le mercure et les nitrates se mêlent et non l'Escaut et la Tamise. Ce n'est pas la mer : c'est là où les oiseaux, les plantes, les coquillages et les phoques meurent. Ce n'est pas la mer : c'est là où les illusions, les enfants, les grenouilles et les détritus minuscules se perdent et s'égarent. »

C'était le matin. Edouard, pas encore habillé, nu, était à genoux. Il avait roulé le tapis. Il mêla de l'eau de Javel et de l'eau, prit une petite éponge et la laissa tremper. Il fit coulisser les parois de verre. Il ôtait une à une les petites voitures en fer-blanc du siècle dernier. Les couleurs, humides, renaissaient. Puis il les essuyait avec un petit fragment de peau de chamois.

A six heures il s'habilla. Il alla voir Jofie. C'était l'heure où elle se levait. De toutes les Furfooz, Jofie était réputée comme la lève-tard. Il faisait un froid extrêmement vif. Elle habitait sur une petite colline à l'est de Berchem. Il passa les usines. Le grand jardin, quand Edouard arriva, ce n'étaient pas des bosquets, des futaies, des petits chemins qui se perdaient dans des taillis de ronces et d'orties : c'étaient des blocs de brouillard accrochés à des branches et arrimés par des racines où on pénétrait et où on gelait.

Il ouvrit la grille. Il n'avança pas. Il regardait les branches brunes et nues des arbres sur le ciel blanc. Il y déchiffrait des formes, des châteaux, des monstres puis des corps, puis des initiales immenses de prénoms ou de noms.

Une sorte de potence, de P ou plutôt de F dans le ciel, et il ne savait pas ce que cela voulait dire. Il chercha, évoqua les noms de Pierre, de Francesca. Puis, il désira se résigner à ne pas comprendre.

Toutefois, après qu'il eut regagné Bruxelles et la boutique de la place du Grand-Sablon — tante Otti avait repris l'avion la veille pour rejoindre au plus vite Chambord où Laurence l'attendait ainsi que les balbuzards, et Pouce, et le silence —, il y pensait encore. Et ces initiales dénuées de sens revisitaient encore son esprit, deux jours plus tard, à Bruxelles, en attendant le TEE de 17 heures 14. Il cherchait au fond de lui-même. Il fouillait dans ces initiales de noms ou de prénoms, les essayait en vain, emmitouflé dans son pardessus de laine vert, après qu'il en avait relevé le col, sur le quai glacé de la voie 16 de la gare du Midi.

CHAPITRE XX

Chaque corne de la tête de la limace porte un royaume.
Il est possible que l'univers entier soit plus grand que
l'œil droit du moustique anophèle.

Sou Tong-p'o

Janvier 1987, l'année commença mal. Les pastilles Valda quittèrent Dieppe pour l'Angleterre, rachetées par la Sterling Drug Incorporation. Les deux sociétés sud-américaines de Matteo Frire s'effondrèrent mais la succursale de New York parvint à les racheter. Au Japon, le réseau de Matteo Frire tomba aux mains d'Edouard Furfooz. La deuxième semaine de janvier, le froid fut extrême. C'était la Saint-Edouard et il le comprit bien ainsi. Les vitres des fenêtres étaient couvertes de grands arbres à fleurs de givre. Les glaçons pendaient aux appuis des fenêtres, aux balustres des balcons, sous les voûtes des ponts, aux branches des marronniers.

Le chauffage de l'appartement de l'Observatoire n'y tint pas. Ce fut le jour même de la Saint-Edouard, le 5 janvier. Il y coucha une nuit encore. Ivre de froid et d'un peu de fièvre, Edouard s'installa de nouveau chez

Roza, communiqua sa fièvre à Adriana. Roza accepta à contrecœur qu'il restât coucher.

Au beau milieu de la nuit Adriana arrivait en toussant, poussait la porte, grimpait dans le lit, se glissait sous les draps en faisant de la place avec ses pieds, apportait avec elle le froid, la fièvre — le froid des doigts de pied, la fièvre des joues et des mains. Ses oreilles étaient en sang. Le nez lui gouttait. Commençait le papotage interminable de trois heures du matin.

Parfois, alors qu'il s'était de nouveau enfoncé dans le sommeil, il recevait un grand coup de coude dans le ventre. Adriana l'interrogeait tout haut :

— Tu m'aimes ? Tu m'aimes ? demandait-elle en le secouant, en tapant sur lui.

— Oh ! Taisez-vous donc, criait Roza. Arrêtez de bavarder. Adriana, va dans ta chambre. Est-ce que je peux dormir ?

La ville ne paraissait plus belle, mais divine. Le froid était si vif qu'il suspendait les émotions, la psychologie humaine, la détresse des jours. La peur même de mourir était comme congelée. Paris était revêtu d'une blancheur terrible, d'une splendeur qui coupait le souffle. Quelque insupportable que fût le froid, on s'arrêtait contre sa volonté pour contempler la lumière qui s'accrochait sur la neige du matin. Tout éblouissait, tout éclatait d'une vie plus raréfiée, plus pure, plus solide. On avait les oreilles bleues, les doigts des mains ne se mouvaient plus, l'air était irrespirable.

Une calme débâcle de bonheur se répandit sur la ville.

La Seine charriait de lentes flaques de neige qu'il regardait passer du haut de la petite société sise à l'angle du quai Anatole-France et de la rue de Solférino. Les trains s'arrêtèrent. Les monuments étaient des sortes d'icebergs informes qui se déplaçaient lentement vers la mort. Fièvre ou non, aspirine ou non, Edouard sortait. Il contemplait un monde qu'il lui semblait connaître plus qu'un autre, et y retrouver peut-être une chaleur proche de celle du plus intime de son cœur.

Il comprit que la chambre si blanche de l'avenue de l'Observatoire, il l'avait vraisemblablement fait repeindre soit à l'image de la neige, soit à l'image de la chambre blanche de Laurence. Chambre vide, d'une vingtaine de mètres carrés, avec juste un petit lit de fer, la poire en acajou blond pour allumer l'ampoule nue, une petite table basse au centre de la pièce avec cinq musiciens silencieux en fer coloré, s'escrimant à vide sur des violons ou des tambours muets. Il songea à la gare d'Anvers, Antwerpen Centraal, sous la neige. La cathédrale Notre-Dame dans la lumière, le Louvre blanc étaient comme des bêtes aux aguets. On attendait une visite divine.

Et les dieux étaient là. Le moyen de distinguer de la mort ce qui avale dans la mort ? Au Siège, alors qu'Edouard était au téléphone, Pierre tomba. Péquenot — chez Sotheby's, à New York — venait de se faire souffler par Michael Comety du Minneapolis Institute of Art, pour trois cent trente-sept mille dollars, une poupée de Jésus en cire semblable à celle conservée au

323

musée de Saint-Denis, datée 1772. On pouvait ouvrir ou fermer les yeux du Seigneur au moyen d'une tirette émergeant à l'extrémité de son maillot couvert de soie brochée. Alors les yeux de Jésus brillaient. C'était un grand Dieu que celui qui atteignait les trois glaïeuls et les sept tulipes.

Edouard reposa en hâte le combiné du téléphone. Il allongea le corps sur le tapis. Pierre n'avait pas perdu connaissance mais haletait comme s'il était épuisé. Ses yeux brillaient.

— Vous n'avez pas l'air bien, Pierre.

Pierre avait du mal à respirer. Il transpirait fortement. Il avait perdu plus de cinquante kilos. Ce géant ne pesait plus que soixante-trois, soixante-quatre kilos. Pierre risqua :

— Monsieur, je suis une personne tellement séropositive, je suis...

Il pleurait. Edouard ne put souffrir ses larmes.

— Mais non, vous êtes un être humain, dit-il.

Ceux qui l'aimaient l'abandonnaient toujours. Il se souvint brusquement, derrière la vitre de la rue de Bourbon-le-Château, des visages de Laurence et de Matteo Frire discutant avec animation. Leurs yeux brillaient de joie. Il n'en avait jamais dit mot à Laurence. Elle ne s'en était jamais ouvert à lui.

Edouard fit appeler l'infirmière que Pierre avait été contraint d'engager. Edouard Furfooz ne pouvait plus endurer la vision de la faiblesse, de la maigreur, de l'angoisse ni du courage de Pierre. La mort perçait le fond de ses yeux. La gorge se serrait spontanément quand on le voyait entrer, au Siège, flageolant. Une secrétaire n'avait pu supporter cette vision maigre et fantomatique — ou en avait craint le contact — et avait démissionné. Quelquefois Edouard Furfooz avait eu à combattre le désir de le prendre par la main et de le pousser à prendre du repos pour le rendre invisible. Pierre avait insisté pour qu'il lui fournît de la drogue. Edouard avait barguigné de nouveau deux ou trois jours durant. Puis il refusa net. Edouard crut qu'il était bon de nier la mort, du moins d'enrayer une compassion toujours plus ou moins déprimante ou complice. Il décida de surcharger Pierre Moerentorf de travail, restreignant le nombre des soirées où ils se retrouvaient ensemble : une par mois. Un soir où il dînait avec Péquenot et sa femme, il prit à part cette dernière. Il lui parla de la souffrance de Pierre Moerentorf et lui confia un petit paquet de la taille d'un jeu de cartes contenant des sachets — qui avaient servi de monnaie d'échange lors de deux ventes asiatiques. Il lui demanda de donner à Pierre Moerentorf deux de ces sachets si légers, si impondérables, tous les deux jours. Il posa comme condition stricte que jamais il ne sût que cela venait de lui. Péquenote accepta.

L'infirmière et une secrétaire aidèrent Pierre à atteindre le taxi. Edouard appela la princesse et lui demanda d'aller voir Pierre avec les nouveaux sachets. Il sortit dans la ville lumineuse. Il alla à Chatou où il rejoignit Soffet.

Le soir, tandis que Roza était en train de se servir un quatrième whisky, Edouard se leva tout à coup pour aller chercher à la cuisine une bière de cerise. Il éternua. Il sortit son mouchoir précipitamment. Il n'entendit pas tomber quelque chose que le mouchoir avait entraîné. Roza vit rebondir sur le sol un petit objet bleu ou vert.

— Quelque chose est tombé, dit-elle.

Elle se jeta dans la position accroupie en bondissant, claquant des deux pieds nus sur le sol comme un combattant dans un spectacle de sumo, et le ramassa.

— C'est une barrette. Tu te promènes avec des barrettes?

— Je t'en prie.

Edouard avait rougi. Il lui arracha la barrette des mains et l'enfouit dans sa poche. Roza s'emporta contre ce geste brusque. Elle répéta :

— A qui est donc cette barrette en *plastoche*?

Elle contracta ses mâchoires. Elle aimait à faire saillir au bas de ses joues un petit muscle à l'instar d'un sexe viril et volontaire. Ce tic importunait Edouard.

— Roza, je t'en supplie. Je suis malade!

Il refusa de parler alors qu'elle tempêtait. Il alla à la cuisine chercher la bouteille de bière qu'il convoitait et revint avec un verre d'eau, une petite cuiller, deux cachets d'aspirine, un sachet de sucre en poudre. A toutes les questions de Roza il opposa le silence. Il tournait imperturbablement la cuiller dans le verre d'eau en évitant de faire du bruit tandis qu'elle multipliait les chefs d'accusation et qu'elle lui faisait un crime de sa vie.

Février, mars : rien à en dire. Le samedi 21 mars 1987, à 3 heures 52, ce fut le printemps. Le printemps, jadis, était une fiction si fraîche, une fiction si douce et bourgeonnante. Rien ne bourgeonna sous le rideau de pluie.

Durant ces mois il ne voulut plus revoir Laurence. Laurence se lia avec Pierre. Pierre priait devant ses petits arbres. Ils échangeaient des textes d'oraisons particulières. Edouard embaucha Péquenot à la dérobée. Tout se sut. Il acheta deux couvertures, l'une en laine de chevreau, l'autre en laine pailleuse, six paires de chaussettes, un plaid de clan écossais des Lowlands. Fin février, à Rome, il avait remporté une victoire définitive sur Matteo Frire. Fin mars, il reçut Gretl Alcher à Paris. Elle se produisit au théâtre Ranelagh. Elle vint loger dans l'appartement de l'avenue de l'Observatoire. Le chauffage avait été réparé et l'installation fonctionnait convenablement. Il revit, avec moins de joie qu'il n'en escomptait, les « puppen » de Salzbourg sous les doigts de Gretl : ces corps bouleversants faits de bois et d'anneaux de mousse se dressant dans le chant puis qui se désarticulaient dans le silence.

Roza l'appela. La princesse de Reul était là, accompagnée par Solange de Miremire, chez elle, au loft. Elle demandait qu'il vînt. Le prince l'avait encore tabassée. Il est vrai que le prince était violent — il aimait à la fois le mobilier moderne 1950 et attacher Péquenote aux radiateurs. C'étaient ses deux seules turpitudes. Il aimait Dieu. Il priait beaucoup pour obtenir un jour son pardon. Edouard passa les voir.

La princesse lui donna sa main à baiser. Elle avait en effet un œil dit au beurre noir. Elle déboutonna son jean noir délavé et le fit glisser pour lui montrer des reins et des fesses martyrisés. Solange de Miremire, tirant sur un cigare cubain, glapissait contre les hommes.

Pierre Moerentorf prit fait et cause pour la princesse dont il recevait des petits sachets trois fois par semaine — ceux-là mêmes qu'Edouard lui avait refusés, et ce refus avait déçu son amitié. Pierre chercha à convaincre Edouard qu'il mît à pied Péquenot, ce monstre « inhumain ». Dans l'esprit d'Edouard le prince devait, dès que Pierre Moerentorf mourrait, se substituer à lui. Pierre avait déchiffré ce projet mais l'idée même d'être remplacé jetait dans son regard du meurtre. La scène fut pénible.

— Monsieur, moi vivant, cela ne se fera pas. Je vous donne ma démission.

— Il n'est pas question que cela se fasse de votre vivant, Pierre.

Pierre était d'une nervosité à laquelle Edouard n'était pas accoutumé. La cocaïne y ajoutait. Edouard était mal à l'aise chaque fois qu'il s'entretenait avec lui. Il refermait la porte et, sur le palier, il tremblait de tous ses membres. Edouard n'allait plus souvent au Siège et le prochain dîner était fixé au 11 avril. Pour le reste ils communiquaient par téléphone. Il voyagea plus que jamais. Pierre en souffrit, s'aigrit. « Seule, se disait-il, la princesse de Reul me donne de l'affection ! » Elle lui apportait de façon très régulière ce peu de poudre si pure qui le soulageait infiniment — encore qu'elle y mît elle-même un étrange embarras. Il est vrai que la princesse ne comprenait pas pourquoi Edouard lui faisait parvenir ces enveloppes si légères et ces petits paquets cadeaux mystérieux, avec l'interdiction de les

ouvrir, et l'interdiction de dire à Pierre quelle en était la
source.

— Tu n'es qu'un « bibeloteur ».
— Neuf magasins. Huit cents...
— Mais tu joues. Tu passes ton temps entre *Hamley's*
et le *Nain bleu*. Tu vas passer toute ta vie dans la
« bimbeloterie ».
— Tu aimes ce mot. Je sens que tu voudrais me
blesser. Mon père, mes frères, quatre de mes sœurs
parlent de la même façon que toi.

Roza était vêtue d'un survêtement de sport, les seins
nus. Elle se leva, elle détacha brusquement deux
photographies d'Edouard en train de jouer, l'une avec
Juliaan, au train électrique, le soir de Noël, l'autre avec
la petite Adri, assise sur ses genoux, sur le bord de la
piscine de la maison du Var, l'enfant faisant un grand
mouvement dans l'air avec une feuille de mûrier. Dans
le grand loft de la rue des Poissonniers, Roza avait
accoutumé de scotcher sur le mur, deux ou trois fois par
jour, des adresses, des cartes postales, des photographies, des affiches, des pages de son carnet arrachées et
raboutées les unes aux autres à l'aide de morceaux de
ruban adhésif de couleur.

— Pourquoi ne veux-tu pas refaire une petite
recherche d'anticorps ?

Il ne répondit pas. Roza lui expliqua qu'elle venait de
se faire faire son spectre sanguin. « Encore des fantômes », songea Edouard et ils rompirent sur un prétexte plein de raffinement ; les huîtres avaient été

soudain proscrites dans la crainte des hépatites virales ; on avait le droit de manger des volailles, les poissons au bleu, les oignons crus, le yaourt au pruneau — du moins un yaourt avec un pruneau le dimanche. La difficulté naquit du caviar. Edouard préférait le beluga gris clair. Roza Van Weijden mettait plus haut que tout les petits grains plus fermes, plus craquants, plus mordorés de l'ossetra. Elle trouvait « horrible » le beluga parce qu'il donnait l'impression qu'un œuf pourrissant et mou se dissolvait dans la salive aussitôt.

Inexplicablement Edouard ressentait une préférence de plus en plus accentuée pour le beluga.

— Laisse tomber tes vieilles « esturgeonnes ringardes » de la Caspienne ! hurla Roza.

Edouard haussa les épaules en murmurant qu'elle était une imbécile. Il reçut un coussin et il commit la maladresse de continuer de l'injurier. Un réveille-matin lui parvint au coin de l'œil, au-dessus de la pommette.

Il se leva. Il poussa Adriana, sur le seuil de la porte, qui les regardait en tremblant, en étouffant des petits cris muets, cachant sa bouche avec sa main.

Il n'avait pas de valise. Il prit un grand sac à linge sale dans la salle de bains, regagna la chambre. Roza avait disparu.

Adriana vint le trouver alors qu'il rangeait les quelques affaires personnelles qu'il avait laissées en pension jusque-là chez Roza Van Weijden. Il la regarda. La petite Adriana avait à la main un pistolet à barillet de cow-boy, en plastique noir, le canon tourné vers le sol.

Elle s'approcha de lui, lui prit son bras et le lui serra très fort, avec la main gauche, en le regardant dans les yeux.

Il en fut ému. Il l'embrassa en hâte sur le sommet du crâne.

— Si tu veux tirer, cow-boy..., lui dit-il.

Adriana s'enfuit.

— Monsieur, vous passez à la maison vers neuf heures pour me prendre. Je ne peux plus me déplacer seul. Nous irons chez Allard. J'ai réservé une table chez Allard.

On était le 11 avril. Il ne pouvait se soustraire au dîner mensuel. Edouard Furfooz se prépara pendant un instant à l'angoisse qui allait se saisir de lui. Ce serait une soirée consacrée à la vision de la mort. Il ne souffrait plus cette vision. C'était presque panique. Le lundi, il avait appris l'arrestation de Frire en Italie, sous la double inculpation de receleur et de commanditaire de vols. Cette victoire l'emplit de honte. L'Office central de répression du vol des œuvres et objets d'art suggérait l'interdiction d'exercer et une amende de deux millions de francs. Pierre Moerentorf avait présenté à Edouard des félicitations très chaleureuses et pourtant réservées. Le prince de Reul avait exprimé à Edouard son indignation. Edouard rétorquait qu'il n'avait fait que réagir, en mai et en juin, aux agressions de Matteo, qu'il avait ensuite recherché sa ruine mais qu'il n'avait jamais envisagé que de telles conséquences en résulte-raient. Il prit sa voiture.

331

Il se gara près de la Bastille, rue de Charonne. Il sentit l'odeur si âcre de l'écaille cuite, songea, comme chaque fois qu'il passait devant la loge de Jean Leflute, à Antonella. Il gravit le petit escalier couvert de lèpre. Il sonna. Il sonna en vain. Il se dit : « Il est allé directement au restaurant. L'infirmière l'aura aidé. Il est chez Allard. Il m'y attend. Je suis en retard. »

Edouard descendit en hâte l'escalier, reprit sa voiture rue de Charonne, traversa l'île Saint-Louis, longea le quai de la Tournelle, s'arrêta au début du quai des Augustins, courut rue Séguier, entra chez Allard.

Pierre Moerentorf n'était pas là. Le maître d'hôtel n'avait pas reçu de message. Edouard appela au Siège, rappela l'appartement de la rue de Charonne. Il n'y avait personne. Il appela la princesse de Reul. Il hésita quelques instants à appeler Laurence. Il l'appela : rien.

Il retourna rue de Charonne, prévint l'artisan écailliste — qui avait la tête de Ludwig van Beethoven et qui faisait office de gardien du groupe d'immeubles et des cours. Ils montèrent, firent sauter la serrure. Ils entrèrent.

A l'extrême ouest de la pièce, devant la fenêtre sombre, devant trois petits pins, ils trouvèrent son cadavre dans la position du lotus. Le concierge en le touchant fit basculer le corps. Ils le redressèrent. Sur la petite table où les pins de Thunberg étaient posés, il y avait de nombreux petits sachets éventrés et trois tubes vides. Il n'avait pas laissé de message. Ils ne mirent la main sur aucun papier qui permît de retrouver trace de sa famille et de la prévenir. Pierre Moeren-torf avait toujours protesté auprès d'Edouard qu'il était dépourvu de famille. Ils appelèrent un médecin. Il fut impossible de dénouer ses jambes. Edouard Furfooz décida qu'on l'incinérerait.

CHAPITRE XXI

L'homme est le seul miroir qu'éclaire la mort.

Solmi

Il tournait. Il avait l'impression qu'il allait tomber. Il fallait qu'il parle à quelqu'un. Ce ne fut pas Roza qu'il appela. Il eut l'envie d'appeler Laurence une seconde fois mais n'eut pas le courage de lui annoncer cette mort. Il appela tante Otti pour qu'elle la préparât puis l'avertît de la mort de Pierre.

Sur le bureau de Pierre — un petit secrétaire londonien dans la chambre à coucher près du débarras — il y avait une note de sa main. En la découvrant, Edouard crut à une lettre qui expliquait son geste. Il prit le petit bout de papier :

« balle de colza, rognures de corne, poudre d'or, poudre de sang de poisson, cendres de bois, de paille, potasse »

Un homme âgé de cinquante-deux ans n'avait laissé de lui, après sa mort, qu'une vieille liste d'engrais.

Il ne put rester seul. Il roula. Il passa à Chambord la

nuit. Il regagna Paris à l'aube, trouva à se garer rue Guynemer. Il traversa le Luxembourg. Il ouvrit. Deux lettres étaient par terre. Le téléphone sonnait. Il mit les lettres dans la poche de sa veste tandis qu'il repoussait la porte en se précipitant.

Plus tard — tard le soir, après qu'il eut dîné et alors qu'il était de retour chez lui — il sentit tout autant qu'il entendit un froissement de papier dans sa poche. Un petit cri de lettres dans sa poche.

Il ouvrit la première lettre, postée de Rome : une photographie d'un vieux jouet oriental indescriptible de beauté. Il retourna la photo. Elle était signée Matteo, avec le petit dessin maladroit d'un pouce levé. On venait de remonter sur une barre de récifs qui affleuraient la surface de la mer, à 790 milles au sud des côtes de la Malaisie, la cargaison de porcelaines d'une jonque chinoise du XVIe siècle, dont une caisse de poupons et de jouets d'enfant en porcelaine. C'était une affaire de plusieurs glaïeuls.

Il ouvrit l'autre lettre, postée dans le XIe arrondissement de Paris. Edouard eut une suée. Il se leva, se rassit, se leva, lut debout :

> *Monsieur,*
> *J'ai songé à tout vous laisser. Du moins j'ai songé à vous laisser cette collection d'arbres centenaires que j'aimais. J'ai regretté de vous avoir vu si peu. Je l'ai finalement confiée à la princesse de Reul qui a eu durant les quatre mois qui viennent de s'écouler des attentions que je n'imaginais pas possibles chez une femme, me consentant ce que vous me refusiez. Je suis sûr que vous mettrez plus*

d'assiduité à oublier votre ami que vous n'en avez
eu à entourer sa mort de tendresse. J'espère que
vous trouverez de la douceur cependant à vous
rappeler l'affection que vous portait

Pierre Moerentorf

Il posa la lettre sur la table, près du combiné de téléphone. Il alla à la cuisine, ouvrit une bière noire, emplit un verre, qui se couvrit d'une mousse jaune, orange. Il but.

Puis il se vit reprendre la lettre, se tourner vers la lampe à gauche du canapé. Edouard Furfooz levait un visage décomposé et il savait qu'il avait un visage tel. Et, assis dans le canapé, il relut la lettre. A un moment il ressentit qu'il retrouvait peu à peu son souffle. Et enfin il souffrit.

La mort de Pierre Moerentorf rétablit définitivement Laurence. Six mois étaient passés depuis la mort de Louis Chemin. A Chambord, elle avait imité toute tristesse et toute douleur à seule fin de désarmer la mort. Le printemps l'arracha à l'anéantissement, au sacrifice, aux grandes Pâques. Il lui sembla tout à coup que le ciel était au-dessus de la terre. Il lui parut que les oiseaux volaient, que les hommes marchaient, que quand on ne mangeait pas on ressentait de la faim et que quand on voyait approcher un homme qu'on aimait on avait le désir de toucher son corps nu et d'en dérober un peu de chaleur et de rire.

Ils marchaient dans la forêt de Chambord. Laurence

lui expliquait son désir de quitter la vieille dame. Ce n'était pas l'interdiction un jour sur deux de la parole qui lui pesait. Mais la proscription de la musique lui était devenue intolérable. C'était le premier désir qui lui fût revenu, expliquait-elle à Edouard. Elle cherchait à lui faire comprendre que renouer avec la musique, c'était renouer avec quelque chose qui survivait. Qui venait de plus loin que le monde. Qui échappait aux mains des adultes, des seuls contemporains, des virtuoses même et surtout des marchands de jouets anversois. Quelque chose d'avant la naissance et que rien ne pouvait endeuiller. Quelque chose qui était au chaud même dans la mort, si elle pouvait parler de la sorte. Près de son frère, près de son père. C'était un dieu bon qui séjournait dans les Enfers. C'était l'autre monde.

Elle lui exposa qu'on pouvait être ermite autre part qu'à Chambord, autre part que dans le silence des balbuzards et des bondrées. Qu'on pouvait être ermite dans la musique. Qu'on pouvait être au désert dans le VIᵉ ou le VIIᵉ arrondissement de Paris. On pouvait errer sur les rives de l'Achéron sur les bords de la Seine. En parlant, elle inventa alors l'idée d'un ermitage à Paris. Laurence prit la décision de vendre l'appartement de l'avenue Montaigne, la maison de Quiqueville, la villa de Marbella. Elle conserverait les maisons du Var et de Sologne.

Edouard était heureux. Il avait applaudi à l'excitation qui s'était saisie de son amie et qui la projetait dans l'avenir. Il avait été heureux, dès le matin, de la voir s'attabler à la cuisine le chignon relevé, ayant retrouvé l'usage des jupes, des vestes à manches à gigot, des bagues à cabochon et des colliers godronnés.

Ils marchaient dans la terre humide et dans l'herbe naissante. Elle avait pris un châle bleu nuit et noir dont elle s'entourait les épaules. Ils passèrent des buissons, des guérets. Inexplicablement, il regardait au bas des buissons, dans l'ombre bleue qui les étaie, en compagnie des escargots et des araignées. Tandis qu'ils longeaient le canal, il mit son bras sur ses épaules.

Il était seul, au Siège, sur le quai Anatole-France. Il posa sur son bureau trois catalogues. Deux exemplaires du Bestelmeier de Nuremberg, de 1807. Un Sonneberger Spielzeugmus de 1813. Il alla dans le bureau de Pierre. Il rapporta un reliquaire à quatre figures miniatures exécutées par mère Angélique de Saint-Jean lors de la première captivité chez Madame de Rantzau, au printemps 1665. Le reliquaire contenait une dent de lait de Notre-Seigneur Jésus-Christ. Il songea que cette pièce revenait de droit à sa tante Ottilia. Il repoussa cette idée. C'était un dieu mort au tombeau. Ce reliquaire représentait la valeur d'un petit bouquet de cinq tulipes perroquet noires. On était le 17 avril. C'était le vendredi saint.

Il posa à côté du reliquaire un camion anglais vert épinard des années 1910 (sans doute un Burnett) et un autobus parisien Madeleine-Bastille à trois essieux, type Schneider H 6 (mis en service en 1923 par la STCRP), vert, jaune et blanc.

Il posa à côté du bus allant à la Bastille un mouton blanc collé par les pattes sur une boîte à soufflet et qui poussait des bêlements pour peu qu'on pesât de la main sur le soufflet, surnommé Pauline Viardot. Mais il l'écarta aussitôt et le posa sur une étagère derrière lui.

Edouard regardait le petit bus vert et blanc qui conduisait à la Bastille — qui conduisait jadis à la rue de Charonne, au passage des Menus. Il conduisait à une odeur d'écailles. Elle soulevait le cœur. Depuis la mort de Pierre il ne cessait de vomir. Il avait froid. Les secrétaires allaient arriver bientôt.

Alors il soupira. Il recula son fauteuil. Il admira ce Dieu mort, ce camion Burnett, ce petit bus vert qui lui faisaient face. Il prit son téléphone.

Il fêta Pâques à Chambord. Dans le salon victorien, les rideaux de peluche tirés, autour de la petite table en vieil acajou dont les quatre pieds étaient chaussés de gros chaussons en renard, dans cinq larges fauteuils crapauds bordés de franges, ils étaient cinq : tante Otti, sa vieille amie Dorothy Dea, Laurence, Muriel, Edouard. Ils prenaient le thé.

— Vous avez vu cet effroyable accident, cher Edward ? demandait Mrs Dea.

Ils parlaient du naufrage du car-ferry de la Townsend-Thoresen. Edouard évoqua, dix mois plus tôt, l'arrivée de tante Otti dans le port de Zeebrugge. Non, il ne s'agissait pas du Herald of Free Enterprise. Mais il s'agissait bien d'un car-ferry de la Townsend-Thoresen. C'est du moins ce qu'affirmait Dothy Dea qui avait conduit son amie Ottilia à l'embarquement.

Personne qu'ils connussent n'y avait trouvé la mort. Pourtant Edouard Furfooz eut l'impression d'être visité par une ombre. Une petite noyée qui hèle, sans qu'elle eût aux pieds des escarpins vernis. La veille, il s'était disputé avec sa tante à l'entrée du château. Ç'avait été une espèce de dépit d'enfant. Une minute, au fond de son cœur, de rage qui dévastait : « Personne ne veut jouer avec moi aux escaliers de Chambord ! » avait-il conclu en regardant avec détestation sa tante et Dorothy Dea qui se tenaient à ses côtés. Personne pour gravir chacun un escalier en se « souriant aux fenêtres », et pour espérer se retrouver au plus haut. « Tu nous embêtes, mon petit, l'avait sermonné tante Otti. C'est trop haut. Nous n'avons plus huit ans. N'est-ce pas, Dorothy ? » Mais Edouard, assujetti à une espèce de caprice, ne voulait pas en convenir. « Elle fait bien de la bicyclette avec moi dans la réserve, s'était-il dit. Et elle ne peut pas monter trois étages ! »

— Qui reveut du thé ? demanda Muriel.

— C'était absolument un merveilleux ami, dit Laurence en parlant de Pierre.

— A quoi voyais-tu cela ? demanda tante Otti.

— Nous parlions.

— Il est exact que c'est rare. Il est exact que les hommes très civilisés échangent plus entre eux de pensées et de sentiments que ne le faisaient les primates dans la savane en poussant quelques cris, affirma Mrs Dothy Dea.

— Vous êtes *sûre* de ce que vous dites ? demanda Ottilia Furfooz soudain perplexe à son amie.

— Et que faisons-nous en ce moment, Ottilia ? interrogea Mrs Dea en se penchant sur la table basse et en reprenant une part de cake.

Ottilia parut réfléchir. Elle reposa sa tasse de thé.

— Peut-être avez-vous raison, dit-elle. Mais il me semblait que nous étions dans la savane. Nous poussions quelques cris.

Pouce venait de sauter sur les genoux d'Edouard. Il plongea son nez dans la fourrure blanche de Pouce. Le cœur du chat battait en hâte, comme la vie même. Il ferma les yeux. Il revit un dos qui pleurait devant un vieux piano Pleyel qui flottait dans la mer. Des cheveux, aussi doux que la fourrure de Pouce où il avait enfoui son visage, flottaient sur l'eau. Un piano Pleyel, des lettres d'or sur le bois noir, une natte, une barrette bleue. Des chaussures montantes jaunes dont le lacet défait battait une étrange mesure.

Les vagues de la mer l'appelaient. Peut-être aurait-il dû s'installer et vivre dans un port, sur un polder, sur une digue avancée dans l'océan plutôt que sur le quai d'un fleuve dans Paris ou au haut d'un observatoire au-dessus d'un jardin ?

Tante Otti le tirait par la manche.

— N'est-ce pas, mon petit, que ce qui est bas est inattaquable ?

— Bien sûr, ma tante. Mais je n'ai pas suivi la conversation.

— Mon petit, je disais que toutes les justifications que nous donnons à nos vies et l'ordre plus ou moins nécessaire que nous leur procurons étaient trop favorables pour être jamais vraies.

— Je crois que seules les hypothèses douloureuses à penser ont une apparence raisonnable, affirma Mrs Dea.

— Il n'y aurait jamais de pensée qui console ? interrogea Laurence, tout à coup épouvantée.

Elle était très belle. Elle portait un corsage décolleté

en pointe, croisé, en jersey de coton noir. Sa bague rouge
brillait à son doigt.

— Non, dit tante Otti.

— Non, dit Dothy Dea.

— Vous êtes des folles. Il n'y a que cela, dit Edouard.
Même quand on pleure.

— Vous dites des stupidités, Edward. Il n'y a pas de
« bonne pâtisserie » dans la pensée. Ne le pensez-vous
pas, ma chère ? affirmait Dothy Dea.

— Ne vous frappez pas, chère Dothy. Mon neveu est
tombé sur le chapeau. La religion, la politique, la
philosophie, toutes ces blagues sont du « pipi de chat ».

— Vous parlez du thé que nous buvons, ma tante ?

— Tais-toi, si tu veux bien, Edward ! Ne l'écoutez
pas, chère Dothy : je sais d'expérience qu'une vraie
pensée ramène toujours dans ses serres une proie qui
gigote et qui souffre.

— Ma tante, tu as peut-être mis un peu trop de porto
dans ton thé ?

— Mon petit, tu es maigre, tu es idiot et tu rêves tout
le temps. Les vautours...

— Pardonnez-moi de vous interrompre, Ottilia,
mais, s'agissant de vautours, je ne vois pas pourquoi ce
qui est bas serait plus inattaquable que ce qui est haut
perché, affirma Dothy Dea en fermant les paupières.

Je ne vois pas pourquoi vous haïssez absolument
les bonnes pensées ou tout ce qui paraît mentir, dit
Laurence tout à trac. Même une mauvaise pensée nous
ment.

— Ce qui nous blesse nous ment *mal*, dit tante Otti.
Vous êtes jeune, Laurence. Vous constaterez un jour
que l'hypothèse basse égare peu.

— Parce que cela rapproche du sol, dit Dothy Dea en s'affalant davantage, la tête venant à porter sur le protège-dossier en dentelle.

— Ne la réveillez pas, chuchota tante Otti à l'adresse de Laurence, de Muriel et d'Edouard. Mon petit, tu devrais rester ici quelques jours te reposer, au moins poser tes valises, manger un peu plus et cesser de dire des insanités.

— Ma tante...

— Parle plus bas. Tu vas réveiller Mrs Dea. Cette vieille philosophe est un peu folle mais je suis heureuse. Elle va s'installer ici tandis que Laurence me quitte. Et toi, mon petit, si tu cessais de bouger tout le temps? Il est si inutile de voyager. Il est si totalement inutile de voyager. Ma vieillesse sera incrustée dans ce parc. Partout est comme ici et ici n'est nulle part.

— Je ne suis pas folle et Chambord n'est pas nulle part! affirma Mrs Dea en ouvrant les yeux subitement.

— Oh! ma tante, dit Edouard. C'est nulle part en plus beau!

CHAPITRE XXII

Le temps est un petit enfant qui joue aux dés et le destin une toupie de buis qui ronfle sous ses doigts.

Héraclite

Il rentrait à Chambord. Il referma la porte. Le téléphone sonna.

— Maman est cassée! lui dit la voix de la petite Adriana dans la plus grande excitation.

Edouard proposa d'héberger Adriana durant dix jours tandis que Juliaan rejoindrait son arrière-grand-mère à Heerenveen, en Hollande.

Roza Van Weijden venait de se casser la main en deltaplane. La main tranchée de Brabo dans Antwerpen, les mains souillées d'Antonella dans l'atelier de la route de Bologne, les mains sublimes aux ongles ras de Laurence Guéneau — sa vie lui parut une piètre histoire de fantômes où les fantômes tendaient des mains étranges tout en faisant des calembours. Il pensa, dans le grand musée de Brussel, à l'imperceptible chute d'Icare dans la mer, sur le tableau célèbre de Bruegel. La mort y était dessinée comme un jouet miniature. Le laboureur était un géant. L'espoir fou et mégalomane d'Icare ne tenait qu'une place insignifiante au sein de la nature comme sur la surface de la toile. Un berger géant gardait ses moutons colossaux. Un navire géant voguait sur la mer. Les nuages, la lumière, les ombres et les formes — on n'avait d'yeux que pour eux et ils étaient très colorés et vivants. Dans un coin, à peine peintes, la mer se refermait sur les jambes en l'air d'un jouet rose dont on ne savait pas pourquoi il s'appelait Icare.

C'était casquée, gantée, ceinturée, sanglée dans le harnais, que Roza Van Weijden affrontait l'air. Elle était devenue une championne du deltaplane. Elle faisait face au vent, courait à toute allure, poussait sur le trapèze d'acier, s'envolait et voyait les champs et les maisons de la vallée mille mètres plus bas, tout petits. C'était à Grenoble, ou plus exactement à Saint-Hilaire-du-Touvet. L'appareil avait tout à coup piqué du nez. Roza n'avait pas su redresser l'aile vers l'arrière.

Edouard annula deux voyages, confia durant deux semaines pouvoirs et signature au prince. Il emmena la petite Adri au jardin du Luxembourg, dans tous les zoos qui entouraient Paris. Laurence eut l'idée d'apporter Pouce à Adri. Le chat adora la petite inconnue qui sans cesse grondait contre lui. Une petite touffe blanche sautait sur les cuisses d'Adri, se dressait jusqu'à lui lécher légèrement, comme pour embrasser, la nuque et le bout de l'oreille.

Adri apprit à Edouard un nouveau mot français. Au restaurant, devant une petite colline de purée de marron placée à côté d'une cuisse de chevreuil, elle lui chuchota :

— C'est rédhibos.

Entendant par là qu'elle avait envie de vomir.

346

Il l'aimait tant. Comme les dieux enturbannés de lumière de l'ancienne Mésopotamie, elle était un petit astre. Elle rayonnait. Elle ne ressemblait pas par ses traits à sa mère mais par l'éclat. Elle bondissait à pieds joints sur le plancher dès le réveil et c'était la vie même qui cabriolait, une splendeur qui serrait le cœur.

Ils étaient à Chambord. Adriana se précipitait sur tante Otti.

— C'est moi qui allume, disait-elle.

C'était jour de silence. Tante Otti tâchait à ne pas piper mot, se penchait en avant, tendant sa poitrine vers l'enfant qui saisissait le briquet attaché au cou de la vieille femme par un ruban de velours. Elle faisait jaillir la flamme jaune. Et l'odeur empuantie de la Gitane ou de la Belga les enveloppait dans une espèce de nuage. Elle courait au jardin. Les oiseaux pépiaient. Il la voyait courir. Au loin, Laurence raide, immobile, une main en l'air sans qu'elle la remue, faisait maladroitement signe à Adri pour qu'elle vînt auprès d'elle. Il voyait la jupe bleue. Le vent gonflait sa jupe. Il aurait voulu un enfant, un enfant de Laurence mais d'une Laurence heureuse. Ou encore un enfant de Roza pour peu que Roza eût eu le corps et les raffinements de Laurence Chemin.

Au premier étage, à la Hannetière, le soir, il poussait doucement la porte. Il entrait dans l'ombre à larges pas silencieux. Il regardait si l'enfant respirait. Ce n'était qu'un prétexte. Il voyait l'enfant renifler ou remuer vaguement ses lèvres. Elle serrait ses poings. Il se mettait à genoux et il la regardait dormir.

Pour ne pas l'éveiller, il retenait son souffle, il obtenait de son souffle peu à peu qu'il se mît au rythme du souffle de l'enfant. Il regardait ces joues gonflées, ces poings qui se serraient par à-coups, qui se cramponnaient dans un rêve. Il se demandait quel trésor se trouvait alors dans ces poings minuscules refermés sur eux-mêmes, quelles miniatures de châteaux de Chambord, de pianos à queue Bösendorfer, de festins, de considérables bonheurs. Il se demanda pourquoi en vieillissant les poings ne se refermaient plus au cours du sommeil. Qu'est-ce qu'avaient perdu à jamais les mains décrispées des êtres qui approchaient de la mort ?

Il songeait à la main droite de Francesca toujours fourrée entre le matelas et le sommier, à la main de Laurence glissée entre ses jambes serrées, aux paumes ouvertes de Roza sur l'oreiller. A ce besoin qu'avaient ses propres mains pour s'endormir de se mêler aux cheveux des femmes auprès de qui il était étendu.

— Tiens ma main, lui disait Adri avant qu'elle s'endorme.

Puis elle disait :

— Ne chante pas.

Puis elle disait :

— Ne parle pas. Touche ma main. Caresse ma main.

Adri ajoutait parfois :

— Il fait tellement plus clair quand on ne parle pas.

— Regarde bien ! Je vais faire une galipette.

Ils étaient dans l'appartement de l'avenue de l'Observatoire. Il était onze heures et demie. Adriana s'accroupit, étendit ses deux mains minuscules bien à plat sur les poils du tapis, dressa son derrière, lança ses jambes, réussit admirablement sa galipette, ses deux pieds retombèrent dans un grand fracas sur la table basse, cassèrent le vase plein de roses jaunes, répandirent l'eau qui tomba sur Pouce.

Le chat bondit. Adriana se releva ahurie. Elle n'en revenait pas d'avoir réussi sa galipette. Edouard apaisait le chat fou de terreur. Il lui dit :

— On va au restaurant fêter cette galipette.

Adriana prit deux tartes aux fraises couvertes de confiture et de crème pâtissière. Ils quittèrent le restaurant. Ils prirent la rue Bonaparte, traversèrent le Luxembourg. Après le bassin, après la statue de David, arrivés à la hauteur de l'escalier, Adri glissa sa main dans la main d'Edouard. C'était une main gluante de confiture et de crème. Edouard serra cette main. Son corps trembla. Ses yeux s'humectèrent. Il leva la petite Adriana Van Weijden à bout de bras au-dessus de lui — à hauteur du petit David sculpté posé en haut de la colonne au centre de la pelouse qui est à l'est du bassin du jardin du Luxembourg.

Puis il plongea son visage dans son cou et elle crut qu'il voulait la chatouiller et elle partit d'un grand éclat de rire. Il la reposa à terre.

Il reprit la main d'Adriana. En se saisissant de la main d'Adriana, il se saisissait d'une autre main. La main de la petite condisciple de la rue Michelet — de la petite enfant à la barrette en jade bleue, aux joues

349

rondes, qui aimait la langue avec des cornichons, qui avait un piano Pleyel, qui avait un lacet défait, qui avait un prénom inconnu —, quand ils se tenaient la main pour rentrer en classe, était toujours poisseuse de sucre ou de miel.

Il eut le nom, son nom sur le bout des lèvres. C'était — il le sentit alors de cette façon au fond de lui-même — la seule femme qu'il eût aimée. Il se tuerait encore pour elle, sur-le-champ, si sa vie était en cause. C'était un nom de fleur.

La sonnette de l'entrée vrilla l'air. Edouard lisait au salon. Il leva la tête. Qui était-ce ? Il regarda l'heure. Il était onze heures du soir. Il se leva. Il entendit crier dans la chambre l'enfant.

— Vava ! Vava ! criait Adri.

Il alla à la chambre. Elle était affolée.

— Qui c'est ?

C'était comme si une bête sauvage était à l'affût à la porte. C'était comme si une armée ennemie assiégeait. La sonnette retentit de nouveau.

— Calme-toi, petit bonhomme. Je vais ouvrir.

— Allume la lumière.

Il alluma la lumière. Il alla dans l'entrée. Il ouvrit la porte. C'était Roza.

— Tu aurais pu appeler !

Il n'eut pas le désir de l'embrasser. Elle avait l'air violent, agressif. Elle était un peu grossie. Elle était vêtue d'un survêtement noir et jaune.

— Je viens chercher la petite, dit Roza.

— Tu aurais pu attendre demain.

— Regarde ma main.

Elle parvenait à bouger un peu les bouts des doigts. Elle avait une apparence malheureuse. Il la trouvait plus grande, belle sans doute, mais le rayonnement qui entourait son corps s'était perdu. Elle l'embrassa sur la joue.

— Où est-elle ?

Il la mena à la chambre où il l'avait installée. Adri sautait de joie. Elle étreignit sa mère. Roza demanda :

— On peut s'asseoir une seconde ? Habille-toi, Adri. Cherche tes habits. On peut boire quelque chose ?

Ils allèrent dans le salon Napoléon III, entre les statues, les velours, les plantes vertes et les pompons.

— Comment peux-tu vivre là-dedans ? C'est étouffant.

— Les plafonds sont à trois mètres vingt.

— Mais ces statues hideuses, ces meubles lourds, cette forêt vierge, ces tapis, ces rideaux, ces tableaux, ces pompons, ces bronzes, tout cela réuni, cela pèse trois cents tonnes !

— C'est chaud.

Elle s'assit sur un pliant impérial violet et rouge. Adriana, en pyjama blanc, était accrochée à elle comme un petit ouistiti agrippé à la fourrure de sa mère, les jambes lui ceignant la taille, les mains entourant son dos, la tête enfouie dans ses seins, elle feignait de dormir. Roza voulut boire un whisky. Elle alluma une cigarette.

— Tu t'es remise à fumer ?

— Je me suis remise à fumer.

Ils se taisaient. Edouard referma le catalogue des ventes internationales qu'il était en train de lire quand elle avait sonné, le posa par terre et se leva pour aller chercher une bouteille de whisky. Roza dit tout bas :

— Ne mets pas tout par terre.

— Je suis chez moi. J'aime mettre les choses par terre.

— Tu aimes tout flanquer par terre.

— Je ne flanque pas les choses par terre. Je pose les choses par terre.

Pouce s'approcha lentement et — sans que Roza l'eût vu venir — sauta sur les genoux de Roza aux côtés d'Adri. Roza Van Weijden hurla. En un instant elle fut debout ; Adriana de même, hébétée.

— Ce chat est une *connerie,* dit-elle. Allez, Adriana, on rentre à la maison.

Adri courut dans sa chambre à toute vitesse. Le chat l'avait devancée. Il avait bondi sur-le-champ.

Et en disant qu'elle rentrait chez elle Roza s'assit de nouveau sur le pliant violet et rouge. Elle murmura, tandis qu'il lui tendait un verre de whisky à moitié plein :

— Ward, tu rentres avec nous ?

Il dit sèchement :

— Je ne rentrerai plus. Je ne rentrerai plus nulle part.

Il ajouta que cela faisait dix fois qu'ils se l'étaient dit. Roza rétorqua qu'il pouvait arriver que les imbécillités qu'on avait entendu dire, on pouvait avoir la curiosité de se les faire répéter.

Il haussa les épaules. Il était de plus en plus mal à l'aise. Roza finit son verre. Elle dit :

— Ressers-moi un peu. Ne sois pas toujours si radin, si « petite voiture ». Tu m'as servi une demi-portion de whisky. *Moi,* je n'ai pas du tout l'intestin d'une petite chenille de feuille de chou !

Il versa jusqu'au bord du verre.

— Snotneus, snotneus, crétin, stommerik !

Elle bafouillait. Elle mêlait le flamand, le français, le néerlandais. Elle grogna des mots inintelligibles puis elle dit :

— Tu n'aimes pas Adri ? Tu n'aimes pas Juliaan ?

— Si.

— Tu ne me trouves pas belle ? C'est ma main cassée ?

— Mais non.

— Je ferai des efforts. Je ferai des efforts sur le caviar beluga, répéta-t-elle en riant.

Elle alluma une autre cigarette. Ce rire était triste.

— Pour les cravates..., reprit-elle en riant.

Il fut le premier surpris : il était debout. Il était pâle. Il s'entendit dire de façon blessante, à voix forte :

— Tais-toi maintenant, Roza. J'aime quelqu'un. J'aime quelqu'un. J'aime quelqu'un d'autre.

Roza se tassa tout d'un coup. Ses yeux s'écarquillèrent et la douleur y parut un instant. Il vit le chat Pouce de nouveau qui pointait sa tête toute blanche dans l'embrasure de la porte, qui poussait doucement la porte avec son front. Qui entra.

Edouard était debout. « J'aime quelqu'un », répétait-il éberlué, en s'étonnant lui-même. Il contourna Roza. Il embrassa Roza dans les cheveux. Il se demandait pourquoi il avait inventé cet amour. Il cachait son visage dans les courts cheveux noirs de Roza Van Weijden pour réfléchir. Il avait le sentiment pourtant qu'il n'avait pas menti. Ce n'était pas Pouce dont il s'agissait. Ce n'était pas Adri. Ce n'était quand même pas cette petite fille qui ressemblait à Adri. Ce n'était

353

pas ce sempiternel fantôme qui l'avait déjà revisité tant de fois, qui jouait du piano en pleurant. Cette intruse qui n'avait pas de nom, qui avait les mains poisseuses. Qui l'importunait. Qui l'excédait.

Roza finissait son verre consciencieusement. Elle parlait mal. Elle dit :

— Ma main ne se remettra jamais tout à fait.

— Je suis désolé. Plus de piano.

— Où as-tu pris que je faisais du piano ? Il me semble que tu confonds avec une amie à moi que tu as *bousillée*.

— Pardonne-moi. Je voulais dire : plus de deltaplane.

— Tu t'en fous.

— Un peu.

— Tomber du ciel, cela ne te fait rien ?

— Je passe mon temps à tomber du ciel.

En hâte elle tendit les deux doigts de sa main devant elle. Elle eut du mal à les déplier pour conjurer le sort. Puis elle lui prit la main. Il frissonna. Il l'embrassa de nouveau dans les cheveux et sur l'épaule et la repoussa doucement pendant qu'Adri, timidement, passait la porte, une feuille de papier blanc à la main.

— Vava, demanda-t-elle. Donne-moi mon crayon.

Il se baissa, prit auprès du catalogue international un feutre gris et le lui donna. Il n'aimait pas qu'on l'appelât « Vava » mais il le souffrait volontiers d'elle.

Adriana saisit le crayon feutre, se détourna d'eux, s'installa par terre auprès d'un pouf et se mit à écrire. Il eut l'impression que c'était la première fois qu'il la voyait écrire sur un vrai papier. Tous deux, Roza et Edouard, l'un contre l'autre, la regardaient en se taisant. Roza se détacha de lui en silence, s'approcha de sa fille, chercha à l'habiller, du moins lui enfila, manche après manche, son petit blouson vert tandis qu'elle écrivait. Roza enfila elle-même sa veste de cuir. Edouard rassemblait les affaires de l'enfant dans un sac de nylon rose bonbon. Ils se taisaient toujours. Tout était prêt. Adri, toujours assise, toujours concentrée, s'acharnait sur son gribouillis.

— A qui tu écris? lui demanda mécaniquement Edouard en se penchant sur elle et en l'embrassant dans les cheveux et sur le front.

Elle cacha vivement du bras le papier et dit :

— Ça ne te regarde pas.

— Qu'est-ce que tu écris?

— Ça ne te regarde pas.

Vendredi 1er mai. Le prince de Reul, dit Péquenot, n'était pas au travail. Pierre était toujours là le 1er mai. Le souvenir du nom de Pierre était détestable à Edouard Furfooz. Il haïssait qu'il fût mort et étendait cette peur et cette haine aux syllabes qui composaient son nom. Il faisait un temps atroce. Il rentrait du Limbourg, où il avait visité, à Hasselt, une usine neuve et vide. Il tergiversait encore. Il avait visité deux jours plus tôt une vieille imprimerie brugeoise qui était mise en vente. Il était tenté de rapatrier la réserve de Londres. Il était tenté de faire de l'usine de Hasselt un « loft », un vrai loft, c'est-à-dire une citadelle au haut d'une cime, haute au-dessus du monde, à hauteur du vol des oiseaux.

Il songea à Roza, à tante Otti. Edouard Furfooz était riche. Il avait bénéficié du jour au lendemain de la totalité des fournisseurs et des clients de Matteo Frire.

Mais il prit la décision de conserver Kilburn à Londres et de s'en satisfaire.

Laurence quitta la Hannetière. Elle avait vendu la villa de Marbella et l'appartement de l'avenue Montaigne. Quiqueville n'avait pas encore trouvé acquéreur. Elle acheta pour sept millions de francs un vieil hôtel particulier dans le Ve arrondissement, avec un petit jardin de soixante-dix mètres carrés. Elle ne perdit pas une minute. L'excitation de vivre, l'impatience de retravailler de façon rigoureuse le piano lui redonnaient un éclat qui avait manqué disparaître. Elle n'eut de cesse qu'elle eût aménagé ce petit immeuble qui donnait directement sur la rue Saint-Jacques, soudé aux autres façades. Il ne payait pas de mine. On entrait dans un petit vestibule carrelé de jaune et de rouge qui aboutissait au jardin. Laurence avait fait entièrement lambrisser les pièces du bas, entassant de grands miroirs piqués et sombres, gris ou verdis, dans des trumeaux à festons. C'était le seul sacrifice qu'elle avait consenti au goût d'Edouard. Tous les meubles étaient modernes, souvent noirs. Les pièces des deux étages étaient plus basses et plus étroites, l'escalier qui y menait était étroit, un colimaçon. L'odeur de cette maison était acide, vieillotte. Il s'y mêlait une odeur de vinaigrette inexprimable. Cet hôtel avait quelque chose du « désert » de tante Otti qu'elle venait de quitter. Laurence cherchait à reproduire les rituels de Chambord. Au jardinage elle ajouta la couture. Au silence elle ajouta quelque chose qui s'opposait encore plus au langage que le silence n'y contrevenait et qui avait nom la musique.

— Une grive! Une mésange!

Ce jardin en plein Paris, dans le Ve arrondissement, c'était l'arche de Noé. L'intonation qu'avait la voix de Laurence Chemin au téléphone était nerveuse. Il fallait qu'il vînt voir toutes affaires cessantes la viorne en fleur, un petit lilas blanc de même. Il y alla à deux heures. La lumière était fraîche et belle.

— En souvenir de Pierre, dit-elle.

Elle lui montra un petit verger nain : un pommier, un abricotier, un prunier, un pêcher qui avaient la taille d'une chaise, et dont elle espérait qu'ils prissent.

Elle lui montra un saule haut comme un enfant de huit ans. Cinq ou six chatons pendillaient dans le vent doucement.

Pouce, aussi blanc qu'eux, restait sur le pas de la porte qui ouvrait sur le corridor, entouré de l'ombre de la maison, le nez dans la lumière. Edouard songeait : « Ce chat lui aussi est un fantôme. Il a le regard de quelqu'un qui revient. Il a le regard de quelqu'un qui a connu plusieurs fois l'univers. Je suis à la merci d'un être qui a vécu jadis. D'un petit être. D'un nain. D'un gnome. » Il se souvint de sa passion pour les bandes dessinées néerlandaises de Sylvain, de Sylvette et de Petit Jérôme. Il aimait lire les aventures de Plick et Plock égarés dans l'univers gigantesque et épouvantable des livres, des cartes à jouer aussi intransportables que des murs de béton, des bougeoirs hauts comme les colonnes du temple d'Aphaia.

Laurence avait revu Roza. Elle lui avait paru dans une forme éblouissante. Elle avait grossi.

Une première abeille s'approcha de son visage. Laurence agita les mains pour l'éloigner. Elle s'égara dans l'air tiède.

Il était deux heures et demie. Edouard s'était allongé dans un fauteuil transatlantique. Muriel avait apporté le café. Laurence était debout auprès de lui, en jean. Elle avait pris un arrosoir et l'eau touchant la terre et l'herbe fit surgir soudain une odeur épaisse de foin brûlant et de terre détrempée. Une petite fille était étendue sur lui. Elle avait les yeux fermés, plissait les yeux en feignant de dormir. La mer montait dans le jardin, dans un bruit de ressac qui faisait peur. Il se leva brusquement. Laurence avait ôté la pomme de l'arrosoir et déversait l'eau dans un grand bruit au pied du saule aux six chatons.

Il passa la main sur ses yeux.

— Tu veux boire ? dit Laurence.

— Je veux bien une autre tasse. Tu ne bois pas ?

— Tu te souviens, il y a un an, rue de Lille, devant l'ascenseur ?

— Non.

Il s'allongea de nouveau dans le fauteuil transatlantique. Il songeait : « Nous nous aimions. Quel est le nom de qui j'aime ? » Ils burent. Laurence s'était éprise de la bière à la cerise. Elle évoquait cette rencontre rue de Lille, sous l'averse, la banquette de velours jaune, l'ascenseur ancien. Elle évoquait un moment qui avait été d'une certitude et d'une fusion totales, injustifiables. Ç'avait été une union, une harmonie aussi aisées et aussi naturelles que l'était la rencontre éternelle de la mer et du sable. Une union aussi aisée et naturelle que la rencontre de l'enfant et de la détresse. Une harmonie aussi aisée et naturelle que la rencontre du soleil et de la vision dans les yeux des mammifères. Une harmonie aussi aisée et naturelle que la rencontre éternelle des dents et d'une proie déchirée et qui hurle.

CHAPITRE XXIII

Le nom qu'il faut prononcer n'est pas un nom.

Lao-tseu

Péquenot téléphonait :

— Une tempête dans le port du Havre, par Lionne de Savignac, de la taille d'un peigne. Boîte oblongue, cage en or émaillé, fond vert, ornements gravés réservés, enrichis de fixés...

— Monseigneur, vous êtes un technicien merveilleux. Il faut acheter.

— Une poupée fouettée par sa jeune maîtresse, par Etienne Aubry. Au loin trois enfants jouent aux bulles de savon. Montée sur une boîte de poudre d'écaille rouge.

— Vous achetez quel que soit le prix. Vous me la réservez.

— Je la souhaiterais moi-même.

— Ecoutez, Péquenot. Vous travaillez pour moi. Elle est pour moi. Si vous la voulez, vous la prenez. Vous me quittez. Je vous abats.

— Une étonnante crucifixion d'un centimètre avec

361

un effet de perspective débouchant sur une guillotine, 1798, par Van Spaedonck.

— Non.

— Puis-je l'acquérir pour mon propre compte?

— Monseigneur, je vous en prie. Achetez Dieu. Je n'enchéris pas.

Il était à New York. Le local était magnifiquement situé. Il serra la main de Ku Ye'ou, le décorateur qui avait la responsabilité de l'installation définitive de la boutique.

Il avait faim et soif. Il rêva d'un plateau de fromages de Passendael ou de Debrine. Il eut le désir d'une vraie Michelob du Midwest.

Il pénétra dans la petite maison victorienne en réduction, à la façade laquée blanc et bleu, aux colonnettes bleues où vivait Alexandra. Alexandra avait accepté la gérance de la boutique. Elle était suédoise, originaire de Skelleftea, sur le golfe de Botnie. Elle portait un collant de danse jaune, une grande ceinture de flanelle grise sur les reins. Elle avait les cheveux teints et ras. Ils travaillèrent sur la table à manger — à colonnettes blanches. Il déboucha une bouteille de bordeaux australien délicieuse. Le vin avait une couleur vert fluorescent. Ils riaient. Il l'embrassa. Il la dévêtit. Il ne parlait pas. Il y avait en lui une espèce de curiosité brumeuse. Il plongea son visage dans la douceur de l'aine de la jeune femme. Ils s'aimèrent.

Il obtint un plaisir fastidieux. Sa main touchait un crâne qui piquait. Ses doigts n'étreignaient que le vide. « Mon Dieu! se disait-il à lui-même, comme c'est singulier. Comme c'est atroce. C'est comme si j'étais guéri de l'amour. Plus rien ne se passionnera en moi.

Plus rien ne me bouleversera. Je sens que la souffrance en moi n'est plus près de me faire pousser un cri. J'ai l'impression que plus jamais je ne rencontrerai le don à l'état pur, l'émerveillement épouvanté quand on débouche du sexe d'une femme dans le premier instant de l'enfance. Je n'ai plus devant moi que le bonheur et la beauté. Comme c'est triste ! Plus jamais je n'aurai devant moi les quelques centimètres carrés du premier visage qu'on découvre. Et la natte où accrocher une barrette est tondue ! »

Dans l'avion qui le ramenait de New York à Paris il griffonna, durant des heures, des comptes. Il avait tiré vers lui la petite tablette de plastique blanc-crème qui était fixée au fauteuil qui lui faisait face. Il leva les yeux : il vit le soleil qui se levait.

Il cessa d'écrire. Durant deux jours il avait aimé Alexandra d'une manière plus agréable qu'exaltée. Sa pensée erra vers Francesca dans la petite maison de la route d'Impruneta, vers Laurence, vers tante Otti et vers Roza toujours plus ou moins ivre, et vers la petite Adri écrivant dans le vide. Il revit Laurence dans le jardin de la rue Saint-Jacques, la brusque averse d'avril les contraignant à rentrer en hâte, tirant les chaises longues derrière eux, la pluie battant sur son visage. Il vit un autre visage, les paupières plissées dans le sommeil, ruisselant d'eau.

Il poussa vivement les feuilles posées sur la tablette. Une vague anxiété s'était saisie de lui, une irritation sans motif comme s'il ne voulait pas voir quelque chose qui crevait les yeux. Comme si une paresse débandait tous ses muscles et l'empêchait de concentrer son attention sur une évidence.

Pourquoi, se demandait-il, s'était-il peu à peu désintéressé des femmes et de l'impatience de la volupté ? Pourquoi les femmes avaient-elles cessé d'être aussi fascinantes ? Pourquoi étaient-elles peu à peu devenues des *amies* ?

Sur une feuille de papier, au milieu des colonnettes de chiffres, il notait ces noms qu'il évoquait : Francesca, Laurence... Il dessinait de vagues vagues, des silhouettes de branchages d'arbres. Il se dit : « Tout a commencé à se détraquer en septembre lorsque j'ai quitté Francesca ! » Il s'arc-bouta et sortit la petite barrette bleue de sa poche. « Tout a commencé par ce petit bout de matière plastique. Persuadé que j'étais d'être poursuivi par une petite âme. J'étais une proie poursuivie par un secret... »

Il posa la barrette. « Je suis *chassé*, se dit-il. J'ai une fanfare derrière moi, de sons, de sabots, de rabatteurs, de chiens en meute, de chevaux au galop. Je suis talonné jusque dans les avions, dans les trains, dans les voitures, dans les jardins, dans les salles de ventes, dans les appartements, dans les branches près de Berchem, dans les branches des bonsaïs. » Il regarda les noms qu'il avait notés machinalement, les prénoms des femmes dont il s'était dépris depuis à peine un an. Ses coups de passion étaient devenus de plus en plus instables et moins durables. La liste n'était pas infinie, perdue entre les branchages et les chiffres :

Francesca
Laurence
Ottilia
Roza
Adriana

Il était en train d'hésiter sur ce dernier prénom. Il aurait mieux valu noter *Alexandra*. Et à ce moment-là, subitement, alors qu'il tergiversait entre ces deux prénoms, il songea que c'était la même lettre initiale, la même voyelle initiale et que cela ne changeait rien. Tout à coup — mais avec lenteur et, au rebours d'une émotion intense, presque dans l'indifférence — il lut verticalement les lettres initiales de ces noms. Il rougit lentement. Il sut. Il retrouva les traits de son visage vivant en retrouvant son nom. Elle s'appelait Flora Dedheim. Ils allaient ensemble à l'école de la rue Michelet. Ils s'aimaient. Il se leva. Fit signe à l'hôtesse qui s'approcha, lui demanda à boire. Son absence d'émotion le surprenait. C'était une curiosité lente et douloureuse, comme une marée qui monte sur la grève, avec une inexorable lenteur. Au fur et à mesure que la révélation se faisait, le désir qu'il avait de cette révélation l'abandonnait. Il posa la tête sur le dossier du fauteuil. Il but le verre d'alcool que lui avait apporté l'hôtesse. Il se souvenait de tout et peu importait qu'il se souvînt. Sa vie n'avait été qu'un rébus. Le soleil frappait vivement son visage par le hublot. Il se souvint que Flora Dedheim avait le corps pointu et le plus beau visage du monde. Elle pesait très lourd sur ses côtes et sur son ventre. Elle avait les cheveux mouillés. Il se souvenait de la chaleur du soleil, de l'odeur de l'herbe

365

brûlante où ils posaient la tête, près du buisson. Il ouvrait les yeux sur elle qui cassait la tête vers lui, les yeux fermés, dans l'odeur d'herbe chaude. Elle trichait à l'œil nu. Elle faisait semblant de dormir, de ne pas voir. Elle plissait les paupières l'une contre l'autre avec trop d'application. Il lui disait :

— Flora, ne fais pas semblant de dormir. Tu ne dors pas. Tu ne dors pas.

Elle plissait les yeux davantage, serrait sa main sur son bras avec plus de force et feignait de dormir. Il mettait la main sur sa main. Ses doigts étaient poisseux de miel. Ils avaient six ans et se croyaient les amants les plus fautifs du monde parce qu'ils plissaient les yeux et se faisaient mal en se serrant l'un contre l'autre.

Il passa la main sur ses yeux. Il frotta ses paupières. Le soleil était éblouissant. A cette heure l'avion devait survoler le Groenland — la Terre Verte conquise jadis par les anciens Vikings. Il errait dans le ciel. Il s'éloignait dans le ciel. Il frictionnait ses yeux. Une petite forme blanchâtre, laiteuse, laineuse s'éloignait. La crête blanchâtre d'une vague crevait. Ses cheveux étaient humides. Elle ramassait ses cheveux en queue de cheval avec une barrette. Ils gravissaient à reculons la double hélice des escaliers de Chambord, ils gravissaient à reculons les deux chaînes hélicoïdales et parallèles de la structure de l'ADN, la double révolution des cheveux quand elle en faisait une tresse, la transmission même, éternelle, qui se reproduisait et nous reproduisait comme les vagues. Il ouvrit les yeux. Il posa la main sur la barrette de Flora posée sur le rabat. Il examina cette petite grenouille qui l'avait hélé sans qu'il comprît alors ce qu'elle voulait lui dire, sur la route qui le conduisait à Rome, à Civitavecchia, à la limite des vagues de la mer. La petite grenouille souleva ses paupières. Elle voulut parler. Mais elle détourna son regard. Elle se tut.

CHAPITRE XXIV

Car je te cèle en ce surnom louable
Pour ce qu'en moi tu luis la nuit obscure.

Scève

Il marchait. L'air, la bruine fouettaient violemment le visage. Il descendait la grande avenue Meir. Enfant, on l'appelait « le Meir ». Il descendait vers la mer. La ville était surmontée de son nimbe. Il ne passa pas par la Korte Gasthuisstraat. Il alla directement au port. Il pressait le pas quand le ciel tout à coup s'assombrit. La pluie augmenta. Un sentiment de splendeur fit trembler ses membres.

Il s'arrêta. Immobile sous la pluie, il contempla les pignons échancrés sur le ciel, les façades grises ou rouges des maisons d'Anvers. Elles étaient moins des maisons que des êtres, avec leurs fenêtres à croisillons aux vitraux obscurs comme des yeux. Les façades avaient une expression de visage humain, maternel, comme les grands visages morts de l'île de Pâques.

Il s'acheta un suroît de toile et s'en enveloppa — un antique zuidwester.

La vedette filait sur l'Escaut. Comme il s'éloignait d'Anvers même, il vit apparaître, dans le *coude* étrange du fleuve, la *main* d'Antwerpen : les campaniles, les donjons, la tour de Notre-Dame. Il comprit pourquoi toujours quelque chose lui tendait la main — au travers des balustres d'un escalier de marbre, à travers les vagues, à travers l'espace, à travers le temps. Il passa devant les rideaux d'arbres des berges, les briqueteries rouges, les villas cachées.

Accoudé au parapet à l'arrière de la vedette, il ne pensait à rien, la tête penchée observant le remous d'écume. C'était une détresse vide, entourée du cri aigre et soprano et carnivore des mouettes blanches à pieds rouges.

C'était le jeudi 28 mai. Il fallait bien une Ascension après tout ce qui avait décru. Il était auprès de Laurence, dans le petit jardin de l'hôtel particulier de la rue Saint-Jacques. Il avait reçu un mot de la petite Adri.

> *Mon cher Vava,*
> *Salut ! Je veux une panoplie de sergent américain*
> *n° 10248 pour mon anniversaire.*
> *Adriana Van Weijden*

Il avait reconnu l'empâtement des feutres. Roza avait dû tenir la main de sa fille pour l'aider à former des lettres qu'elle ignorait encore. Adri était sur le point d'être envahie par le langage. La nouveauté du monde s'effaçait.

Edouard Furfooz, affalé dans son fauteuil transatlantique, avait fermé les paupières. Laurence lui demanda :

— Cela va ?

— Je *roupille*, dit-il. Je suis heureux.

Elle posa doucement sa main sur la main d'Edouard et il la retira doucement. Il entrouvrit les yeux et dit :

— Je suis heureux. Je deviens peu à peu libre. J'ai cessé d'être l'otage d'un nom que j'ai aimé.

— On se verra quand même ?

— On se verra quand même. Mais enfin on ne s'aimera plus. Etre captif ne m'obsède plus. Je préfère le bonheur.

— Monsieur le marchand de petites voitures deviendrait-il sage ? dit Laurence.

— Et toi ? dit-il en lui montrant le jardin.

— C'est vrai.

Elle regarda le jardin sans conviction. Elle ajouta :

— Six heures de piano par jour. Deux heures de jardinage. Une heure de couture chaque soir. Je passe une heure aussi, pour signer le courrier, à la revue de photo sur le quai.

Elle lui dit qu'elle prenait plus de plaisir à la vision d'une mouchette dans son jardin de soixante-dix mètres carrés qu'à tomber nez à nez, à bicyclette, aux côtés de tante Otti, devant une laie et ses petits dans la réserve du parc de Chambord. Elle préférait les jardins à la « jungle ».

— Tu exagères. Chambord n'est pas la « jungle » !

— Je préfère les jardins.

— Tu sais comment s'appelle la déesse des jardins ?

— Absolument pas. Roza peut-être ? Sainte Roza de la Jungle ?

371

— Non : Flora, la seule déesse qui n'ait pas besoin d'un élément mâle pour enfanter.

— Alors ce n'est pas Roza.

— Je t'en prie, Laurence. Flora, c'est la déesse solitaire. La déesse Avril et son cortège de petites bêtes auxiliaires, tout le peuple des feuilles, des bourgeons et des premiers pétales, tout le peuple de moucherons, de chenilles et d'abeilles. La déesse que le vent anime sans qu'il la féconde. La déesse...

— Quand tu parles, tu parles.

— Quand je parle, je parle. Il fait si beau. Je me suis offert des *tonnes* de livres sur la déesse des jardins.

— Tu lis, toi !

— Je place comme je peux un savoir qui a deux heures. Cette déesse Flora avait son prêtre...

— Tu es son prêtre.

— C'était un des douze flamines mineurs...

— Tu veux dire un flamine miniature...

Il était au Siège, rue de Solférino. Il répugnait à se trouver dans ce lieu qu'un autre fantôme — le souvenir de Pierre Moerentorf — hantait. Il revoyait le visage de son ami. Cette grande masse de chair chauve amateur d'arbres minuscules. Le Viking Grimr le Chauve bouchait les narines, les yeux, les oreilles, la bouche et l'anus de son père mort et l'ensevelissait sous un tertre de pierres afin qu'il ne se trouvât pas le moindre interstice par où il pût revenir.

Edouard était allé à Florence. Il avait cherché à revoir Antonella. En traversant la cour, curieusement, il

372

boitait. La porte était fermée. Il frappa à la porte de l'entrepôt, où personne ne répondit. Il alla trouver le garagiste qui, dans un mélange d'anglais, d'italien, de français et de grands mouvements de bras, lui fit comprendre qu'on l'avait enfermée dans une clinique psychiatrique à la suite de l'emprisonnement de Matteo Frire, incapable de verser la caution qu'on exigeait pour sa remise en liberté provisoire.

C'était la Pentecôte. Les petites flammes qui descendaient du ciel avaient deux millimètres et demi de hauteur. Le prince de Reul l'appelait de Londres. Le tuyau de sa pipe graillonnait à trois cent cinquante kilomètres de là.

— Une tabatière en écaille blonde avec un enfant montant un château de cartes, miniaturisant un sujet de Carle Vernet, pur style Pompadour.

— Achetez. Vous pouvez aller jusqu'à deux tulipes.

— Une bonbonnière émail sur porcelaine représentant la Passion de Notre-Seigneur Jésus-Christ.

— Mais non.

— Puis-je acquérir cette bonbonnière pour mon propre compte ?

— Mais oui, Monseigneur.

— Un bouton peint à l'huile, 1782, peint par Isabey, représentant un enfant jouant à la lisière d'un bois.

— Non.

— Vous ne collectionnez plus les boutons ?

— Non. Poursuivez. Allez vite. Je suis pressé.

— Un bouton en vernis Martin. Portrait de femme au jardin écrivant une lettre sur laquelle on peut lire, pour peu qu'on use d'une loupe puissante : « N'écrivez plus et venez ! »

373

— Non. Raccrochez plutôt le téléphone et restez à Londres jusqu'à la vente d'après-demain.

Il quitta le bureau en hâte. Il s'engagea dans la rue de Solférino. Il se retourna. Il vit le quai, le fleuve, les Tuileries, au loin le Louvre. Tout était inondé de lumière.

Il rentra chez lui. Il se précipita dans le petit sanctuaire de l'avenue de l'Observatoire : sa grande chambre blanche et vide, le petit lit de fer contre le mur, la poire électrique en acajou blond qui pendait, une table basse elle-même toute blanche devant le lit. Sur la table il y avait quelques musiciens silencieux de Nuremberg et ceux offerts par Antonella, sonnant les morts. Il remonta à cran les ressorts. Le petit Charlot Ingap agita avec frénésie le combiné de téléphone en silence. Une jeune femme en fer-blanc avec une collerette poussa et tira l'archet sur un violon muet. Un forgeron vert martela à toute vitesse une enclume rouge carmin sans que la masse rencontrât jamais l'enclume. Un joueur de violoncelle automate des années 1890 faisait des grands mouvements des deux bras. Un petit joueur de tambour bleu et blanc XVIIIe siècle, douze centimètres de haut, frappait mécaniquement ses baguettes sur son tambour ivoire et rose. Les baguettes n'atteignaient jamais la peau — en fer-blanc doré — du tambour.

C'était un rythme ou une danse aussi imperturbables qu'ils étaient silencieux. Au bout de quelques instants, Edouard se pétrifiait, s'apaisait, contemplait. Ce joueur de tambour infatigable et silencieux émettait une sorte de son, ou de culpabilité à l'égard du son absent, ou de rappel inexprimable.

Il marcha bruyamment sur le chemin de graviers. Par la fenêtre il découvrit tante Otti penchée en avant dans le rond de lumière de la lampe, le briquet accroché au cou par le ruban de velours flottant devant sa poitrine. Elle était en train de faire une broderie. Il ne lui connaissait pas ce goût pour les fils de soie qu'on coud dans le silence. Il fit le tour de la maison et entra en provoquant volontairement un peu de bruit et en criant son prénom. Quand il arriva dans le salon, la lumière de la lampe Carcel posée sur la table était éteinte, tante Otti fouillait l'âtre avec un tisonnier.

— C'est moi, dit-il.

Tante Otti grogna — signe que c'était jour de silence — et se mit à genoux pour placer une bûche dans le foyer. Edouard s'approcha et l'embrassa sur les deux joues à sept reprises. Sa tante se redressa tout à fait et fit le geste de tenir une théière et de verser de la main droite le liquide dans une tasse tenue par sa petite oreillette entre le pouce et l'index de la main gauche. Edouard acquiesça. Sa tante partit vers la cuisine.

Il s'approcha de la table et de la lampe éteinte, ne trouva rien, souleva une nappe posée sur une chaise et y trouva le tambour à broder. L'oreille aux aguets, très vite il retourna le tambour, jeta un coup d'œil et fut bouleversé : tante Otti brodait quatre vautours à l'air terrible dévorant un petit être humain, peut-être un enfant, ou un nain. Au fond, à l'arrière-plan, un grand

saule, un chien de chasse, une muette sur les bords
d'une rivière assez large.

Le lendemain, jour de parole, ils allèrent à Orléans
faire des courses et chercher Laurence à la gare.

Après le dîner — qui, à la Hannetière, avait lieu à
sept heures — il parvint à s'échapper. Il avait laissé sa
tante, Laurence et Mrs Dea faire leur provision de
paroles avant le silence du lendemain — sa tante, à la
lisière du bois de Saint-Dyé, chantonnant, cassant la
nuque et tendant vers le ciel son vieux visage la bouche
bée, l'immense chignon auburn, les fanons s'affaissant,
attendant bouche ouverte qu'y tombent les faucons
crécerelles, les balbuzards, les aigles, les autours, les
bondrées, les buses.

Il était seul sur le bord du canal accroissant le Cosson.
Il contourna le château. Il poursuivit jusqu'à l'étang des
Bonshommes. Il s'allongea près de l'eau, sur la levée. Il
posa la tête sur l'herbe. Au-dessus de lui le ciel
s'assombrissait. L'orage venait. Tout frémit. Les vague-
lettes venaient crever près du rebord de la levée. Un
patineur d'eau, sur ses pattes miraculeuses, vint saluer
Edouard, repartit, revint. La vaguelette s'accroissait, le
patineur d'eau tanguait sur la vague. Le professeur
appelait, hurlait :

— Remontez, les enfants ! Remontez vite !

Le ciel était tout à coup devenu noir comme la nuit,
comme des morceaux luisants de boulets qu'on brise en
voulant les enfourner dans le seau à charbon. Les
enfants hurlaient. Là où la plage descendait en pente

raide, là où la mer une heure plus tôt — lorsque les élèves des petites classes de l'école Michelet étaient descendus du car qui les avait amenés de Paris sur cette étroite plage normande — venait doucement mourir sur les galets luisants, les vagues frappaient au dos, au ventre, à la tête les petits corps qui s'agrippaient les uns les autres en hurlant, qui glissaient à peine avaient-ils posé la main ou le pied sur les galets ou sur les rochers.

La crête des vagues était devenue jaune. L'écume des rouleaux se détachait comme des dents sur le ciel noir. Les rouleaux dévoraient les corps des enfants.

La plupart des élèves parvinrent cependant à remonter en criant comme des animaux égarés, couraient vers le maître, couraient vers l'autocar frénétiquement. Mais soudain le maître avait tendu le doigt, repoussa autour de lui les enfants avec un regard épouvanté. Il montrait un petit corps qui hurlait encore. Un enfant tout blanc dans l'eau gesticulait, tombait sans cesse. Le petit corps blanc se relevait, une vague l'écrasait. Edouard Furfooz, huit ans, se tenait, pétrifié, auprès du maître. Il souriait, il contemplait : c'était Flora. Cruellement la mer jouait avec son petit corps à peu près nu, son slip rose, sa natte noire trempée, sous leurs yeux, soixante mètres plus bas, comme un jouet. Il s'élança. Le maître le retint.

Les vagues déferlantes s'élevaient de plus en plus haut, s'écrasaient de plus en plus violemment. Le maître le tirait par le bras et le gifla. Tandis qu'il s'apprêtait à le gifler une nouvelle fois, le maître glissa, le bas du pantalon se mêlant aux galets, tomba sur le derrière. Edouard en profita pour courir sur la pente raide en appelant :

— Flora ! Flora !

Elle remontait un peu, comme un ver, la pente, en se contorsionnant. Elle échappait peu à peu à la taille gigantesque des rouleaux, à la force des vagues jaunes qui étaient de plus en plus hautes et qui écumaient. Edouard arriva à vive allure vers elle, glissa, tomba sur elle qui se contorsionnait, s'accrocha à elle. Il sentit que le corps de la petite fille était mou. Il cria :

— Flora, ne fais pas semblant de dormir. Tu ne dors pas. Tu ne dors pas.

Elle fut de nouveau entraînée dans le ressac. Il était à quatre pattes. Il l'attrapa par les cheveux, tira, tira sur la natte, parvint à se mettre debout tout en tirant toujours sur la natte, fut renversé de nouveau par une vague colossale. Il étouffait. Il n'arrivait pas à tenir la tête au-dessus de l'eau à chaque reflux. Il ne chercha plus que cela : chaque fois que le poids de l'eau était moins pesant, il cherchait à lever la tête et à téter l'air. Il avait toujours la main serrée sur des cheveux. Il voulait revenir. La pente était trop raide pour bouger et respirer à la fois, l'eau bouillonnante remontait trop vite sur lui. Les galets fuyaient sans cesse sous les pieds, moulaient les chevilles. Une nouvelle vague déferlante le submergea alors. Il perdit connaissance.

Il se réveilla près de la roue de l'autocar, enveloppé dans la veste du maître, le maître appuyant sur sa poitrine, la bouche du maître pesant sur sa bouche. Le maître dit :

— Il vit.

Il sentit qu'une main s'acharnait sur les doigts de sa main. Qu'un à un on soulevait les doigts avec force. Sa main s'ouvrit. Il vit qu'on en extirpait alors des bouts de cheveux noirs et une barrette bleue à laquelle des fragments de cheveux étaient demeurés accrochés. Il ressentit une douleur, un abandon inimaginables. Comme si tout l'océan se retirait de son corps en une seule vague, il s'évanouit de nouveau.

Il retourna à Anvers. Il fut hospitalisé durant cinq mois. Il recouvra l'usage de la parole. Il n'avait plus le souvenir de rien. Il n'avait plus le souvenir de Paris, de Chambord, d'Etretat. La sœur de son père, Ottilia Furfooz, crut que sa présence pouvait compromettre un équilibre qui paraissait peu à peu restauré et tranquille. Il ne parla jamais de Flora Dedheim ni à ses parents ni à ses frères ni à ses sœurs ni aux médecins. Il imaginait seulement de temps à autre l'apparence d'un corps allant et venant dans les vagues à l'égal d'un jouet impuissant démantibulé par l'assiduité de la mer, rejeté par la mer ou déposé par elle à la limite fragile d'une petite vaguelette crevée, sur les galets gris, près de l'os blanc d'une seiche, près d'une étoile de mer blanc et rouge, près d'une plume de mouette blanche, près d'une algue...

La pluie le réveilla brusquement. Il vit sa main agrippée à une grosse marguerite des prés. Avec stupeur, il découvrit que le jour se levait peu à peu sur l'étang dans une brume grise. Il ne comprit pas tout de suite qu'il avait passé la nuit sur le bord de la levée de l'étang des Bonshommes, entre l'étang Neuf et le château. Il le comprit à l'état de ses vêtements et de son corps. Il n'arrivait pas à bouger. Il avait très froid. Tout son corps était ankylosé. Un minuscule rouleau, sur le bord de l'étang, dans une espèce de vapeur, s'écrasait encore sur un bout d'allumette calcinée. Il s'écrasait sur elle, l'engloutissait et la régurgitait de nouveau. Il se leva.

La pluie n'était pas forte. Il avait le désir de hâter le pas pour rejoindre Ottilia et Laurence mais il marchait lentement dans les herbes puis sur le chemin de graviers. Il pleurait ou du moins la pluie couvrait ses joues. Le château immense, semblable à une falaise de craie, était couvert d'un commencement d'or. Il vit aussi une petite main poisseuse et gourmande qui aimait, en sortant de classe, dans la cuisine d'un appartement de l'avenue de l'Observatoire, confectionner quatre tartines de pain grillé, puis les couvrir de beurre, puis les enduire de miel.

Il avait froid. Il n'avait jamais eu aussi froid de sa vie. La pluie pourtant n'était pas vraiment froide. Il arriva enfin devant le mur blanc et ventru, poussa la porte du jardin, se précipita vers la maison Napoléon III et anglaise, poussa la porte de la cuisine.

— Tu es trempé ! dit Laurence. Où étais-tu ? Tu as dormi ici ?

Il passa Laurence, entra dans le salon. Il entra violemment, fit tomber une chaise. Tante Otti leva les yeux, mit un doigt sur sa bouche.

— Je veux te parler, dit-il.

Elle maintint l'index sur ses lèvres. Elle était en train de rédiger un tract sur les falconidés. Elle prit son bloc-notes, écrivit trois mots, arracha la feuille et la lui tendit.

Edouard lut : « Jour de silence. » Il se pencha sur la table, prit vivement des mains de sa tante le crayon-

380

bille et ratura avec colère les mots que tante Otti avait inscrits sur la page blanche.

Puis il s'assit devant elle. Il se tut. Elle le regardait. Il dit enfin :

— Tu te souviens de Flora Dedheim ?

Tante Otti, soudain grave, inclina la tête.

— Elle est morte ?

Tante Otti inclina la tête.

— Roulée par les vagues ? Repêchée ?

— Oui, dit-elle.

Tante Otti se leva, contourna la table, lui prit la tête et l'appuya contre son ventre. Elle répétait :

— Oui, mon petit. Elle a été repêchée en même temps que toi. Mais sans vie. Et tu ne l'as jamais supporté. Tu ne m'en as jamais parlé. Tu as préféré la maladie, le silence. Tu m'as quittée dans l'indifférence. Tu as rejoint Antwerpen. Je ne te l'ai jamais pardonné...

— De t'avoir quittée ?

— Non. Certainement pas. Mais de vouloir à tout prix oublier cette petite fille que tu aimais. Parce que vous vous aimiez follement...

Elle s'interrompit après qu'elle eut vu la douleur qui se lisait sur le visage de son neveu. Edouard se leva. Ils s'étreignaient en silence. Ils s'approchèrent en même temps du grand miroir en trumeau au-dessus de la cheminée. Elle avait des traces de larmes sur ses joues. Elle alla chercher son sac à main gigantesque et l'ouvrit. Elle se poudra. Il dit en se frottant les yeux :

— J'ai passé la nuit dehors. J'ai l'air hagard.

— Viens à la cuisine !

Elle l'entraîna par le bras. Elle lui racontait que hagard était un vieux mot de fauconnerie. Il désignait

381

l'animal trop féroce pour se laisser apprivoiser. C'étaient la buse ou le vautour qui ignoraient qu'il pût y avoir de la compagnie dans l'univers.

— Tu es hagard, dit tante Otti.

— Ottilia, vous parlez un jour de silence ! s'exclama Laurence.

— Je ne suis pas hagard, je suis Edouard, dit Edouard.

— Mrs Dea a préféré rester couchée, dit Laurence.

— Je me perds dans tout ce que vous dites. Laurence, prépare une soupe chaude pour Edouard. Je vais lui couler un bain.

— Pas besoin, dit-il en s'asseyant sur un tabouret. Je ne connais pas l'eau qui me lavera. C'est moi qui suis perdu pour l'éternité dans ce que je dis. Et je ne comprendrai jamais ce que je dis.

— Viens prendre un bain quand même, dit tante Otti, cela ne te salira pas !

Mais Edouard s'était levé, était sorti, traversa le jardin sauvage, gagna la lisière de la forêt de Saint-Dyé. La pluie avait cessé. Un peu de la lumière du premier soleil se réverbérait sur les branches et les feuilles mouillées. Il voulut entrer dans la masse plus sombre de la forêt. Il suspendit son geste : il avait failli marcher sur un très beau perce-oreille brillant, un grand forficule de deux ans, un forficule qui avait presque atteint les deux centimètres. Il s'accroupit. Il admira à l'extrémité du corps l'immense pince noire formée des deux cergnes brillants qui servaient à replier les ailes. « *Forficula auricularia*, murmurait-il. Presque l'ancêtre des Furfooz. » Il songea à ces noms qui lui avaient fait acheter un appartement, l'avaient séparé de deux femmes. Ou les lui avaient fait aimer. A aucun moment il n'avait commandé à son destin. Il était le jouet de quelques lettres. Il avait été le jouet de ses jouets mêmes. Il était un petit forficule auriculaire. Un petit animal de l'aube qui se nourrissait de pucerons, de fruits tombés, et de la sève sucrée des fleurs.

Il traversait le jardin du palais du Luxembourg. Il n'y avait pas d'air. Il faisait chaud. Les mouches pullulaient. Elles étaient inlassables. Pour peu que la peau suintât, elles venaient s'accrocher, picoter au suint de la peau. On les chassait en vain mais on ne pouvait s'empêcher de les chasser.

Edouard Furfooz allait dîner chez Péquenot, dans son appartement dans l'île, quai de Bourbon. Il voulait passer chez Dalloyau. La princesse aimait plus que tout les pâtisseries que l'on vendait sous ce nom. Edouard émit le vœu furtif que le prince ne l'eût pas trop amochée — du moins au visage.

Il marchait le long de l'allée qui conduit à la fontaine. L'amour se désintéressait peu à peu en lui. Il aimait être seul. De plus en plus souvent il dînait seul. Il allait rêver dans un café, à la terrasse d'un café sur les rives. Il buvait un whisky. Le goût qui le portait vers les bières s'amoindrit en lui. Les femmes n'avaient pas cessé d'être belles mais elles lui étaient moins nécessaires. Une grande impatience de volupté tous les deux ou trois jours, au hasard des noms notés sur l'agenda, faisait le nouveau rythme de sa vie. Il n'était jamais sûr de l'orthographe des patronymes. Mais il était porté à

383

réserver toute sa méfiance à l'endroit des prénoms. Laurence était devenue une amie mais il la voyait peu. Seul, il ne s'ennuyait pas. Seul, il n'avait pas arraché à la mort le seul être qu'il aimait. Il avait rapatrié à Anvers ses petits musiciens qui jouaient dans le silence — dont seul le mécanisme grinçait dans le silence, qui ne raclaient que du vide, qui ne tambourinaient que de l'air. Il faisait très chaud. De plus en plus souvent pour aller chez Laurence Chemin, pour se rendre dans l'île Saint-Louis, chez le prince, il ne prenait pas sa voiture. Il allait à pied, longeait le jardin de l'Observatoire, traversait le jardin du Luxembourg. Il suivait l'allée de la fontaine. Il jetait en passant un regard sur la terre obscure au pied des buissons qui longent l'allée.